DER STILLE KOOG

Ilka Dick, 1972 geboren, studierte nach dem Abitur Lehramt für Sonderschulen in Hamburg und ist seit vielen Jahren als Hörgeschädigtenpädagogin tätig. In ihrem zweiten Kriminalroman »Der stille Koog« verbindet sie nun ihre beruflichen Erfahrungen mit ihrer zweiten großen Leidenschaft – dem Schreiben. Die Autorin lebt mit ihrer fünfköpfigen Familie im Herzen Schleswig-Holsteins.

ILKA DICK

DER STILLE KOOG

Küsten Krimi

emons:

Lust auf mehr? Laden Sie sich die »LChoice«-App runter, scannen Sie den QR-Code und bestellen Sie weiter Bücher direkt in Ihrer Buchhandlung.

Bibliografische Information der Deutschen Nationalbibliothek
Die Deutsche Nationalbibliothek verzeichnet diese Publikation in der Deutschen Nationalbibliografie; detaillierte bibliografische Daten sind im Internet über http://dnb.d-nb.de abrufbar.

© Emons Verlag GmbH
Alle Rechte vorbehalten
Umschlagmotiv: Olaf Bathke/Lookphotos
Umschlaggestaltung: Nina Schäfer, nach einem Konzept von Leonardo Magrelli und Nina Schäfer
Umsetzung: Tobias Doetsch
Gestaltung Innenteil: César Satz & Grafik GmbH, Köln
Lektorat: Marit Obsen
Druck und Bindung: CPI – Clausen & Bosse, Leck
Printed in Germany 2019
ISBN 978-3-7408-0503-6
Küsten Krimi
Originalausgabe

Unser Newsletter informiert Sie regelmäßig über Neues von emons:
Kostenlos bestellen unter www.emons-verlag.de

Dieser Roman wurde vermittelt durch die Autoren- und Verlagsagentur Peter Molden, Köln.

Für Bastian, Jule und Till

Prolog

Es war ein Traum gewesen. Ein Traum von einem besseren Leben.

Was es zu viel verlangt? Stand es nicht jedem zu?

Kein Mensch hatte das Recht, ihn zu zerstören.

Kein einziger.

Niemand.

1

Alles.

Das Prasseln der Regentropfen an den Fensterscheiben, das Knarren des Daches im Wind und das Läuten der Glocken vom nahe gelegenen Dom.

Das Streichen ihrer Hände über das Gesicht. Ihr Luftholen, Gähnen, ihr Ein- und Ausatmen.

Das Rascheln der Bettdecke. Nackte Füße auf dem Holzfußboden. Das Knacken der Dielen im Flur.

Auch das Knarzen der Badezimmertür und das Rauschen der Spülung, das Plätschern des Wassers im Waschbecken.

Nichts war ihr geblieben.

Alles weg.

Alles. Still.

Marlene Louven stand im Badezimmer vor dem Spiegel und trocknete sich das Gesicht und die Hände ab. Mit wenigen Handgriffen band sie ihre hellroten gelockten Haare zu einem Knoten zusammen, als sie spürte, wie ihr etwas Warmes, Weiches um die Beine strich. Sie sah hinab und blickte in die Augen ihres Katers. Bettelnd schauten sie Marlene an, während sich das Maul auffordernd öffnete und schloss.

»Na, alter Freund, schon wieder Hunger? Kleinen Moment noch, ich bin gleich so weit.« Marlene streichelte ihrem Kater über den Kopf. Dann ging sie in den Flur und griff im Regal nach der Box, in der sie über Nacht ihre Hörhilfen aufbewahrte. Sie nahm eines der beiden Cochlea-Implantate heraus. Es hatte Ähnlichkeit mit einem Hörgerät, nur war es ein klein wenig größer und besaß ein kurzes Kabel, an dessen Ende eine kreisförmige Magnetspule befestigt war. Kühl und glatt lag das Gerät in ihrer Hand. Sie brachte den Akku an und befestigte es hinter der rechten Ohrmuschel. Mit der Spule zwischen den

Fingerspitzen suchte sie in den Haaren die Stelle hinter dem Ohr, an welcher sich der implantierte Magnet unter der Haut befand, der die Spule am Kopf hielt. Schnell hatte sie den Punkt gefunden, und die Spule saß fest.

Seit vier Monaten trug Marlene die Cochlea-Implantate. Vier Monate nachdem ihre Welt Wochen zuvor aus den Fugen geraten war.

Dabei hatte alles so schön werden sollen. Brasilien im März. Wandern, Kultur und der Atlantische Ozean. Ein Geschenk an sich selbst zum sechsundvierzigsten Geburtstag, ein Neustart nach einer gescheiterten Affäre. Sie hatte sich einen lang gehegten Wunsch erfüllt. Doch er endete in einer Katastrophe.

Die ersten Symptome hatte sie bereits auf dem Rückflug bemerkt. Dann war alles ganz schnell gegangen. Diagnose Hirnhautentzündung, Intensivstation, künstliches Koma. Sie war dem Tod nur knapp entronnen. Sie hatte Glück gehabt.

Alles Weitere jedoch fing damit erst an. Ihr Leben hatte sie zwar zurück, aber etwas anderes hatte sie durch die Krankheit unwiederbringlich verloren: ihr Gehör.

Binnen kürzester Zeit war Marlene taub geworden. Auf beiden Ohren. Die einzige Chance, jemals überhaupt wieder etwas hören zu können, war das Cochlea-Implantat. Sie entschied sich für die Operation und trug seitdem Hightech im Kopf. Auf beiden Seiten je eine Elektrode im Innenohr, kombiniert mit einem Magneten im Schädelknochen, und außen sichtbar ein abnehmbares Gerät hinter dem Ohr mit einer Spule im Haar.

Eine neue Welt.

Marlene griff nach dem zweiten CI, verband es mit dem Akku und setzte es an. Sie drehte sich zu ihrem Kater um, der mit erhobenem Schwanz ungeduldig wartete.

»So, jetzt geht's wieder. Gleich bist du dran, Dule, dann bekommst du etwas zu fressen.«

Wieder sah Marlene, wie ihr Kater das Maul öffnete, doch dieses Mal hörte sie sein Maunzen. Allerdings hatte das Miauen mit den Lauten, die sie aus ihrer Erinnerung kannte, wenig zu tun. Es klang anders, irgendwie heller, blecherner. So wie ihre ganze Welt anders klang.

Alles um sie herum hörte sich ungewohnt und fremd an. Ob menschliche Stimmen oder der Klingelton eines Handys, das Rauschen der Ostseebrandung oder das Brummen der Waschmaschine im Schleudergang – nichts klang mehr wie zuvor. Mit den CIs konnte Marlene all diese Dinge zwar wieder hören, doch sie hörte sie nun elektronisch. Ihr Gehirn musste lernen, die elektrischen Impulse, die die Implantate an die Hörnerven sendeten, mit ihren gespeicherten Hörerfahrungen, mit ihren Erlebnissen und Erinnerungen eines ganzen Lebens von über vierzig Jahren in Einklang zu bringen. Ihre Festplatte im Kopf wurde nach und nach überschrieben. Und Marlene musste nicht nur das Hören, sondern, was noch viel entscheidender war, sie musste auch das Verstehen neu erlernen. Das Identifizieren und Zuordnen von Geräuschen und Klängen, von Lauten, von Sprache. Das war schwer. Aufreibend und anstrengend. Jeden Tag, jede Stunde eine Herausforderung.

Durch die Ertaubung war Marlene aus ihrem vertrauten Leben katapultiert worden, von jetzt auf gleich abgeschnitten von der Welt, die sie kannte. Sie war durch ein lautloses Niemandsland gegangen, orientierungslos und entwurzelt. Nun war sie auf dem Weg, sich die hörende Welt in kleinen Schritten zurückzuerobern.

Marlene zog eine Strickjacke über ihr Nachthemd und ging in die Küche, die nicht viel mehr als eine Kochzeile in dem großen, offenen Wohn-Esszimmer war. Sie stellte ihrem Kater frisches Futter und Wasser hin und schaltete die Espressomaschine ein. Das dröhnende altersschwache Knattern war Marlene anfangs unangenehm gewesen, doch mittlerweile hatte sie sich daran gewöhnt. Sie bereitete sich einen Espresso zu, schäumte Milch auf. Der Duft nach frischem Kaffee stieg in die Luft. Mit einer Schale Müsli und der Sonntagszeitung setzte sie sich an den Esstisch unter der Dachschräge. Von hier aus konnte sie die Türme des Schleswiger Domes sehen. Sie sah auf die Turmuhr. Kurz nach neun. Ein wenig Zeit blieb ihr noch.

Nach dem Frühstück ließ sich Marlene mit einem zweiten Cappuccino in der Hand in der Fensternische auf der anderen Seite des Zimmers nieder. Sie lehnte sich mit dem Rücken gegen die bunten Kissen. Sofort kam Dule angelaufen und sprang auf ihren Schoß. Schnurrend rollte er sich zusammen.

Dies war Marlenes Lieblingsplatz. Sie mochte die gemütliche Nische mit dem Ausblick über die kleine Dachterrasse und die Dächer bis hinüber zur Schlei. Heute schob der Wind dunkle Wolken über den Himmel, doch vereinzelt riss die Wolkendecke auf, und Sonnenstrahlen bahnten sich ihren Weg nach unten, wo sie weit draußen das Wasser der Schlei zum Glitzern brachten.

Marlene drehte das Radio an. Früher hätte sie in solchen Augenblicken Musik gehört. Sie hatte fast immer Musik laufen lassen, sie liebte Musik, spielte selbst Klavier. Doch damit war es vorerst vorbei. Mit dem Cochlea-Implantat hörte sich Musik für Marlene fürchterlich an. Stattdessen hörte sie nun NDR Info, den Informationssender des Norddeutschen Rundfunks, in dem fast ausschließlich gesprochen wurde. Gesprochen mit geschulten, deutlichen Stimmen, die sich hervorragend zum Üben des Sprachverstehens eigneten. Und das musste Marlene: üben, üben und nochmals üben. Das Radio lief nicht mehr nebenbei, sondern als gezieltes Training. Zuhören war für sie zu einem aktiven Vorgang geworden, der hohe Konzentration erforderte.

Marlene machte gute Fortschritte, das wusste sie. Sie war vielen Patienten mit CIs im Sprachverstehen weit voraus, wie ihr der Audiologe im Universitätsklinikum in Kiel bei den Kontrollterminen jedes Mal versicherte. Auch was das betraf, hatte sie letztlich Glück gehabt. Dennoch, der Schock über die Diagnose saß tief. Und ihr Weg hatte gerade erst begonnen.

»Es ist neun Uhr siebenundvierzig. In unserem folgenden Beitrag –«

Marlene stand auf und schaltete das Radio aus. Wenn sie pünktlich zum Mittagessen bei ihrer Schwester sein wollte, musste sie sich allmählich beeilen. Rasch wusch sie das Frühstücksgeschirr ab und ging ins Schlafzimmer, um sich umzuziehen und ihre Sachen zu packen.

Sie freute sich auf Johanne. Und sie sehnte sich nach Levke und Morten, ihrer Nichte und ihrem Neffen. Dennoch beschlich sie ein beklemmendes Gefühl. Sie hatte die Kinder seit der Implantation noch nicht wieder gesehen. Wie würden sich ihre Stimmen anhören? Würde sie Levke und Morten auf Anhieb verstehen können? Und wie würde für sie ihre eigene, Marlenes, Stimme klingen? Ob den Kindern ein Unterschied auffiel? Ob sie ihnen fremd vorkam oder womöglich gar abstoßend erschien?

Marlene holte ihre Reisetasche aus der Abseite und begann, Wäsche und Kleidung für ein paar Tage einzupacken.

Und dann war da noch Bahne, ihr Schwager. Auch ihn hatte sie seit seinem kurzen Besuch damals im Krankenhaus nicht mehr gesehen. Nur hätte sie in seinem Fall nichts dagegen einzuwenden, wenn es dabei bliebe. Aber der Wunsch, Johanne und die Kinder zu sehen, war stärker. Das seit jeher enge Verhältnis zu ihrer Schwester hatte durch die Ereignisse der letzten Monate weiter an Tiefe gewonnen. Johanne war an ihrer Seite gewesen, auf der Intensivstation, in der Klinik nach der Operation, zu Hause. Nun hatte sie Marlene überredet oder vielmehr genötigt, sie und ihre Familie für ein paar Tage auf ihrem Hof an der Nordseeküste zu besuchen.

Im Stillen wusste Marlene, dass ihre Schwester recht hatte. Seit ihrer Ertaubung war sie viel zu viel allein. Sie hatte sich aus ihrem sozialen Leben zurückgezogen, hatte Kontakte vermieden, sich regelrecht verkrochen. Sie hatte das gebraucht, sie musste zunächst allein mit der neuen Situation klarkommen. Ihr Selbstvertrauen hatte tiefe Risse davongetragen. Lange Zeit hatte sie ihre Wohnung nur für das Nötigste verlassen.

Mittlerweile war sie wieder häufiger draußen unterwegs,

hatte ein Stück Normalität zurückerlangt. Einmal war sie sogar endlich wieder rudern gewesen, doch angesichts der Gefahr, dass ihre CIs ins Wasser fallen könnten, hatte sie die Geräte abgenommen. Eine irritierende Erfahrung. Sie hatte es nicht erneut probiert.

Vielleicht ist es wirklich an der Zeit, wieder mehr unter Leute zu gehen, dachte Marlene und stopfte Socken und Unterwäsche in die Reisetasche. Auf Dauer würde sie allein nicht weiterkommen. Und da war eine ruhige Umgebung in einem abgeschiedenen Koog unter vertrauten Menschen als erster Schritt vermutlich nicht das Schlechteste. Die Kröte mit Bahne musste sie eben schlucken.

Sie schloss die Türen des Kleiderschrankes und machte flüchtig das Bett. Am Nachttisch blieb sie stehen. Sie nahm den Bilderrahmen in die Hand und wischte mit dem Ärmel die feine Staubschicht vom Glas. Für einen Augenblick betrachtete sie die Fotografie. Anfangs hatte sie das Bild ihres Mannes überall mit hingenommen, aus Angst, es könnte verblassen. Doch sie trug ihn sicher in ihrer Seele. Und sie hatte den Ring. Den legte sie niemals ab. Vorsichtig stellte Marlene den Rahmen zurück und ging in den Flur, gefolgt von ihrem Kater, der sie nicht aus den Augen ließ. Dule spürte, dass irgendetwas anders war als sonst.

Neben ihrer Schwester war auch Mats in den letzten Wochen und Monaten sooft er es ermöglichen konnte bei ihr gewesen. Doch ihr Sohn studierte am anderen Ende der Republik, und das neue Semester hatte gerade begonnen. Er hatte sein eigenes Leben, auch wenn Marlene ihn schmerzlich vermisste. Vor Ort hatte sie nur Hilde und Werner, ihre Vermieter und guten Seelen des Hauses. Ihren Elternersatz. Ihnen musste sie nichts vormachen.

Und natürlich ihre Kollegen von der Dienststelle. Doch mit ihnen war es anders.

Marlene durfte ihr technisches Zubehör nicht vergessen. Akkus zum Wechseln, Ladestation, Fernbedienung. Auch die Trockenbox musste sie mitnehmen. Sie war seit ihrem Klinikaufenthalt nicht mehr länger von zu Hause fort gewesen. Marlene ertappte sich dabei, wie sie das Sammelsurium an technischen Geräten, die sie in der Reisetasche verstaut hatte, befremdlich anstarrte. All diese Dinge gehörten jetzt zu ihr. Für immer. Es gab Momente, da konnte sie einfach noch nicht glauben, dass dies nun wirklich ihr Leben war. Sie zog den Reißverschluss der Tasche zu und stellte sie neben die Wohnungstür.

Seit der Hirnhautentzündung und der anschließenden Diagnose war Marlene krankgeschrieben. Sie war seitdem auch nicht mehr auf der Kriminalpolizeistelle gewesen. Ihre Kollegen hatten rege Anteilnahme gezeigt, doch Marlene hatte alle Besuchsanfragen abgeblockt. Einzig ihr Teampartner Simon Fährmann hatte sich davon nicht beeindrucken lassen und stand eines Abends einfach vor ihrer Tür. Doch dann hatte auch er verstanden: Marlene brauchte Zeit.

Denn sie, Kriminalhauptkommissarin Marlene Louven, die nichts so schnell aus der Spur warf, immer Profi, immer tough, sie war tief verwundet und verunsichert. Und eine grundlegende, alles entscheidende Frage lag zentnerschwer auf ihrer Seele: Wie würde sie je wieder als Kommissarin arbeiten können?

2

»Und zum Schluss noch eine Bitte: Lasst meinem alten Herrn nicht zu viele Leckereien angedeihen. Dule sollte wenigstens noch durch die Katzenklappe passen.« Marlene grinste.

Hilde Thomsen nickte zustimmend, doch Marlene wusste, dass ihr Kater trotzdem ausgiebig verwöhnt werden würde. Sie nahm es Hilde nicht übel, ganz im Gegenteil, und umarmte die kleine alte Frau zum Abschied. Sie reichte ihr gerade knapp über die Schulter.

»Na, mien Deern, brauchst du mal wieder einen vernünftigen Pott Kaffee anstatt diesen neumodischen Krams?« Werner Thomsen erschien hinter seiner Frau in der Wohnungstür.

Hilde drehte sich zu ihm um. »Nein, Marlene möchte sich nur verabschieden. Sie fährt für ein paar Tage zu ihrer Schwester in den Koog.«

»Was ist mit dem Fenster oben?« Werner zog fragend die Augenbrauen zusammen.

Hilde seufzte. »Nichts ist mit dem Fenster oben. Marlene fährt zu ihrer *Schwester*, nach *Theresienkoog*, nach Dithmarschen. Sind deine Batterien wieder leer?« Sie tippte sich mit dem Finger ans Ohr.

Werner schaute hilfesuchend zu Marlene. Sie lächelte ihm aufmunternd zu. »Du weißt doch, ohne Strom kommen wir beide nicht mehr klar«, sagte sie.

Werner nickte. »Ach so, oben ist alles klar.«

Hilde rollte mit den Augen.

Marlene verabschiedete sich und trat auf die Straße. Sofort empfing sie ein kalter Wind. Sie zog den Reißverschluss ihrer Jacke zu und stellte den Kragen hoch. Der erste Herbststurm war gestern über das Land gefegt. Zahlreiche Zweige und Blätter auf der Straße zeugten von einer unruhigen Nacht. Mittlerweile hatte der Wind ein wenig nachgelassen, und es hatte aufgehört zu regnen. Immer mehr blaue Lücken zeigten sich zwischen den Wolken, die mit der Sonne um die Vorherrschaft am Himmel kämpften. Vielleicht würde es doch noch ein schöner Tag werden.

Marlene wohnte auf dem Holm, dem kleinen historischen Fischerviertel in Schleswig am Ufer der Schlei. In den engen kopfsteingepflasterten Gassen gab es kaum Platz zum Parken, sodass die Anwohner ihre Autos in den angrenzenden Straßen abstellen mussten. Deshalb ging Marlene die Süderholmstraße hinunter, die an einem kleinen Friedhof entlangführte, der das Zentrum eines kreisförmigen Platzes bildete. Seinen Rand säumten niedrige alte Häuser, die meisten von ihnen sorgsam restauriert, mit Sprossenfenstern, bunten Holztüren und Jahreszahlen aus Gusseisen an den Giebeln. Die Rosenstöcke an den Hauswänden waren jetzt, Mitte Oktober, allesamt verblüht.

Marlene holte eine Packung Zigaretten aus ihrer Jackentasche, hielt ihre Hand schützend vor das Feuerzeug und steckte sich eine an. Nach der Implantation hatte sie wieder mit dem Rauchen angefangen. Das hatte sie auch nach Nils' Tod getan, um es sich dann mühsam wieder abzugewöhnen, als es ihr langsam besser ging. Marlene war nicht stolz auf diese Schwäche, doch sie hatte im Augenblick nicht die Kraft, dagegen anzugehen. Immerhin besser als Alkohol, redete sie sich ein.

Sie hatte ihren Bus vor dem St.-Johannis-Kloster geparkt. Seine leuchtend orange Farbe sah Marlene schon von Weitem. Sie hatte den alten T4 vor Jahren von den Stadtwerken gekauft. Der Schriftzug »Entstörungsdienst« war an der Seite noch immer zu erkennen. Der Bus hatte mittlerweile ein gesegnetes Alter erreicht, und jede TÜV-Untersuchung verursachte bei Marlene Schweißausbrüche. Doch entgegen jeder Vernunft hatte sie sich bisher noch nicht von ihrem Gefährt trennen können. Zu viele Erinnerungen hingen daran. Marlene hatte ihn gemeinsam mit Mats ausgebaut und einige schöne Campingurlaube mit ihm darin verbracht. Nein, ein wenig musste der Bus noch durchhalten. Ganz abgesehen davon, dass sie sich einen neuen Campingbus finanziell gar nicht leisten konnte.

Marlene warf die Zigarettenkippe in einen Mülleimer, öffnete die Schiebetür und stellte die Reisetasche in den Bus. Dann kletterte sie nach vorn, warf ihre Handtasche auf den Beifahrersitz und setzte sich hinter das Lenkrad. Sie ließ ihre Hände sinken und hielt inne.

Seit ihrer CI-Operation war Marlene nur selten Auto gefahren. Sie vertraute ihrem neuen Sinn noch nicht. Die Geräusche anderer Verkehrsteilnehmer aus dem lauten, eintönigen Brummen des Dieselmotors herauszuhören fiel ihr schwer. Besonders schwierig war es für Marlene, die Richtung zu erkennen, aus der ein Geräusch kam. Einmal hatte sie nur durch einen zufälligen Blick in den Rückspiegel bemerkt, dass ein Rettungswagen mit Blaulicht schon direkt hinter ihr war. Sie hatte vor Schreck auf die Bremse getreten und hätte beinahe einen Auffahrunfall verursacht.

Marlene musste bei jeder Fahrt ihre volle Konzentration aufwenden. Sie atmete tief durch und straffte die Schultern. Dann steckte sie den Schlüssel ins Zündschloss und startete den Motor.

Um von Schleswig nahe der Ostsee nach Theresienkoog an der Nordseeküste zu gelangen, musste Marlene Schleswig-Holstein einmal von Ost nach West durchqueren. Gleich hinter Heide, der Kreisstadt Dithmarschens, begann das Land der Windräder. Und je weiter sich Marlene der Küste näherte, desto mehr Windräder reckten sich in den weiten Himmel. Gleichförmig drehten sich ihre Rotoren im Takt, den der stetig gehende Wind vorgab. Auf den Wiesen neben der Bundesstraße weideten Schafe. Etwas weiter abseits folgte eine Schar Möwen einem Trecker, der ein Feld pflügte. Weiße Tupfen auf dunklem, schwerem Marschboden.

Marlene musste abbremsen und schaltete in den zweiten Gang hinunter. Vor ihr hatte sich hinter einem Trecker eine lange Autoschlange gebildet. Sie konnte sehen, dass seine beiden Anhänger bis über den Rand mit Kohlköpfen beladen waren. Kohlernte. Marlene lehnte sich in ihrem Autositz zurück. Das konnte dauern. Willkommen in Dithmarschen.

Das Autofahren hatte bis hierhin gut geklappt, stellte Marlene zufrieden fest. Wieder war ein kleiner Schritt in die richtige Richtung geschafft. Sie beugte sich zum Beifahrersitz hinüber und kramte in ihrer Handtasche, bis sie die Tüte mit den salzigen Lakritzheringen gefunden hatte. Sie fischte sich zwei, drei heraus und ließ sie nacheinander im Mund verschwinden.

Bis kurz vor Büsum kroch Marlene hinter dem Trecker her, dann konnte sie in Oesterdeichstrich endlich von der Bundesstraße abbiegen. Bald darauf erreichte sie die lang gezogene Koogchaussee, die nach Theresienkoog führte. Durch eine Deichscharte passierte sie den am weitesten landeinwärts liegenden Deich, und vor ihr breitete sich der Koog aus. Wohin Marlene auch sah, überall fiel ihr Blick auf Windräder. Erhaben überragten sie die weiten, ebenen Ackerflächen und die vereinzelten Höfe, die verstreut zwischen Feldern und Wiesen lagen. Der Rand ihres Blickfeldes wurde von den Deichen bestimmt, die den Koog zu allen Seiten umschlossen.

Wirklich sehr viel Gegend, dachte Marlene nicht zum ersten Mal, während sie die schmale, schnurgerade Chaussee entlangfuhr. Sicherlich war auch Schleswig nicht gerade das, was man den Nabel der Welt nannte, aber hier in Theresienkoog gab es nicht viel mehr als Schafe, Windräder, ein paar Höfe und einige einsame Touristen. Marlene konnte dieser spröden Provinz durchaus etwas abgewinnen. Für ein paar Tage oder auch zwei, drei Wochen konnte sie es gut in dieser Abgeschiedenheit aushalten. Die Weite und die Klarheit der Landschaft, die Grenzenlosigkeit des Himmels und der nahen Nordsee, sie hatten etwas ganz Besonderes, etwas Befreiendes. Aber Marlene fragte sich trotzdem, wie ihre Schwester auf Dauer hier leben konnte.

Sie konnte den Hof von Johanne und ihrer Familie schon sehen, bevor sie von der Hauptstraße in die Stichstraße einbog, die direkt darauf zuführte. An der Abzweigung stand, angebracht an einem alten Wagenrad, ein kunstvoll gestaltetes Schild aus Holz mit der Aufschrift »Hof Seehusen – Ferienwohnungen und Hofladen«.

Auf der anderen Seite des Stichweges war ein zweites Schild an einem Pfahl in den Boden gerammt. Das Plakat darauf zeigte den roten Kreis des Verkehrsschildes »Durchfahrt verboten«, in dessen Mitte mehrere Windräder von einem kräftigen roten Balken durchgestrichen waren. »Bürgerinitiative Proteststurm« konnte Marlene im Vorbeifahren lesen. »Wir haben genug! Keine neuen Windkraftanlagen in Theresienkoog!«

Da hat Bahne ja mal wieder ein neues Projekt, dachte Marlene. Sie lenkte den Bus auf den kopfsteingepflasterten Hofplatz und parkte vor dem ehemaligen Pferdestall, in dem sich die Ferienwohnungen befanden. Hier wohnte Marlene für gewöhnlich, wenn sie bei ihrer Schwester zu Besuch war, und gerade in ihrer jetzigen Situation war die Aussicht auf einen Rückzugsort, an dem sie hin und wieder ganz für sich allein sein konnte, sehr verlockend.

Sie schaltete den Motor aus. Als sie nach ihrer Handtasche griff, fiel Marlenes Blick in den Rückspiegel. Sie strich sich eine Haarsträhne aus dem Gesicht. Saßen die CIs richtig hinter dem Ohr? Stand auch nichts ab? Erst jetzt bemerkte sie, dass sie ein flaues Gefühl in der Magengegend hatte.

Sie stieg aus und holte tief Luft. Es roch nach Salz und Meer. Das war etwas, was sie hier im Koog wirklich liebte. Sie schaute sich um. Wo waren Levke und Morten? Normalerweise kamen die beiden sofort angerannt.

Da flog die Haustür des Wohnhauses auf, und die Kinder kamen über den Hofplatz gestürmt.

»Du hast ja gar nicht gehupt!«, rief Levke. »Du hupst doch sonst immer!«

»Oh, daran habe ich heute gar nicht gedacht.« Marlene schloss ihre Nichte in die Arme. Innerlich atmete sie auf. Levkes Stimme klang viel zu hoch und blechern. Und natürlich gänzlich ungewohnt. Aber die ersten Sätze hatte Marlene wenigstens schon einmal verstanden. »Wie schön, dich zu sehen, meine Große.«

Morten blieb vor Marlene stehen. »Sind das da diese Dinger? Deine neuen Ohren?« Er zeigte auf Marlenes CIs und lief einmal um sie herum. »Und da… du …tig hören? Cool.«

Marlene sah Morten an. »Entschuldige, aber das habe ich nicht ganz verstanden. Kannst du das bitte wiederholen?«

»Ob … ob das deine neuen Ohren sind. Mit denen du wieder hören kannst«, wiederholte er verunsichert.

»Ja, das sind meine Cochlea-Implantate, meine CIs. Damit kann ich gut hören. Du musst mich nur beim Sprechen anschauen, dann kann ich dich besser verstehen.«

»Ach so …« Morten schaute etwas betreten zu Boden.

»Aber nun komm erst mal her!« Marlene ging in die Knie und drückte ihren Neffen an sich. Dann schob sie ihn mit ausgestreckten Armen von sich weg und betrachtete ihn. »Hey, du bist ja schon wieder gewachsen! Und hast du einen neuen Pullover? Mit einem echten John Deere drauf!« Sie nickte anerkennend.

Mortens Augen leuchteten augenblicklich auf. »Ja, den habe ich bekommen, weil ich bei der Ernte geholfen habe. Ich durfte einmal sogar den Trecker lenken. Hast du mir auch etwas mitgebracht?«

»Na klar. Du kannst ja schon mal die Tasche aus dem Auto holen.«

»Morten, nun lass doch Marlene erst einmal ankommen.« Johanne war aus dem Haus gekommen und warf ihrem Sohn einen tadelnden Blick zu. »Wie schön, dass du da bist, Schwester!«

Die beiden umarmten sich herzlich.

»War die Fahrt okay?«

Marlene nickte. »Bis auf einen der Kohltrecker, die gerade unterwegs sind, lief alles wunderbar.«

»Ja, wem sagst du das?« Johanne grinste. »Bahne ist noch mit

Senta bei den Schafen, aber er wollte gleich zum Mittagessen kommen.«

Senta war das fünfte Mitglied der Familie, ein schwarz-weißer Border-Collie. Johanne wandte sich zum Gehen und begann zu sprechen, hielt dann aber inne, drehte sich wieder zu Marlene um und fing von Neuem an: »Leider ist deine Ferienwohnung gestern kurzfristig gebucht worden, und du weißt ja, wir müssen das gerade in der Nachsaison unbedingt annehmen. Die anderen zwei Wohnungen sind auch belegt. Deshalb musst du mit bei uns im Haus schlafen. Levke hat ihr Zimmer für dich geräumt, dann hast du dort dein Reich und kannst ungestört sein.«

Marlene seufzte innerlich, aber sie ließ sich ihre Enttäuschung nach außen hin nicht anmerken. »Das ist aber lieb von dir«, sagte sie zu ihrer Nichte und legte ihr den Arm um die Schulter. Gemeinsam gingen sie zum Haus hinüber. Es war aus rotem Backstein gebaut und hatte hohe, schlanke Holzfenster, deren Rahmen grün-weiß lackiert waren.

Im Flur duftete es verführerisch nach Essen.

»Lamm?«, fragte Marlene ihre Schwester. »Mit Rosmarinkartoffeln?«

»Na klar.«

»Du bist die Beste.« Marlene drückte Johanne einen Kuss auf die Wange. Sie selbst war eine miserable Köchin.

»Ist auch klar.« Lachend verschwand Johanne in der Küche. Marlene überreichte den Kindern ihre Mitbringsel.

»Die neue THW Inside, wow! Das ist toll. Vielen Dank!« Levke strahlte über das ganze Gesicht. Sie teilte Marlenes Begeisterung für den Handballsport und den THW Kiel. Gemeinsam hatten sie Marlenes Kater nach dem Mannschaftskapitän auf dessen Spitznamen »Dule« getauft. Mit der Zeitschrift über ihren Lieblingsverein ließ sich Levke auf der Eckbank in der gemütlichen Wohnküche nieder.

»Und für dich habe ich etwas für deine Sammlung.« Marlene gab Morten ein kleines Päckchen. Gespannt zerriss er das Geschenkpapier.

»Der 9000er von John Deere! Mit Doppelreifen. Cool!«

»Als ob ich das mit dem Pulli geahnt hätte … Diesen Trecker hast du doch noch nicht, oder?«

Morten schüttelte den Kopf. »Nee, der fehlte noch. Danke!«

Da wurde die Küchentür mit Schwung geöffnet, und Bahne kam herein. »Moin!« Er zog seine Lederweste mit Lammfellfutter aus und warf sie über die Rückenlehne eines Stuhles. Mit einer flüchtigen Umarmung begrüßte er seine Schwägerin. »Hallo, Marlene, alles klar?«

»Jep.« Marlene nickte.

»Warm hier drin.« Er krempelte die Ärmel seines karierten Holzfällerhemdes hoch. »Bei den Schafen habe ich alles geregelt. Das Gatter klemmt jetzt nicht mehr. War 'ne Sache von fünf Minuten.«

»Papa, guck mal, ich habe von Leni einen neuen John Deere geschenkt bekommen.« Morten hob den Trecker in die Luft und hielt ihn seinem Vater hin.

»Ja, schön. Aber zum Mittagessen kommt er auf die Seite.«

»Och Papa, bitte!« Morten schob die Unterlippe vor. »Er ist doch ganz neu.«

»Nein, kein Spielzeug auf dem Tisch. Und Levke, deine Zeitschrift oder was du da hast, wird auch weggepackt. Apropos Essen, ist es bald fertig? Ich habe einen Mordshunger.« Er gab Johanne einen Kuss. »Mmh, riecht das gut.«

Während sie aßen, entwickelte sich ein lebhaftes Gespräch, bei dem Marlene jedoch mehr und mehr zum stillen Zuschauer wurde. Die verschiedenen hohen und tiefen Stimmen, die alle durcheinanderredeten, dazu das helle, klirrende Geklapper des Bestecks, es wurde ihr alles zu viel. Dem Inhalt des Gesprächs konnte sie nur in Bruchstücken folgen.

Johanne beugte sich zu ihr herüber und legte ihr die Hand auf den Unterarm. »Alles okay bei dir? Du bist so still.«

Marlene lächelte entschuldigend. »Tut mir leid, aber es ist einfach noch ein wenig schwer für mich, alles zu verstehen.«

»Ist es zu laut für dich? Oder zu schnell?«

»Nein, nein, es ist nicht zu laut, aber vielleicht könntet ihr versuchen, mehr nacheinander zu reden, nicht alle auf einmal. Dann ist es für mich leichter.«

»Oh ja, natürlich«, antwortete Johanne schnell. Sie errötete. »Wir müssen das auch erst lernen.«

»Na klar. Alles gut.«

»Warum hast du denn heute gar keinen Nagellack auf deinen Fingernägeln?«, fragte Levke. Marlene bemerkte, dass ihre Nichte sich bemühte, klar und deutlich zu sprechen.

»Ach, weißt du, das habe ich in letzter Zeit ganz vergessen. Aber du hast recht, vielleicht sollte ich das mal wieder in Angriff nehmen.« Sie lächelte Levke zu.

»Für dich ist Nagellack sowieso noch nichts, Levke.« Bahne tat sich eine zweite Portion Fleisch und Kartoffeln auf. »Das Lamm ist dir übrigens wieder vorzüglich gelungen, Schatz.« Er sah seiner Frau in die Augen. »Muss von einem guten Züchter stammen.« Er lachte selbstgefällig über seinen Scherz.

»Papa hat gesagt, dass deine Stimme ein bisschen anders geworden ist«, sagte Morten leichthin. »Aber ich finde sie ganz normal.«

»Na ja, ganz so habe ich das nicht gesagt«, widersprach Bahne. »Aber wenn man nicht gut hören kann, dann kann man auch seine Stimme nur schwer kontrollieren. Und du redest seit der OP etwas lauter, Marlene. Hat dich bisher noch keiner darauf hingewiesen? Du brauchst nämlich gar nicht so laut zu sprechen. Aber das ist bestimmt bloß eine Frage der technischen Einstellung an deinen Geräten. Wie heißen die noch mal? CIs?«

Da war er wieder, Bahne Allwissend. Feinfühlig wie immer.

Bevor Marlene etwas erwidern konnte, warf Johanne ein: »Mir ist das gar nicht aufgefallen. Du sprichst sehr gut. Genauso wie früher.«

»Und du hast wirklich einen Magneten im Kopf? So richtig drin?«, fragte Morten neugierig. »Kannst du mir das nachher mal zeigen?«

Johanne wollte sich für ihren Sohn entschuldigen, aber Marlene winkte ab. »Lass gut sein, das ist völlig in Ordnung.« Sie schaute Morten an. »Ja, es sind sogar zwei Magnete, an jeder Seite einer.« Sie deutete rechts und links auf die Stellen hinter ihren Ohren. »Sie sitzen hier drunter, unter den Spulen. Ich zeige dir das nachher mal in Ruhe.«

Levke rief: »Mir auch!«

»Jetzt ist aber mal gut, lasst Marlene bitte in Ruhe essen.« Johanne nahm die Fleischplatte. »Möchtest du noch etwas von dem Lamm?«

Der Rest des Essens verlief vergleichsweise ruhig. Bahne hielt irgendeinen Monolog über seine Umbaupläne im Schafstall, während Marlene sich nach und nach ausklinkte. Sie musste sich eingestehen, dass sie sich allmählich erschöpft und müde fühlte.

Nach dem Nachtisch stand Bahne auf und verabschiedete sich. »Ich gehe kurz rüber zu Uwe. Ich will wegen der letzten Versammlung etwas mit ihm besprechen. Senta nehme ich mit.« Er schaute sich suchend um. »Hatte ich mein Spray nicht hier auf der Ablage liegen gelassen?«

»Ich habe es in den Schrank gestellt, damit es nicht wegkommt«, antwortete Johanne.

»Aha«, brummte Bahne. Er öffnete die Schranktür, nahm sein Asthmaspray heraus, inhalierte zwei Spraystöße und stellte das Medikament zurück in den Schrank.

Als er den Türgriff schon in der Hand hielt, blieb er noch einmal kurz stehen und drehte sich zu Marlene um. Beinahe beiläufig sagte er: »Du kannst wirklich froh sein, dass es solche Implantate gibt. Jetzt kannst du wieder richtig hören. Da hast du enormes Glück gehabt. Aber so ein Asthma wie bei mir«, er hustete demonstrativ, »das kannst du nicht einfach wegoperieren.«

3

»Dieses ignorante, selbstverliebte Arschloch!«

Marlene hielt inne. Verdammt, war ihr der Gedanke etwa gerade laut über die Lippen gerutscht? Sie sah zu Levke und Morten, doch die beiden schienen nichts gehört zu haben. Levke blickte konzentriert geradeaus, bedacht darauf, mit ihrem Waveboard die Spur zu halten, während Morten mit seinem Roller schon ein Stück weiter vorn auf dem Radweg in Richtung Deich unterwegs war. Das war noch einmal gut gegangen.

Nach der anstrengenden Konversation beim Essen und Bahnes Abgang hatte Marlene rausgemusst. Sie brauchte frische Luft. Deshalb war sie mit ihrer Nichte und ihrem Neffen zu einem Spaziergang aufgebrochen und stapfte nun, eine Mütze auf dem Kopf und die Hände tief in den Jackentaschen vergraben, den beiden Kindern auf ihren Fahrzeugen hinterher. Johanne war auf dem Hof geblieben, um auf die Ankunft der neuen Feriengäste zu warten.

Der Wind hatte aufgefrischt und die Wolken ins Landesinnere vertrieben. So war es kühl, aber sonnig, ein Wetter, das Marlene an sich liebte. Doch im Augenblick hatte sie keinen Sinn dafür. Denn sie ärgerte sich noch immer.

»Du kannst wirklich froh sein.« *Froh!* Als ob Bahne das auch nur annähernd beurteilen könnte! Marlene wollte kein Mitleid oder dergleichen, ganz und gar nicht. Aber was wusste Bahne schon? Was wusste er von der lautlosen Hölle, durch die sie gegangen war, was? Wenn alles um einen herum in Stille versinkt. Wenn die Musik verstummt. Und man seine eigene Stimme und die seines Sohnes nicht mehr hören kann. Was wusste er davon, wie es sich anfühlt, wenn die Welt ihre klingende Seele verliert?

Marlene schreckte aus ihren Gedanken hoch. Hatte Levke nach ihr gerufen? Sie sah auf. Ihre Nichte rief ihr irgendetwas zu, lachte und winkte und fuhr dann unbeirrt weiter. Gleich hatte sie ihren Bruder eingeholt. Marlene lächelte und winkte pflichtbewusst zurück, aber sie hatte nichts verstanden. War hoffentlich nicht so wichtig. Sie seufzte.

Natürlich waren die Cochlea-Implantate ein Segen für sie, und Marlene war dankbar und glücklich, dass es diese Technik gab. Wenn sie nur an den Augenblick zurückdachte, in dem die Geräte das erste Mal aktiviert wurden, an das Gesicht des Audiologen, seine freundliche und gleichzeitig ernste, erwartungsvolle Miene. Dann der erste Satz: »Können Sie mich verstehen?« Und Marlene konnte es. Wie jedes Mal, wenn sie daran dachte, spürte sie auch jetzt, wie Gänsehaut ihre Arme hinaufkroch und ihr die Tränen in die Augen schossen.

Verstohlen fuhr sich Marlene mit den Handrücken über die Wangen. Dann vergrub sie ihre Hände noch tiefer in den Jackentaschen.

Aber von wegen »richtig hören«! So leicht, wie Bahne meinte, war es ganz gewiss nicht. Immer gab es ein »Noch«: »*Noch* hören sich die Stimmen ungewohnt an, aber das wird für Sie ganz normal werden.« – »*Noch* können Sie nicht alle Geräusche identifizieren, aber das wird sich bald ändern.« – »*Noch* ist das Telefonieren schwierig, aber Sie werden darin Übung bekommen.«

Oft drohten diese »Nochs« Marlene den Mut zu nehmen. Doch sie wusste, dass sie dranbleiben musste. Sie *wollte* dranbleiben, *wollte* weiterkommen, immer besser werden und letztendlich irgendwann wieder so etwas wie einen normalen Alltag leben. Ihr Problem war nicht die Disziplin – da konnte Marlene sehr eisern sein –, sondern vielmehr die Geduld. Die zählte nicht gerade zu ihren Stärken. Und was das Hören anging, musste Marlene sehr geduldig sein. Sie musste ihren hohen Anspruch an sich selbst herunterschrauben. Hören lernen funktionierte nicht von heute auf morgen. Und nicht mit der Brechstange.

Ihre Finger fühlten die Zigarettenpackung in der Jackentasche. Wie gern würde sie sich jetzt eine anstecken. Allerdings nicht vor den Kindern. So weit hatte Marlene sich im Griff. Sie zog sich die Mütze tiefer ins Gesicht.

Inzwischen waren sie auf dem Rad- und Wanderweg ein gutes Stück vorangekommen. Immer geradeaus ging es durch abgeerntete Kohlfelder und Schafwiesen, vorbei an vereinzelten Hofstellen und riesigen Windrädern, die sich behäbig im Wind drehten. Die lang gezogenen Schlagschatten der Rotorblätter wanderten im steten Rhythmus über die Landschaft. Der Deich rückte immer näher. Marlene konnte die Nordsee zwar noch nicht sehen, aber sie konnte sie immer intensiver riechen. Tief atmete sie die salzige Luft ein und streckte ihr Gesicht dem Wind und der Sonne entgegen.

Als Bahne vorhin nach dem Essen die Küche verlassen hatte, hatte Johanne wie immer versucht, ihren Mann zu entschuldigen und seiner Aussage die Schärfe zu nehmen, er meine es ja gar nicht so. Doch Marlene wusste, dass dem nicht so war. Von ihrer ersten Begegnung an hatten sie und Bahne keinen Hehl aus ihrer gegenseitigen Abneigung gemacht. Bahne brauchte die große Bühne, und Marlene war dies zuwider. Sie gab ihm nicht den Applaus, nach dem er sich so sehr sehnte. Aber Johanne und den Kindern zuliebe hatten sie so etwas wie einen Burgfrieden geschlossen. Ganz ohne den anderen ging es nicht, Johanne wollte und brauchte sie beide. Also blieb Marlene ruhig und biss sich ein ums andere Mal auf die Zunge, auch wenn es ihr schwerfiel.

An einer Weggabelung hatten Levke und Morten haltgemacht und warteten auf sie. Gemeinsam setzten sie ihren Spaziergang fort.

Als sie an der einzigen Kuhweide im Koog vorbeikamen, sahen sie einen jungen Mann am Gatter stehen. Einige Kühe waren zu ihm an den Zaun gekommen. Sein weißblondes Haar leuchtete in der Sonne.

Morten hielt mit seinem Roller an und wechselte ein paar Worte mit dem Mann, während Marlene und Levke weitergingen. Dann schloss er wieder zu ihnen auf.

»Das ist Sö…«, sagte er zu Marlene.

»Sönke?«

»Nein, Sö-ren.«

»Ach so.« Marlene drehte sich noch einmal nach ihm um. »Sag mal, hat dieser Sören gerade mit den Kühen geredet?«

»Ja, das macht er oft. Manchmal muht er auch«, antwortete Morten ganz selbstverständlich.

»Muht?«

»Muht.«

»Aha.«

»Sören ist ein bisschen schnagge… aber voll in Ordnung.«

»Schna… was?«

Morten blickte Marlene in die Augen und betonte jede einzelne Silbe: »Schnag-ge-lig.«

»Das heißt, er ist behindert, geistig behindert«, schaltete sich Levke ein.

»Und das nennt ihr *schnaggelig*?« Marlene runzelte die Stirn. »Du weißt schon, dass man das auch anders sagen kann?«

»Wieso?«

»Na ja, man sollte vielleicht besser von einem Menschen mit einer Behinderung reden.«

Levke zuckte mit den Schultern. »Aber das alles ist doch sowieso ganz normal. Jeder kennt Sören hier. Er ist der Sohn von den Brodersens, vom Hof gleich bei uns nebenan. Allerdings wohnt er jetzt bei den Lüt… da vorn, kurz vorm Deich. Er hilft da im Stall.«

»Bei den Lü…«

»Lüt-jes.«

»Und die haben eine Treckersammlung, die musst du mal sehen! Die ganze Scheune steht voll!«, warf Morten ein. »Viele sind schon total alt, aber die meisten fahren noch. Immer zum Kohlfest holt Uwe einen raus. Und dann dürfen wir Kinder mitfahren. Diesmal war es ein alter Fendt. Sören ist auch mitgefahren.« Er strahlte über das ganze Gesicht.

»Na dann …« Marlene grinste. Sie gab Morten auf seinem Roller kräftig Anschwung und lief ihm hinterher. »Auf geht's!«

»Hey, wartet!«, protestierte Levke lachend und folgte den beiden, so schnell sie konnte.

Bald darauf erreichten sie den Deich. Sie ließen die Fahrzeuge am Fuß der Treppe liegen und gingen nach oben. Auf der Deichkrone empfing sie ein noch kräftigerer Wind. Marlenes Blick schweifte über das Wasser und den weiten Horizont. Wie jedes Mal, wenn sie hier stand, erinnerte sie sich daran, wie sie als Kind zum ersten Mal mit Johanne und ihren Eltern an die schleswig-holsteinische Nordseeküste gefahren war. Wie sie voller Vorfreude den Deich erklommen hatte – und dann maßlos enttäuscht gewesen war. In ihrem kindlichen Unwissen hatte sie sich unter »Küste« und »Meer« einen breiten weißen Sandstrand mit Dünen und tosenden Wellen vorgestellt. Und nicht eine riesige matschige Fläche mit wenig Wasser, langen Reihen von Holzpflöcken und Steinen an der Deichkante.

Auch jetzt bot sich Marlene wieder dieser Anblick. Weite Wattflächen breiteten sich vor ihr aus, hier und da durchschnitten von einzelnen Lahnungen, die senkrecht zum Küstenverlauf tief ins Watt hineinragten. Nur mit dem Unterschied, dass sie heute, als erwachsene Frau, durchaus Gefallen an dieser herben Landschaft fand.

Sie lief auf der anderen Seite den Deich hinunter und schloss zu ihrem Neffen und ihrer Nichte auf, die schon längst unten an der Badestelle in ihren Gummistiefeln im Watt spielten. Gemeinsam spazierten sie ein kleines Stück an der Wasserkante entlang, bevor sie sich wieder auf den Rückweg machten. Allmählich wurde es dunkel, und der Hunger trieb sie nach Hause. Zwar war die Aussicht auf ein weiteres Essen mit ihrem Schwager im Augenblick nicht gerade das, was Marlene sich sehnlichst wünschte. Doch als sie den Hof fast erreicht hatten, sah Marlene Bahne in seinem Jeep auf der langen Stichstraße, die vom Hof zur Hauptstraße führte, davonfahren. Sie atmete innerlich auf.

Jetzt konnte es doch noch ein netter Abend werden.

4

Es war nicht viel mehr als ein zarter Luftzug. Ein dunkler Schatten an der Wand.

Der Schürhaken fuhr nieder. Das Splittern des Schädelknochens zerriss die Stille.

Längs schlug der Körper hin, ohne Reaktion. Dunkel und dumpf der Aufprall.

Ein gefälltes Leben. Mit einem einzigen Schlag.

Wie schnell es ging. Und wie leicht.

Nur noch das Ticken der Wanduhr, sonst nichts.

Es war vorbei.

Jetzt konnte alles so bleiben, wie es war.

5

Gleich nebenan ist gut, dachte Marlene, als sie auf dem mächtigen Findling die Inschrift »Hof Brodersen« las und ihr Levkes Worte vom Nachmittag in den Sinn kamen. Sie war mit Johanne und Senta zu einer letzten Hunderunde für diesen Tag aufgebrochen. Der Hof Brodersen lag zwar tatsächlich in nächster Nachbarschaft und in Sichtweite zum Hof ihrer Schwester, aber dennoch trennten sie einige Felder und mindestens sechshundert Meter Luftlinie.

Der Abend war klar, der Wind hatte abgeflaut. Zwei alte ehrwürdige Kastanienbäume erhoben sich links und rechts der Hofeinfahrt in den dunklen Himmel. Im Licht der Straßenlaterne sah Marlene ihre braunen Früchte zwischen den Blättern auf dem Boden glänzen. Sie bückte sich und ließ eine Kastanie in ihrer Jackentasche verschwinden. Glatt und kühl spürte sie die Rundungen in ihrer Hand. Sie liebte dieses Gefühl.

Dann kam das Geräusch. Es war durchdringend. Marlene stutzte. Was war das? Hatte ein Mensch geschrien? Oder ein Tier? Sie schaute sich um. Sie konnte den Ursprung nicht identifizieren und erst recht nicht feststellen, aus welcher Richtung das Geräusch kam. Sie sah zu ihrer Schwester. Auch Johanne schien etwas gehört zu haben. Irritiert blickte sie in Richtung Hofeinfahrt.

Marlene folgte ihrem Blick und entdeckte seitlich des großen Wohnhauses eine Frau, die aus dem Dunkeln auftauchte. Sie rannte auf den Vorplatz. Im Schein der Lampe zwischen den Säulen am Hauseingang war ihre Gestalt nun gut zu erkennen. Und sie war zu hören. Sie schrie.

Als die Frau Marlene und Johanne bemerkte, rannte sie wild gestikulierend auf sie zu. Einige Haarsträhnen hatten sich aus ihrem langen blonden Zopf gelöst und hingen ihr wirr ins Gesicht, der bunte Wollmantel flatterte offen hinter ihr her. Sie stürzte sich regelrecht in Johannes Arme, schluchzte und brabbelte auf sie ein.

Marlene verstand kein Wort. Verwirrt suchte sie Johannes Blick. Was ging hier vor?

Johanne versuchte, die Frau zu beruhigen. Schließlich schaffte sie es, sie mit den Armen von sich wegzuschieben. Sie sah Marlene an. Ihre Augen waren vor Schreck geweitet. »Das ... das ist Sabine Sommer«, sagte Johanne, sichtlich um Fassung ringend, »sie hat gesehen, dass Hermann ... also, der Besitzer des Hofes, sie hat gesehen, dass Hermann Brodersen im Wohnzimmer auf dem Boden liegt. Er ist tot! Und sein Kopf ist voller Blut. Vielleicht wurde er erschlagen!«

Sabine Sommer kreischte erneut auf und rief etwas. Bei Marlene kamen nur die Fetzen »müssen sofort« und »Polizei« an. Senta begann laut zu bellen. Sie schien die Aufregung der Frau zu spüren.

Johanne bemühte sich, Senta zum Schweigen zu bringen. Gleichzeitig erklärte sie der Frau etwas, von dem Marlene vermutete, dass es um sie ging, denn sie vernahm die Worte »Schwester« und »Kriminalhauptkommissarin«. Daraufhin wandte sich die Frau Marlene zu. »Er ist tot! Erschlagen! *Ermordet!*« Ihr Gesicht war zu einer dramatischen Fratze verzogen. Unter Tränen brachte sie hervor: »Ich wollte ...«

Marlene versuchte sich zu konzentrieren, starrte auf die Lippen der Frau. Doch zwischen dem Geschluchze konnte sie nur Bruchstücke verstehen: »Sprechen wegen ... kam keiner ... Tür ... brannte ja Licht ...«

Sabine Sommer schlug die Hände vor das Gesicht.

Marlene berührte sie an der Schulter. »Versuchen Sie, sich zu beruhigen. Und schauen Sie mich an. Sie wollten Hermann Brodersen besuchen, und keiner öffnete die Tür?«

Die Frau ließ die Hände sinken. Ihr Kajalstift war verlaufen und hatte hässliche schwarze Ränder unter den Augen hinterlassen. »Ja.« Sie zog geräuschvoll die Nase hoch. »Ja, aber es brannte Licht im Haus. Da bin ich hintenrum, durch den Garten. Ich wollte nachsehen, ob er das Klingeln vielleicht einfach nicht gehört hat. Und dann …«

Marlene reichte ihr ein Taschentuch. »Und dann?«

Sabine Sommer schnäuzte sich. »Die Terrassentür war offen. Und dann habe ich ihn da liegen sehen. Sein Kopf …« Sie tupfte sich über die Wangen.

»Haben Sie sonst noch etwas bemerkt?«

»Nein, nichts.« Sabine Sommer schüttelte den Kopf. »Aber, oh Gott, könnte es etwa sein, dass der Mörder vielleicht …« Panisch blickte sie sich um.

»Nein, nein, immer mit der Ruhe!« Marlene hob beschwichtigend die Hände. »Sie bleiben jetzt hier bei meiner Schwester und warten. Ich gehe nachsehen, was passiert ist. Ich bin gleich wieder zurück.«

Sie ließ die beiden Frauen stehen und ging wie zuvor Sabine Sommer um das Haus herum. Durch eine große Fensterfront fiel Licht auf die Terrasse, der Rest des Gartens lag im Dunkeln.

Die Schiebetür war ein Stück weit aufgeschoben. Vorsichtig trat Marlene näher. Und entdeckte im nächsten Augenblick den Mann. Er lag auf dem Boden, die Füße wiesen in Richtung Fenster. Marlene schaute sich noch einmal um, dann schlüpfte sie durch die Terrassentür ins Haus.

Im Zimmer war es kalt. Hatte die Tür also schon länger offen gestanden? Dennoch hing ein unangenehmer Geruch in der Luft, der Marlene sofort auffiel. Nicht nach Tod, sondern nach Essen.

Marlene trat an den Mann heran und sprach ihn laut an, einmal, zweimal. Keine Reaktion. Sie ging neben ihm in die Knie. Und fluchte. Handschuhe hatte sie natürlich nicht dabei.

Der Mann lag auf dem Bauch. Seine Arme waren unnatürlich verdreht. Der Kopf war nach rechts gedreht, Hinterkopf und Nacken blutverkrustet. Seitlich hatte sich eine große Blutlache auf dem Fußboden gebildet. Das Blut war geronnen. Sachte berührte Marlene den Hals des Mannes. Die Haut fühlte sich kalt an, einen Puls konnte sie nicht ertasten. Ebenso nicht am rechten Handgelenk. Die Augen des Mannes waren geöffnet, der Blick starr. Die Bindehaut hatte sich schon leicht verfärbt.

Sabine Sommer hatte sich nicht getäuscht. Der Mann war tot. Und er war augenscheinlich erschlagen worden.

Marlene erhob sich. Sie registrierte Bruchstücke aus Glas vor der Anrichte an der Wand, neben der der Tote lag. Die Zimmertür war geschlossen. Langsam glitt ihr geschulter Blick durch den Raum, bei dem es sich um das Wohnzimmer des Hauses handeln musste. Es war nun nicht mehr nur ein herkömmliches Zimmer, sondern höchstwahrscheinlich ein Tatort. Sofort sprang ihr der Schürhaken ins Auge, der wie achtlos hingeworfen auf dem Läufer vor dem Kaminofen lag. Sie betrachtete ihn genauer und erkannte schon mit bloßem Auge die Blutspuren. War das die Tatwaffe? Sollte es so einfach sein?

Marlene musste schleunigst die Kollegen von der Kriminalpolizei verständigen. Und die Schutzpolizei. Der Tatort musste gesichert werden, außerdem musste geklärt werden, ob sich noch weitere Personen im Haus befanden. Das wollte Marlene nicht im Alleingang tun.

Sie nahm ihr Smartphone aus der Jackentasche und drückte auf den Home-Button. Als das Display aufleuchtete, traf sie die Erkenntnis gleich einem Faustschlag in die Magengrube. Verdammt, sie *konnte* ja gar nicht telefonieren! Es fiel ihr noch schwer, Stimmen durch das Telefon zu verstehen. Marlene ließ den Kopf sinken und schloss für einen kurzen Moment die Augen. Sie brauchte Hilfe. Für ein simples Telefonat. Wie sie das hasste!

Aber sie musste sich jetzt zusammenreißen, sie durfte keine Zeit verlieren. Hier ging es um Wichtigeres. Sie steckte das Handy unverrichteter Dinge wieder ein und verließ das Haus auf demselben Weg, auf dem sie gekommen war.

Johanne und Sabine Sommer hatten sich in der Zwischenzeit auf einer Bank an einem kleinen Teich in der Mitte der kreisförmigen Hofauffahrt niedergelassen. Mit großen Augen starrten die beiden Frauen Marlene entgegen.

»Und«, fragte Johanne, »ist er wirklich …?«

Marlene nickte. »Wir müssen die Polizei verständigen. Kannst du das übernehmen?«

»Ja, sicher.« Johanne zückte ihr Smartphone. »Was genau soll ich sagen?«

»Es wurde eine Person leblos aufgefunden, nicht natürliche Todesursache, vermutlich Fremdeinwirkung.«

»Der Tote ist Hermann, Hermann Brodersen«, fuhr Sabine Sommer dazwischen.

»Jaja, aber um die genaue Identifizierung kümmern wir uns später. Nun mach bitte, Johanne.«

»Okay«, Johanne blickte auf das Display, »über den Notruf, oder?«

Marlene nickte ungeduldig, wartete. Schon nach kurzer Zeit hatte Johanne das Gespräch beendet. »Alles klar, die schicken uns jemanden vorbei. Und die Kripo und den Arzt verständigen sie auch.«

»Aber kommt denn gar kein Rechtsmediziner?«, fragte Sabine Sommer.

»Wir sind hier in der Provinz von Schleswig-Holstein und nicht beim ›Tatort‹«, antwortete Marlene. »Der Tote wird später in einem Leichenwagen nach Kiel in die Rechtsmedizin gefahren.«

Sabine Sommer nickte wichtig. Sie fächelte sich mit den Händen Luft zu. »Was für ein Abend! Welch eine *Tragödie*.«

Marlene erwiderte nichts und fragte stattdessen ihre Schwester: »Brodersen hat doch Familie, oder? Seinen Sohn Sören habe ich heute Nachmittag gesehen. Und was ist mit seiner Frau? Hat er noch weitere Kinder?«

»Oh Gott, daran habe ich ja noch gar nicht gedacht!«, rief Johanne bestürzt. »E… und Sören.«

»E…«

»E-dith. Hermanns Frau, sie ist bestimmt bei Sören. Einmal in der Woche, sonntagabends, besucht sie ihn. Er wohnt auf einem anderen Hof, bei den Lütjes. Sie gucken dann zusammen eine Serie, irgend so einen Krankenhaus-Schnickschnack, das ist ihr gemeinsames Ritual.« Sie hielt erschrocken inne. »Heißt das etwa, dass sie womöglich nur deshalb nicht auf den Mörder getroffen ist? Und vielleicht nur deshalb überhaupt noch lebt?« Marlene sah, wie Johanne erschauderte.

Bevor Marlene antworten konnte, sagte Sabine Sommer: »Ich kann Edith anrufen. Sie ist dort doch bestimmt telefonisch zu erreichen.«

»Anrufen?«, wehrte Johanne entsetzt ab. »Wir können ihr das doch nicht am Telefon sagen. Wir müssen dahin und ihr das persönlich mitteilen!«

»Moment«, ging Marlene dazwischen, »nicht so hastig. Wir müssen zunächst einmal auf meine Kollegen warten. Und dann sollten die das übernehmen. So etwas gehört in die Hände von Profis.«

Es folgte ein kurzes Schweigen, das vom lauten Motorengeräusch eines Polizeiwagens durchbrochen wurde, der mit hohem Tempo auf den Hof gefahren kam. Neben dem Teich kam der Wagen zum Stehen. Das Blaulicht warf flackernde Lichtfetzen auf das Wohnhaus und das nahe gelegene Wirtschaftsgebäude. Zwei Beamte in Uniform stiegen aus.

Marlene wappnete sich innerlich. Seit sie die Cochlea-Implantate trug, war sie Gesprächen mit unbekannten Menschen aus dem Weg gegangen, aus Angst, ihr Gegenüber womöglich nicht zu verstehen oder selbst nicht verstanden zu werden. Manchmal fühlte sie sich isoliert, wie in einem fremden Land, in dem sie die Sprache der Einwohner nicht beherrschte. Hoffentlich würde ihr die Verständigung nun gelingen. Sie atmete tief durch. Gut, dass das Martinshorn nicht eingeschaltet war.

Marlene ging auf die Polizisten zu und stellte sich vor. In klaren Sätzen erläuterte sie, was geschehen war. Dabei fiel ihr ein, dass sie wenn schon keinen Ausweis, so doch zumindest ihre Dienstmarke bei sich trug. Sie kramte ihren Schlüsselbund, an dem sie die Marke befestigt hatte, aus der Jacke und zeigte den Beamten die messingfarbene Plakette.

Augenblicklich entspannten sich die Mienen der beiden Polizisten. Der deutlich ältere von beiden nickte, nannte seinen Namen, dann den seines Kollegen. »Nun denn …« Unschlüssig vergrub er die Hände in den Jackentaschen.

Sein Blick blieb für einen kurzen Augenblick an Marlenes CIs hängen. Sie waren zwischen den roten Haaren, die sie wie immer zu einem Knoten gebunden trug, deutlich zu erkennen. Aber der Mann sagte nichts, und auch sein Kollege guckte Marlene nur erwartungsvoll an.

Nun denn. Das war alles? Warum reagierten die Männer nicht? Hatte sie etwa so unverständlich gesprochen? Nervös fasste sich Marlene ans Ohr, an den Hals, schaute von einem zum anderen. Oder war es womöglich ganz anders? Hatten die Polizisten unter Umständen noch gar keine Erfahrung mit Tötungsdelikten, mit der Sicherung eines Tatortes? Und warteten nun schlicht auf ihre Anweisungen?

Okay, dachte Marlene, dann muss ich wohl übernehmen, bis die Kollegen von der Kripo eintreffen. Sie wies den jüngeren Polizisten an, den Bereich rund um das Wohnhaus mit Flatterband weiträumig abzusperren und niemanden außer den Beamten der Kriminalpolizei und dem Arzt hindurchzulassen. Außerdem bat sie ihn, die Personalien von Sabine Sommer und Johanne aufzunehmen. Von dem älteren Polizisten ließ Marlene sich Handschuhe geben. Gemeinsam gingen sie über die Terrasse ins Haus, um die übrigen Räume zu kontrollieren, solange sie auf die Verstärkung warteten.

Das Haus war verlassen. So wie das Wohnzimmer waren auch alle anderen Zimmer ordentlich aufgeräumt, und auf den ersten Blick fand Marlene nirgends Anzeichen dafür, dass etwas durchwühlt oder zerstört worden wäre. In der Küche brannte Licht, eines der Fenster war gekippt. Der Geruch nach Essen war hier noch intensiver als im Wohnzimmer. Es roch nach gebratenem Fisch. Marlene registrierte eine verkrustete Bratpfanne, eingeweicht im Waschbecken, daneben auf der Spüle zwei benutzte Biergläser. Aber auch hier keine

Spuren von Verwüstung. Die Haustür war zu, aber nicht abgeschlossen.

Marlene ging zurück ins Wohnzimmer, der Beamte der Schutzpolizei folgte ihr. Sie zeigte ihm die Blutspuren an der möglichen Tatwaffe und bat ihn dann, an der Haustür auf die Kollegen von der Kriminalpolizei sowie auf den Arzt zu warten, um sie beim Eintreffen darauf hinzuweisen, die Wohnzimmertür vorsichtig und langsam zu öffnen, denn der Tote lag nahe an der Tür, und die Lage des Opfers durfte nicht verändert werden. Der Polizist murmelte etwas, was nach Zustimmung klang, und verließ das Zimmer.

Marlene blieb allein zurück. Sie wischte sich mit dem Unterarm eine Haarsträhne aus dem Gesicht. Das ist doch schon mal ganz gut gegangen, dachte sie erleichtert. Trotz der Kühle im Raum schwitzte sie. Wo blieben die Kollegen? Warum dauerte es so lange?

Mit einer Mischung aus Betroffenheit und kriminalistischer Neugier blickte Marlene auf den Toten hinab. Vorsichtig ging sie neben ihm in die Hocke und betrachtete den Mann nun genauer, als sie es vorhin getan hatte. Er war groß, mindestens einen Meter neunzig, schätzte Marlene, und ordentlich gekleidet. Hemd, Ledergürtel, Stoffhose mit Bügelfalten. An den Stellen auf dem Kopf, die nicht mit Blut verkrustet waren, schimmerte volles hellgraues Haar im Licht der Deckenlampe.

Das Gesicht sah ruhig aus, irgendwie unbeteiligt. Marlene lehnte sich vor. Auch auf Höhe der Stirn hatte sich unter der linken Gesichtshälfte eine kleinere Blutlache gebildet. Die Stirn und das übrige Gesicht waren allerdings unversehrt. Hatte der Tote also an der linken Schläfe eine weitere Verletzung? Marlene durfte den Kopf nicht anheben, um die Auffindesituation für die zuständigen Kollegen nicht zu verändern, aber sie war sich ziemlich sicher, dass es so war.

Vielleicht war sie ihm durch den Sturz auf den Boden zugefügt worden. Oder durch einen zweiten Schlag. Oder war der Mann von hinten niedergeschlagen worden und dann gegen die Anrichte gefallen, vor der er nun lag? Und hatte sich dabei den Kopf seitlich aufgeschlagen? Die Glassplitter, die zwischen Anrichte und Leiche auf dem Boden verteilt waren, deuteten darauf hin. Es musste sich um eine Vase oder etwas Ähnliches gehandelt haben. Einige kleine Splitter entdeckte Marlene auf dem Stoff des linken Hemdärmels. Vielleicht war der Gegenstand beim Sturz des Mannes gegen die Anrichte hinuntergefallen. Marlene blickte hoch. Doch mit bloßem Auge konnte sie nicht erkennen, ob an der Kante Spuren von Haaren, Haut oder Blut zu finden waren. Das würden die Kriminaltechniker vom K6 aus Itzehoe untersuchen.

Sie warf einen Blick auf die Hände des Toten. Gab es offensichtliche Verletzungen, Kampfspuren? Am linken Handgelenk trug der Mann eine Armbanduhr, das Uhrenglas war zersprungen. An den Oberseiten der Finger der rechten Hand bemerkte Marlene längliche Hautabschürfungen.

In diesem Moment wurde die Zimmertür geöffnet. Gerade noch rechtzeitig stoppte sie vor der Hand des Toten. Nun ahnte Marlene, woher die Abschürfungen stammen könnten.

Ein Mann in Zivil trat lässig durch die Tür, gefolgt von einer jungen Frau. Sie trugen den Geruch von frischer Luft ins Zimmer. Na endlich, dachte Marlene und erhob sich. Sie kannte einige ihrer Kollegen von der schleswig-holsteinischen Kriminalpolizei, aber diese beiden gehörten nicht dazu.

Der Mann erfüllte mit seiner Erscheinung augenblicklich den Raum. Mit erhobenem Kopf blickte er sich um, ging ein paar Schritte durch das Zimmer und wandte sich dann Marlene zu. »Sie sind die Kommissarin, die zufällig hier vorbeigekommen ist?« Ohne ihre Antwort abzuwarten, fuhr er fort: »Dann vielen Dank für Ihr Bemühen. Jetzt übernehmen wir.«

Marlene bemerkte, dass er für einen kurzen Augenblick irritiert innehielt, als er ihre CIs bemerkte, doch er hatte sich schnell gefangen. Sein Blick ging zur Terrassentür. »Frisch hier.«

»Ja, die Schiebetür stand offen, als ich den Toten aufgefunden habe. Ich habe nichts an der Tür verändert, und auch an der Leiche –«, begann Marlene.

»Davon gehe ich aus. Vielen Dank, wir kommen nun allein zurecht. Und falls wir noch Fragen haben sollten …« Er zupfte an den Fingerspitzen seiner Gummihandschuhe und murrte: »Oh, wie ich diese Dinger hasse! Also, falls wir noch Fragen haben sollten, melden wir uns bei Ihnen. Hinterlassen Sie bitte draußen bei den Kollegen Ihre Personalien.« Mit einem Lächeln, das eindeutig aufgesetzt war, komplimentierte er Marlene hinaus.

Marlene wusste im ersten Moment nicht, ob sie empört oder eher belustigt sein sollte. Meinte er das ernst? Sie hatte in ihren langen Dienstjahren als Kriminalhauptkommissarin schon einiges erlebt, aber das?

Der Kripobeamte sagte nun in Richtung seiner Kollegin: »Da hat wohl mal wieder ein alter Herr versucht, Polizei zu spielen und den Einbrecher selbst zu erledigen.« Missbilligend schüttelte er den Kopf.

Marlene versuchte, ihren Ärger hinunterzuschlucken. Sie setzte ein weiteres Mal an und widersprach: »Ich denke nicht, dass es sich hierbei zwangsläufig um einen Einbruch handeln muss. Aufgrund der Spurenlage –«

»Ja, aber wie gesagt«, fiel er ihr rigoros ins Wort, »ab jetzt sind wir zuständig. Wir werden das alles genau untersuchen. Sie werden hier im Moment nicht weiter gebraucht. Und wir haben ja …« Er drehte sich weg und bückte sich zur Leiche hinunter, sodass der Rest seiner Aussage für Marlene nicht mehr zu verstehen war. Möglicherweise besser so. Denn eins jedenfalls hatte sie verstanden: Ihre Anwesenheit am Tatort war von diesem Sympathieträger nicht länger erwünscht.

An der Haustür traf Marlene auf einen fülligen Mann mit grüner Wachsjacke und einem Lederkoffer in der Hand. Sicherlich der Arzt. Sie grüßten sich im Vorbeigehen. Draußen auf dem Vorplatz hatte sich in der Zwischenzeit eine kleine Menschenmenge versammelt. Ein solches Ereignis blieb im

Koog nicht unbemerkt. Marlene diktierte dem Schutzpolizisten ihren Namen und ihre Adresse, dann duckte sie sich unter dem Absperrband hindurch und ging hinüber zu Johanne, die mit Sabine Sommer und einigen Anwohnern zusammenstand. Mit besorgten Mienen unterhielten sie sich leise.

Da glitt ein heller Scheinwerfer über die Menschenansammlung. Zwei Autos fuhren auf den Hof, ein schwarzer Mercedes Kombi, gefolgt von einem Wagen der Polizei. Die Leute bildeten eine Gasse, damit die Fahrzeuge bis vor das Absperrband rollen konnten.

Auf der Beifahrerseite des Mercedes stieg eine Dame aus. Den Arm, den ihr der Fahrer anbot, ein Mann mittleren Alters mit kräftiger Statur und dichtem Vollbart, schlug sie aus. Marlene fiel gleich auf den ersten Blick die gepflegte Erscheinung der Frau auf. Mit kerzengeradem Rücken und starrem Blick schritt sie auf das Wohnhaus zu. Die vielen Menschen um sie herum schien sie nicht wahrzunehmen.

Das musste die Ehefrau des Toten sein. Edith Brodersen, soeben zur Witwe geworden. Die nun dem Unvorstellbaren ins Auge blicken und das Unbegreifliche begreifen musste.

Marlenes Ärger über den Rausschmiss machte einem tiefen Mitgefühl Platz.

6

»Dass so etwas hier bei uns im Koog passiert.« Johanne starrte auf die Tischplatte und rührte gedankenverloren in ihrem Tee. Das Marmeladenbrot, das vom Frühstück übrig geblieben war, hatte sie noch immer nicht angerührt. »Hier bei uns …« Sie nahm den Becher in beide Hände, stützte die Ellbogen auf den Tisch, trank einen Schluck. »Mir kommt das Ganze wie ein böser Traum vor. Als hätte ich gestern Abend einen schlechten Krimi gesehen.«

Marlene nickte. Sie saß ihrer Schwester auf der großen Eckbank gegenüber, die Kinder waren längst in der Schule. Auch in ihr arbeiteten die Ereignisse des gestrigen Abends. Die gewohnten Mechanismen in ihrem Kopf waren angesprungen. Was war auf dem Hof geschehen? Marlene hatte als Polizistin funktioniert, ganz automatisch, so wie immer. Jetzt wollte sie wissen, was die Ergebnisse der KTU und der Rechtsmedizin aussagen würden. Sie wollte wissen, was dem Opfer widerfahren war. Wer hatte Brodersen getötet? Doch ihr war klar, dass sie, selbst wenn sie sich mit den CIs aus der Deckung trauen und aktiv werden würde, nicht so einfach an Informationen gelangen konnte. Sie war offiziell nicht im Dienst, und Theresienkoog gehörte darüber hinaus nicht zu ihrem Zuständigkeitsbereich. Zumal sie von dem Kommissar von gestern Abend bestimmt keine Offenheit zu erwarten hatte. Sie kannte noch nicht einmal seinen Namen.

Dass sie einfach des Hauses verwiesen worden war, hatte Marlene stärker getroffen, als sie sich eingestehen wollte. Auch wenn sie wusste, dass es sicherlich nichts mit ihrer Hörbeeinträchtigung zu tun gehabt hatte. Ein Nachgeschmack blieb. Sie seufzte. Sie musste wohl oder übel die Kollegen ihre Arbeit machen lassen.

Johanne ließ den Becher sinken. »Wer hat ihm das bloß angetan?« Sie suchte Marlenes Blick. »Und warum?«

Marlene lächelte ihre Schwester mitfühlend an. Sie kannte diese Situation. Sie hatte sie schon häufig erlebt, die Fassungslosigkeit und Erschütterung der Menschen, wenn in ihrem nahen Umfeld ein Verbrechen geschehen war. Wenn in ihr vermeintlich heiles Leben plötzlich und unerwartet Gewalt einbrach. Es ließ die Menschen verstört zurück, auch dann, wenn sie selbst nur mittelbar betroffen waren. Johannes Gesicht war blass, die Augen glasig. Marlene fragte sich, ob ihre Schwester letzte Nacht überhaupt geschlafen hatte.

Noch lange hatten sie gestern Abend zusammengesessen, nachdem sie endlich zurück auf dem Hof gewesen waren. Sie hatten eine Weile bei den anderen Nachbarn gestanden und gesehen, wie der Leichenwagen bei Brodersens vorgefahren war. Dann waren sie aufgebrochen. Zu Hause hatte Bahne sie schon erwartet. Sie hatten ihm erzählt, was passiert war, und waren die Geschehnisse wieder und wieder durchgegangen. Johanne hatte verschiedene Telefonate geführt. Am Ende war es Marlene gewesen, die sich als Erste ins Bett verabschiedet hatte. Sie hatte sich inzwischen so erschöpft gefühlt, dass es ihr kaum noch gelungen war, sich auf das Hören zu konzentrieren, geschweige denn auch noch etwas zu verstehen. Und das erste Mal seit ihrer Implantation war es ihr fast wie eine Wohltat vorgekommen, die Cochlea-Implantate zur Nacht ablegen zu können.

»Das werden die ermittelnden Beamten herausbekommen, ganz sicher. Und dann wird der Täter seiner gerechten Strafe zugeführt«, sagte Marlene und stand auf. Sie stellte ihren Kaffeebecher in den Geschirrspüler. Aus dem Augenwinkel bemerkte sie ein Auto, das auf den Hofplatz gefahren kam. Sie trat ans Fenster. Hinter dem Steuer erkannte sie den unsympathischen Kriminalbeamten vom Vorabend. Als sie jedoch sah, wer auf der Beifahrerseite ausstieg, hellte sich ihre Stimmung schlagartig auf. Vielleicht sollten Johanne und sie doch schneller als gedacht Antworten auf ihre Fragen erhalten. »Wenn man vom Teufel spricht«, sagte Marlene.

Johanne entgegnete etwas von hinten, was Marlene nicht verstand. Sie drehte sich um. »Wir bekommen Besuch. Die Kripo.«

»Wir? Jetzt? Aber –«

»Alles gut. Die wollen bestimmt mit uns sprechen, weil wir am Tatort gewesen sind. Da hat der nette Kommissar von gestern Abend wohl doch noch eine Frage.« Marlene verzog vielsagend den Mund. »Aber zum Glück ist auch noch ein anderer Kollege dabei, von der Kripo Heide, den kenne ich gut. Der ist *wirklich* nett. Also kein Grund zur Panik.«

Dabei fühlte sich Marlene gar nicht so entspannt, wie sie vorgab. Sie hatte ihren Dithmarscher Kollegen lange Zeit nicht gesehen. Wusste er etwas von ihrer Hörschädigung? Von ihrer Operation? Sie fasste sich an die CIs, rechts, links, kontrollierte den Sitz der Spule. Alles in Ordnung. Ist ja auch klar, rügte sie sich innerlich. Wenn etwas mit der Spule nicht stimmen würde, hätte sie es längst bemerkt.

Johanne war aufgestanden. Sie räumte ihren Teebecher und das Frühstücksbrettchen beiseite, fegte mit der Hand die Krümel auf dem Tisch zusammen und ließ sie im Mülleimer verschwinden.

Draußen auf dem Hofplatz war Bahne auf die beiden Kriminalbeamten gestoßen. Nach einer kurzen Begrüßung führte er sie ins Haus. Marlene konnte im Flur seine Stimme hören. Er rief etwas, was Ähnlichkeit mit »Johanne?« hatte, dann steckte er den Kopf zur Tür herein. »Ach, hier seid ihr. Da sind zwei Kommissare, die möchten Marlene sprechen.«

Johanne antwortete für ihre Schwester: »Sie können gern reinkommen.« Sie strich nervös ihre hellblonden Haare aus dem Gesicht und steckte sie hinter die Ohren.

Bahne hielt den Kriminalbeamten die Tür auf und trat hinter ihnen in die Küche.

»Marlene!« Ein hagerer Mann mit einem lichten grauen Bart und einer Mütze auf dem Kopf kam auf Marlene zu. Ein warmes Lächeln breitete sich in seinem faltigen Gesicht aus, als er sie in die Arme nahm. »Wie schön, dich …« Der Rest ging in der Umarmung unter.

Marlene spürte, wie er sie einen kleinen Augenblick zu lange festhielt. Dann löste er die Umarmung. »Ich habe mich sehr gefreut, als ich vorhin deinen Namen im Protokoll der Schutzpolizei las. Welch ein verrückter Zufall! Aber zunächst einmal«, nun schaute er sie prüfend an, »wie geht es dir?«

Marlene versuchte ein lockeres Grinsen. »Du weißt doch, Hansen, einfach kann jeder.« Sie zuckte mit den Schultern und steckte ihre Hände in die Hosentaschen.

»Ich habe es von Simon gehört, wir waren neulich zusammen auf einer Fortbildung.«

»Wie ich sehe, trägst du immer noch deinen Eierwärmer.« Marlene zog eine Hand wieder heraus und tätschelte seine bunt gestreifte Häkelmütze.

»Nichts Neues an der Westküste, wie immer.« Hansen sah Marlene noch einen Moment lang ruhig in die Augen. Mitgefühl und Anteilnahme flackerte in seinem Blick auf, doch er hatte begriffen.

Hansens Kollege wurde allmählich unruhig. Er trat von einem Bein auf das andere und fuhr sich dabei durch die Haare. Marlene meinte ein Räuspern gehört zu haben.

»Ach ja, eine Neuerung hat es allerdings doch gegeben«, sagte Hansen. »Darf ich vorstellen, das ist mein neuer Kollege, Kriminaloberkommissar …imm. Aber wie ich hörte, hattet ihr ja schon gestern das Vergnügen.«

»Wie man's nimmt.« Timm? Simm? Finn? Marlene hatte den Namen nicht verstehen können, aber sie würde einen Teufel tun, nachzufragen.

Hansens Kollege lächelte ein wenig gequält. Er war noch ziemlich jung, Ende zwanzig, schätzte Marlene, und sah mit seinem gepflegten »Out of bed«-Look – Dreitagebart, die kurzen Haare zerzaust – gar nicht mal so schlecht aus. Wenn er nur nicht so blasiert daherkäme.

Hansen sprach weiter, während Marlene dem Kommissar

mit einem kurzen Nicken die Hand gab. Sofort war der Gesprächsfaden abgerissen, und sie musste sich bemühen, wieder Anschluss an die Unterhaltung zu finden.

»… du derzeit nicht im Dienst bist, aber dennoch möchten wir dir zu gestern Abend noch ein paar Fragen stellen. Wenn wir schon so ein geballtes kriminalistisches Know-how zu unserer Verfügung haben, sollten wir das ausnutzen.« Hansen nahm seine Mütze ab und ließ sie in seiner Jackentasche verschwinden. Er blickte zu Johanne, die etwas gesagt hatte. »Ja, es wäre nett, wenn Sie uns nun einen Moment allein ließen. Aber im Anschluss würde ich Sie und Ihren Mann auch noch gern sprechen. Sie sind Frau Seehusen und waren gestern Abend auch dabei, richtig? Und Sie bewohnen mit Ihrem Mann diesen Hof?«

Johanne nickte, Bahne ebenso.

»Deshalb hätten wir an Sie als Anwohner und mehr oder weniger direkte Nachbarn der Brodersens später auch noch einige Fragen.«

Bahne murmelte irgendetwas, dann verließen Johanne und er die Küche.

Marlene und die beiden Kommissare setzten sich an den Esstisch. Dabei achtete Marlene darauf, dass sie Hansen und seinem Kollegen direkt gegenübersaß, um sie möglichst gut verstehen zu können.

Hansen legte das kleine blaue Notizbuch der Polizei vor sich auf den Tisch. Sein Kollege nahm ein Smartphone aus der Jackentasche und legte es daneben. Er stützte sich mit den Unterarmen auf den Tisch. »Die Kollegen von der Spurensicherung haben noch in der Nacht mit der Arbeit angefangen und sind, wie man mir vorhin mitteilte, inzwischen durch«, begann er. »Die kriminaltechnische Untersuchung dauert natürlich noch an. Die Obduktion des Leichnams habe ich beantragt, das sollte in Kiel alles laufen.«

»Wir werden im Anschluss zu dem Arzt nach Wesselburen fahren, der die Leichenschau vorgenommen hat«, sagte Hansen.

»… Petersen«, warf der andere Kommissar ein.

»… jetzt nicht so wichtig«, wehrte Hansen ab.

Marlene versuchte, sich zu konzentrieren. Ihr Blick huschte von einem zum anderen. Das Hin und Her ging ihr viel zu schnell.

»Aber nun zu dir, Marlene.« Jetzt sah Hansen ihr direkt ins Gesicht. »Der Notruf deiner Schwester ging um …«, er blätterte in seinem Heft, fand die Stelle, die er suchte, und schaute Marlene wieder an, »einundzwanzig Uhr vierunddreißig an der Leitstelle ein. Wie lange vorher hast du den Toten aufgefunden?«

Marlene dachte nach: »Es muss gut zehn Minuten davor gewesen sein, also so gegen zwanzig nach neun.«

»… Sie nicht selbst auf der Leitstelle angerufen?«, fragte der andere Kommissar dazwischen.

Marlene musste sich die Frage zusammenreimen. »Warum ich nicht selbst angerufen habe?« Sie schluckte. Was wollte der von ihr? Das tat doch überhaupt nichts zur Sache! Sie richtete sich auf und streckte das Kinn vor. »Ich kann noch nicht wieder so gut telefonieren.«

Der Kommissar zog fragend die linke Augenbraue hoch.

»Ich trage Cochlea-Implantate.« Marlene setzte sich noch ein wenig aufrechter hin.

Hansen rettete sie. »Das ist in diesem Zusammenhang ja auch nebensächlich. Also, etwa um einundzwanzig Uhr zwanzig. Kurz davor hatte die Zeugin Frau Sommer den Toten entdeckt. Brodersen trug eine Armbanduhr, das Glas war zersplittert, womöglich durch den Sturz auf den Boden. Die Zeiger zeigten …«, er warf einen erneuten Blick in seine Notizen, »die Zeiger standen ungefähr auf halb neun. Womöglich ist das schon unsere Tatzeit. Knappe Kiste, aber das wäre ja mal was. Die Kollegen vom K6 sind da dran.«

Marlene blickte Hansen, während er sprach, auf den Mund. Der Bart erschwerte das Lippenlesen, aber wenigstens redete er deutlich. Sie hatte noch nie zuvor bemerkt, wie windschief seine Zähne waren.

»Ist dir im Wohnzimmer oder im Haus irgendetwas aufgefallen?«, fragte Hansen weiter. »Hast du etwas Besonderes gesehen oder gehört?« In dem Moment, da das Wort heraus war, schien er zu registrieren, was er soeben gesagt hatte. Eine leichte Röte überzog sein Gesicht. »Also, hast du etwas Auffälliges bemerkt?«

Marlene schilderte in kurzen Sätzen die Auffindesituation. Der Kommissar, dessen Namen Marlene immer noch nicht kannte, unterbrach sie: »… vermute, dass Brodersen einen Einbrecher überrascht hat, der ihn im Affekt niedergeschlagen hat.«

»Sie meinen, es war ein Einbrecher? Ohne Einbruchspuren? Weder an der Terrassentür noch irgendwo anders?«, hakte Marlene ungläubig nach.

»Vielleicht hat der Täter die offene Tür genutzt. Brodersen hatte gelüftet, vermutlich wegen des Essensgeruchs. Da hat der Täter die Gelegenheit ergriffen –«

»Während im Wohnzimmer und in der Küche Licht brannte und der Täter davon ausgehen musste, dass noch jemand im Haus war?«

»Vielleicht wollte er nur ins Wohnzimmer. Wussten Sie, dass Brodersen einen Safe im Wohnzimmer hat? Hinter dem Gemälde über der Couch.«

Nein, das wusste Marlene nicht. Dennoch erschien ihr die Einbruchversion nicht plausibel. »Es war nichts durchwühlt, nichts zerstört oder dergleichen.«

»Ja, weil der Täter überrascht wurde.«

»Aber Brodersen wurde von hinten erschlagen. Warum sollte er dem Täter den Rücken zudrehen?«

»Vielleicht wollte er die Polizei rufen? Das Telefon steht in der Diele.«

Marlene starrte auf den Mund ihres Gegenübers. Sie musste sich unheimlich anstrengen, um seinen Ausführungen folgen zu können. »Und den Einbrecher dabei aus den Augen lassen?«

»Wahrscheinlich hatte er Angst. Der Einbrecher hat ihn bedroht, Brodersen wollte so schnell wie möglich weg. Vermutlich gab es auch ein Handge…e«

»Ein … wie bitte?«

Wieder ging die linke Augenbraue des Kommissars nach oben. »Ich denke, es gab ein Hand-ge-men-ge, einen kurzen Kampf«, wiederholte er. »Eine Vase ist dabei von der Anrichte gefallen, und an den Fingern der rechten Hand des Toten sind Abschürfungen zu finden, die ebenfalls darauf hindeuten.«

»Das glaube ich nicht«, widersprach Marlene. »Haben Sie mal die Wohnzimmertür genauer betrachtet? Da ist ein vergleichsweise hoher Spalt unter der Tür. Die Abschürfungen rühren meines Erachtens eher daher, dass die Tür über die Finger des Toten gerutscht ist, als er schon auf dem Boden lag. Als ich Brodersen fand, war die Zimmertür allerdings zu. Es ist also wahrscheinlich, dass der Täter sie geschlossen hat, bevor er das Haus verließ. Warum sollte ein Einbrecher das tun? Zumal dann, wenn er gerade jemanden im Affekt getötet haben soll. Warum ist der Täter nicht schleunigst hinten über die Terrasse raus?« Marlene holte Luft. »Und ein Kampf? Haben Sie nicht bemerkt, dass die Splitter der Vase auch auf dem linken Hemdärmel des Toten lagen? Sie ist also hinuntergefallen, *nachdem* er zu Boden gegangen war. Ich denke vielmehr, dass Brodersen nach dem tödlichen Schlag im Fallen gegen die Anrichte geschlagen ist, sodass die Vase hinunterkippte. Weist der Leichnam nicht auch eine Verletzung an der linken Schläfe auf?«

Hansen war dem Schlagabtausch zwischen Marlene und seinem Kollegen bis hierhin stillschweigend gefolgt. Nun unterbrach er die beiden. »Okay, ich denke, ohne die Ergebnisse der KTU und den Obduktionsbericht kommen wir hier im Moment nicht wirklich weiter. Sicher ist zumindest, dass es sich bei dem Auffindeort auch um den Tatort handelt. Die Leiche ist nicht bewegt worden. Und allem Anschein nach haben wir mit dem Schürhaken tatsächlich die Tatwaffe sicherstellen können. Näheres, wie immer, in Kürze vom K6.«

»Ich vermute, dass Brodersen seinen Mörder gekannt hat. Er hat ihm arglos den Rücken zugedreht. Hat er ihn womöglich selbst ins Haus gelassen? Vielleicht hat er Besuch gehabt? Auf der Spüle in der Küche standen zwei benutzte Biergläser«, sagte Marlene. »Habt ihr die Ehefrau dazu schon befragt?«

Hansen sah seinen Kollegen fragend an, der zuckte nur mit den Schultern, und Hansen wandte sich wieder Marlene zu. »Bisher noch nicht. Und vorhin hat Frau Brodersen geschlafen, als wir mit ihr sprechen wollten. Sie hat ein starkes Beruhigungsmittel bekommen, ihre Hausärztin war bei ihr. Was die Gläser betrifft, so hoffe ich, dass die Kollegen sie eingesammelt haben und schon untersuchen. Ich werde da nachhaken.« Er stützte seine Hände auf den Tisch und stand auf. »Vielen Dank, Marlene, für deine Hinweise und Einschätzungen. Das bringt uns schon wieder ein gutes Stück voran. Ich werde jetzt mal deine Schwester und deinen Schwager holen.«

Täuschte Marlene sich, oder hatte der junge Kommissar mit den Augen gerollt?

Hansen verließ die Küche.

Erleichtert sank Marlene gegen die Rückenlehne der Sitzbank. Pause. Gott sei Dank. Ihr schwirrte der Kopf. Sie schloss für einen kurzen Moment die Augen und rieb mit den Fingern über ihre Schläfen. Wie viel Kraft es kostete, dem Gespräch aufmerksam und sinnentnehmend zu folgen! Früher war es ein Leichtes für sie gewesen, eine Selbstverständlichkeit, an die sie nicht auch nur den Hauch eines Gedankens verschwendet hatte. Jetzt war sie froh, dass sie das Gesagte überhaupt verstanden hatte und passende Antworten hatte geben können. Zumindest hoffte sie das.

Marlene sah zu ihrem Gegenüber. Obwohl sie es gar nicht wollte, fragte sie sich, was dieser unangenehme Typ wohl von ihr dachte. Hielt er sie für unzulänglich oder gar für dumm, weil sie noch nicht einmal telefonieren konnte? Und ab und zu nachfragen musste? Allein die Vorstellung war fürchterlich. Doch der junge Mann nahm keine Notiz von ihr. Er hatte sein

Smartphone in die Hand genommen und starrte auf das Display.

Hansen kehrte in die Küche zurück, gefolgt von Johanne und Bahne. Die beiden nahmen einander gegenüber an den Stirnseiten des Tisches Platz.

»Jetzt zu Ihnen, Herr und Frau Seehusen«, begann Hansen. »Sie sind gewissermaßen die Nachbarn der Brodersens. Kennen Sie sich gut?«

»Wie man sich eben so kennt, wenn man nah beieinanderwohnt«, antwortete Johanne. »Hermann und Edith sind ja schon ein wenig älter als wir, deshalb haben wir nicht so engen Kontakt. Aber das Wichtigste kriegt man mit. Und Sören kennt hier sowieso jeder.«

»Sören?«

»Das ist der erwachsene Sohn von Edith und Hermann.« Johanne begann, die Besonderheiten der Familie zu erläutern. Die waren Marlene ja schon bekannt. Ihre Aufmerksamkeit driftete davon. Erst als Hansen erneut das Wort ergriff, klinkte sie sich wieder ein.

»… insbesondere in den letzten Tagen etwas aufgefallen? War irgendetwas anders als sonst?«, fragte er.

»Nicht dass ich wüsste.« Johanne nahm eine Haarsträhne und wickelte sie sich um den Zeigefinger. »Edith war gestern Nachmittag kurz bei mir im Laden. Aber es war eigentlich alles wie immer. Ist dir etwas aufgefallen, Bahne?«

Marlene folgte Johannes Blick. Bahne schüttelte den Kopf. »Nicht wirklich. Bei Bekannten in Oesterdeichstrich ist eingebrochen worden, letzte Woche erst, glaube ich. Aber ob das etwas mit der Sache mit Brodersen zu tun hat? Schwer zu sagen.«

Hansen ließ seinen Kollegen den Namen und die Anschrift der Betroffenen notieren. »Was für ein Mensch ist Hermann Brodersen gewesen? Was hat ihn ausgemacht?«, fragte er weiter.

Bahne lehnte sich auf seinem Stuhl zurück und verschränkte die Arme vor der Brust. Als er nichts sagte, antwortete Johanne.

Sie lächelte traurig, während sie sprach. »Hermann ist, also, er war unser Bürgermeister, schon seit Jahren. Er war sehr gebildet, sehr belesen. Und sehr höflich, vor allem die Frauen haben das geschätzt.«

»Gab es da mal Gerede? Über etwaige Verhältnisse? Liebeleien? War etwas bekannt?«

»Gerede bestimmt, aber ein Verhältnis? Nein, das kann ich mir beim besten Willen nicht vorstellen. Hermann und Edith waren eine Einheit, wie ein …« Sie suchte nach dem passenden Ausdruck. »Wie ein Bollwerk. Von ihrer Ehe kann sich manch einer eine Scheibe abschneiden. Sie haben vor ein, zwei Jahren Silberhochzeit gefeiert. Das schaffen heute nicht mehr viele Menschen. Was soll Edith nun bloß ohne ihn machen?«

»Hatte Brodersen Feinde? Neider?«

»Na ja«, sagte Johanne unsicher. Sie schaute hinüber zu ihrem Mann.

Bahne schob die Hände unter die Achseln. »Brodersen war der größte Bauer im Koog, der mächtigste und einflussreichste von allen, schon immer. Das findet nicht nur Bewunderer. Als Geschäftsmann konnte er knallhart sein. Ich hätte nicht gegen ihn spielen wollen. Da musste man sich warm anziehen.«

»Hatten Sie denn geschäftlich mit ihm zu tun?«, hakte Hansen nach.

Bahne schüttelte energisch den Kopf. »Nein, ich mache mein eigenes Ding, ich bin von niemandem abhängig. In dieser Hinsicht habe ich Gott sei Dank nichts mit ihm zu schaffen gehabt.«

Johanne warf leise etwas ein. Marlene sah sie verständnislos an.

»Welche Bürgerinitiative?«, fragte Hansen.

Bahne winkte betont gleichgültig ab, setzte sich gerade hin und lehnte sich nach vorn über den Tisch. »Ich habe hier in Theresienkoog eine Bürgerinitiative gegründet, ›Proteststurm‹. Vielleicht haben Sie das Plakat an der Zufahrtsstraße zu unserem Hof gesehen? Wir wenden uns gegen den weiteren Windkraftausbau bei uns im Koog. Und Brodersen besitzt … Entschuldigung, Brodersen besaß viele Windkraftanlagen. Er hat sich damit in der Vergangenheit eine goldene Nase verdient. Und nun hat er sich für einen Ausbau auf einem weiteren Bereich seiner Flächen starkgemacht. Aber haben Sie mal rausgeschaut? Haben Sie gesehen, wie viele Windräder es hier schon gibt? Wie viele Masten und Rotoren unser Koog schon tragen oder, besser gesagt, wir Anwohner *er*tragen müssen? Wir von der Bürgerinitiative glauben, dass es genug Anlagen in Theresienkoog gibt, und setzen uns für einen Ausbaustopp ein.«

»Und Brodersen?«

»Der war natürlich anderer Meinung. Aber wir reden hier nur über Planungen, das ist alles noch Zukunftsmusik.« Bahne ließ sich wieder gegen die Stuhllehne fallen.

»Lukrative Zukunftsmusik, wenn mich nicht alles täuscht«, entgegnete Hansen. »Hatte Brodersen denn Konkurrenten? Andere, die auch ein Stück vom großen Windkraft-Kuchen abbekommen wollten?«

»Sicher.« Bahne nickte. »Am besten haken Sie mal bei Osna… nach, der würde auch gern neue Windkraftanlagen auf seinen Flächen bauen. Er ist der zweitgrößte Bauer hier im Koog und träumt schon lange vom großen Reibach.«

»… hat er doch nichts mit dem Mord zu tun!«, widersprach Johanne entrüstet.

»Sie wollen gar nicht wissen, aus welchen banalen Gründen Menschen einander umbringen«, wandte Hansen ein. »Aber keine Sorge, wir werden das alles genau untersuchen. Gibt es neben Osna…e noch weitere Interessenten?«

»Nicht dass ich wüsste«, antwortete Bahne.

»Gut. Fürs Erste reicht es dann auch, Sie haben uns schon sehr geholfen, vielen Dank. Falls Ihnen noch irgendetwas einfällt, was für uns von Bedeutung sein könnte, rufen Sie mich an.« Hansen reichte Bahne eine Visitenkarte, dann suchte er Marlenes Blick. »Bleibst du noch länger bei deiner Schwester zu Besuch?«

Marlene nickte nur bestätigend. Das Surren in ihrem Kopf wurde immer stärker.

»Dann melde ich mich bestimmt noch mal.« Er nahm Marlene zum Abschied in den Arm. Sein Kollege bekam gerade so ein kurzes Kopfnicken zustande.

Bahne begleitete die beiden hinaus. Als er die Tür hinter ihnen ins Schloss gezogen hatte, drehte sich Marlene zu Johanne um. »Und wie heißt dieser ach so angenehme Kriminaloberkommissar nun?«

7

Marlene brauchte eine Pause. Sie trat vor die Tür. Mächtige schwarze Wolken waren über dem Koog aufgezogen, und es hatte begonnen, wie aus Eimern zu schütten. Deshalb gönnte sie sich nur eine schnelle Zigarette unter dem Dachvorsprung, bevor sie sich nach oben in Levkes Zimmer zurückzog.

Sie ließ sich auf das Bett fallen und streckte die Arme von sich. Sie musste sich erholen. Von einem *Gespräch*! Sicher, es war ein weiterer kleiner Erfolg gewesen, dass sie die Befragung ganz gut über die Bühne gebracht hatte. Wenn sie ehrlich war, nicht nur ein kleiner, sondern sogar ein recht großer Erfolg, bedachte man, wie sehr sie Kontakte in den letzten Wochen und Monaten gemieden hatte. Sie hatte dem Gespräch folgen, hatte sich sogar daran beteiligen können. Und dennoch, Marlene wünschte sich so sehr, dass es schneller ging. Und besser. Leichter.

Sie fröstelte und schob die Beine unter die Bettdecke. Sie wollte nur eine kurze Pause machen, also legte sie die Cochlea-Implantate nicht ab. In der ersten Zeit nach der Implantation hatte sie die CIs auch nachts beim Schlafen getragen. Das war natürlich unbequem, die Spule verursachte Druckstellen, und irgendwann im Laufe der Nacht rutschten die Geräte ab. Morgens hatte Marlene sie irgendwo zwischen den Kissen suchen müssen. Mittlerweile hatte sie sich daran gewöhnt, im lautlosen Dunkel zu schlafen.

Marlene zog die Decke hoch bis zum Kinn. Ihre Gedanken wanderten zurück zu dem Gespräch mit Hansen und Grimm. Grimm, so hieß Hansens neuer Kollege. Der Name ist Programm, dachte Marlene bitter. Sie war sich sicher, dass Grimm mit der Einbrecher-Variante falschlag. Aber natürlich hatte Hansen recht, die Ergebnisse der KTU und der rechtsmedizinischen Untersuchung mussten zunächst abgewartet werden. Ob sie ihn zu einem späteren Zeitpunkt danach fragen konnte?

Über diesem Gedanken musste Marlene eingeschlafen sein, denn sie schreckte hoch, als etwas sie am Arm berührte. Sie riss die Augen auf und blickte in das Gesicht ihrer Schwester. Johanne lächelte und sagte etwas, doch die CIs waren abgerutscht. Marlene bedeutete ihr, einen kurzen Moment zu warten, bis sie wieder empfangsbereit war.

»Na, bist du eingeschlafen?«, fragte Johanne, nachdem Marlene sich aufgesetzt und ihre Geräte wieder an Ort und Stelle gebracht hatte.

»Muss ich wohl. Es ist so gemütlich hier oben bei Levke unterm Dach. Wie spät ist es denn?« Marlene unterdrückte ein Gähnen.

»Gleich halb zwölf. Ich habe einen Kuchen gebacken, für Edith. Ich möchte ihn rüberbringen und ihr mein Beileid aussprechen, bevor die Kinder aus der Schule kommen. Vielleicht kann ich ihr ja auch irgendwie behilflich sein. Schließlich kann ich doch nicht einfach rumsitzen und so tun, als wäre nichts passiert. Möchtest du mitkommen?«

»Ich?« Marlene zögerte. Sie wusste, dass sie dort streng genommen nichts zu suchen hatte. Sie hatte zu Edith Brodersen keine private Beziehung, und die polizeiliche Befragung würden Hansen und sein Kollege übernehmen. Und doch, immerhin hatte sie gestern den Leichnam ihres Mannes gefunden. Legitimierte dieser Umstand keinen Beileidsbesuch? Vielleicht hatte Edith Brodersen ja ein paar Fragen an sie. Und mit Johanne an ihrer Seite würde sie hoffentlich auch die kommunikative Herausforderung bewältigen. Sie stand auf. »Ich komme mit.«

Schon auf der Treppe duftete es nach frisch gebackenem Apfelkuchen, Johanne hatte ihn im Windfang bereitgestellt. Sie nahmen ihre Jacken vom Haken und machten sich auf den Weg.

Da es nach wie vor in Strömen goss, fuhren sie mit dem Auto. Nach nur drei Minuten hatten sie ihr Ziel erreicht. Als sie auf den Hofplatz einbogen, konnte Marlene zum ersten Mal die gesamte Anlage bei ausreichend Tageslicht in Augenschein nehmen.

Zu beiden Seiten der Auffahrt standen große Wirtschaftsgebäude, deren Dächer mit Solaranlagen bedeckt waren. Das herrschaftliche Wohnhaus aus gelbem Klinker befand sich in der Mitte des Gebäudekomplexes. Es hatte große weiße Sprossenfenster, und seine Fassade war mit gemauerten Zierleisten aufwendig gestaltet. In der Spitze des Giebels entdeckte Marlene ein kleines Rosettenfenster. Die breite Haustür aus Holz und Glas lag etwas zurückversetzt unter einem Dachvorsprung, der von zwei weißen Säulen getragen wurde. In den gepflegten Beeten rechts und links des Hauseingangs sah Marlene mächtige Rosenbüsche, die inzwischen verblüht und sorgfältig zurückgeschnitten waren.

Langsam lenkte Johanne den Wagen um den Teich in der Mitte der Auffahrt herum. Marlene konnte darin einen kleinen, künstlich angelegten Wasserfall erkennen. Über aufeinandergeschichtete Steine perlte das Wasser in den Teich.

Alles in allem macht der Hof oder, besser gesagt, das Anwesen einen sehr gepflegten Eindruck, dachte Marlene, es verströmt den Geruch nach gediegenem Wohlstand.

Johanne parkte den Wagen direkt vor dem Wohnhaus. Kein weiteres Auto war zu sehen. Wahrscheinlich war die Ärztin, die Edith Brodersen heute Morgen betreut hatte, mittlerweile aufgebrochen, und auch Hansen und Grimm schienen nicht da zu sein.

Sie stiegen aus und flüchteten sich durch den Regen in den Unterstand vor der Haustür, wo sie sich die Wassertropfen von ihren Jacken schüttelten. Auf Johannes Klingeln hin öffnete Edith Brodersen die Tür.

Marlene hatte schon zahlreichen Angehörigen von Mordopfern am Tag nach dem Verbrechen gegenübergestanden, aber selten war sie einer so perfekten und auf den ersten Blick unerschüttert wirkenden Erscheinung begegnet. Edith Brodersen war tadellos gekleidet und frisiert. Sie trug ein Twinset aus schwarzer Wolle, dazu klassische schwarze Lederslipper und dezenten Goldschmuck. Ihre blondierten Haare waren zu einer dieser komplizierten Frisuren hochgesteckt, bei denen es Marlene stets ein Rätsel war, wie die Frauen das bewerkstelligten. Edith Brodersen war sorgfältig geschminkt. Falls sie die letzte Nacht schlecht oder gar nicht geschlafen haben sollte, so war es ihr nicht anzusehen.

Johanne gab Edith Brodersen die Hand und überreichte ihr den Kuchen. Kurz huschte der Anflug eines Lächelns über das Gesicht der Frau. Von dem, was die beiden miteinander sprachen, verstand Marlene nur Bruchstücke, da sie hinter Johanne stand. Dann drehte sich Johanne um. »... meine Schwester.«

Marlene trat einen Schritt vor. Auch sie reichte Edith Brodersen die Hand, stellte sich kurz vor und sprach der Witwe ihr Beileid aus. Deren Hand war kalt, der Händedruck jedoch erstaunlich kräftig für eine so zierliche Frau. Edith Brodersen war schlank, ihre Haltung aufrecht. Sie reichte Marlene nur knapp über die Schulter. Ihre graublauen Augen musterten sie ernst. Und auch wenn ihre Miene mit den tiefen Falten und dem harten Zug um den Mund verhärmt wirkte, so musste sie früher eine Schönheit gewesen sein. Die ebenen klassischen Gesichtszüge waren noch immer zu erkennen, strahlten allerdings eine gewisse Unnahbarkeit aus.

Edith Brodersen bat Marlene und Johanne herein. Sie betraten eine geräumige Diele, in der linker Hand eine Treppe in das obere Stockwerk führte. Da es draußen durch das stürmische Regenwetter dunkel und trübe war, war das Licht eingeschaltet.

Kaum hatten sie die Haustür geschlossen, kamen zwei dunkelbraune Labrador-Retriever angelaufen und beschnüffelten die beiden Gäste neugierig. Edith Brodersen sagte etwas, was nach einer Entschuldigung klang, und schickte die Hunde mit einem scharfen Kommando zurück in die Küche. Sie gehorchten sofort.

Unschlüssig blieb Edith Brodersen in der Mitte der Diele stehen, den Kuchen in ihren Händen. »Ich würde euch ... also,

ich würde Sie ja gern ins Wohnzimmer bitten, aber ... nun ja.«
Sie räusperte sich und suchte nach den richtigen Worten. »Die
Polizei ist wohl fertig, aber unsere Putzfrau kommt erst später.
Und bis dahin –« Sie brach ab.

Johanne erwiderte etwas. Mit einem mitfühlenden Gesichtsausdruck redete sie auf die Frau ein.

Marlene ließ derweil ihren Blick durch den Raum gleiten.
An einer Wand hing ein großer Kunstdruck von Emil Nolde,
und auch links neben dem Treppenaufgang entdeckte Marlene
mehrere kleinere Bilder des nordfriesischen Malers. Rechts von
dem großen Gemälde stand eine mächtige Glasvitrine mit zahlreichen Pokalen. Hatten die Brodersens früher Sport getrieben?
Oder Sören? Da fiel Marlenes Blick auf einige Fotografien an
der Wand neben der Tür zur Küche. Die Bilder auf der linken
Seite zeigten die Hunde, im Garten und auf dem Deich, sowie
zwei große Porträtaufnahmen. Auf einem anderen Foto hatte
jemand vor dem sitzenden Hund einen Pokal positioniert.
Nahmen die Brodersens mit ihren Hunden an Wettbewerben
teil? Hatten die Labradore die Pokale gewonnen?

Auf der anderen Seite der Tür sah Marlene die klassischen
Familienfotos. Das Hochzeitsbild, sie strahlend in weißem
Tüll, er stattlich und ernst. Daneben das in die Jahre gekom-
mene Ehepaar zwischen den Säulen ihres Hauseingangs, über
ihnen eine Girlande aus Tannenzweigen mit einer silbern glänzenden Fünfundzwanzig und schimmernden Schleifen. Ganz
unten eine Fotografie von Sören zwischen den beiden Hunden.

Marlene spürte, wie Johanne sie leicht am Arm berührte.
Sie drehte sich um und hörte Edith Brodersen sagen: »... alle
meine Hunde gewonnen, vor allem ...ej... der hohen ... er ist
sehr erfolgreich.«

Marlene nickte und lächelte, obwohl sie kaum etwas verstanden hatte.

»Und Sie sind Johannes Schwester und Kriminalkommissarin?«, fragte Edith Brodersen nun. »Sie haben meinen Mann
gefunden?«

»Ja, ich habe ihn hier aufgefunden, aber die erste Person vor Ort war eigentlich Frau Sommer. Kennen Sie Sabine Sommer? Haben Sie schon mit ihr gesprochen?«

Edith Brodersen zog abfällig die Mundwinkel nach unten. »Ich kenne sie, aber sie gehört nicht gerade zu der Sorte Mensch, mit der ich gern Umgang pflege.«

Zu der Sorte Mensch? Marlene wurde augenblicklich wachsam. »Wissen Sie denn, warum Frau Sommer Sie aufgesucht hat? Was sie von Ihrem Mann oder von Ihnen gewollt hat?«

»Nein, diese Frau hat mich nie wirklich interessiert. Aber vielleicht wollte sie meinen Mann wegen des Café-Projektes sprechen.«

»Mögen Sie mir sagen, um was für ein Projekt es sich dabei handelt?«

»Ach, mein Mann hatte andauernd irgendwelche Projekte.« Sie schloss für einen kurzen Augenblick die Augen. Dann fuhr sie fort: »Er wollte in der Alten Schule ein Café einrichten, ein besonderes Café, das von behinderten Menschen geführt werden sollte. Aber es gibt hier im Koog schon ein Café, es gehört Frau Sommer. Sie ist neu zugezogen und hat es erst letztes Jahr eröffnet. Und die Alte Schule liegt an der Hauptstraße, an der Koogchaussee, fast direkt gegenüber von Frau Sommers Café. Vielleicht ging es ihr darum. Aber das hat ja nun alles keine Bedeutung mehr …« Sie starrte auf den Kuchen, den sie noch immer in ihren Händen hielt. Als ob er ein Fremdkörper wäre, mit dem sie nichts anzufangen wusste. Sie schien mit ihren Gedanken weit weg zu sein. Dann hob sie unvermittelt ihren Blick und sah Marlene direkt in die Augen. »Denken Sie, dass mein Mann leiden musste? Dass er registriert hat, was mit ihm geschah?«

Marlene hielt ihrem Blick stand. Es war immer äußerst schwierig und letztendlich kaum möglich, mit letzter Gewissheit zu beurteilen, was ein Mensch, der Opfer eines Mordanschlags geworden war, tatsächlich durchgemacht haben musste. Die polizeitechnischen und medizinischen Untersuchungen konnten grundlegende Hinweise liefern, aber wie es im Inneren des Opfers ausgesehen hatte, was seine letzten Gedanken und Empfindungen gewesen waren, das ließ sich natürlich nicht feststellen. Und doch waren gerade diese Fragen für die Hinterbliebenen oft von außerordentlicher Bedeutung. Deshalb antwortete sie: »Soweit ich das beurteilen kann, war Ihr Mann sofort tot. Er wird nicht sehr gelitten haben.«

Edith Brodersen blinzelte. Dann erst schien ihr aufzufallen, dass sie noch immer den Kuchen in den Händen hatte. Unbeholfen machte sie eine Geste in Richtung Küche. »Ich denke, ich sollte ihn kalt stellen.«

Johanne und Marlene folgten ihr in die Küche. Im Vorbeigehen registrierte Marlene das Telefon auf einem Beistelltisch. Die Küche war so aufgeräumt wie am Abend zuvor. Die Hunde hoben ihre Köpfe, blieben aber an ihrem Platz liegen.

Die Hundekörbe sind mir gestern gar nicht aufgefallen, dachte Marlene.

Als ob Edith Brodersen ihre Gedanken erraten hätte, erklärte sie: »Normalerweise sind sie nicht in der Küche. Mein Mann mochte das nicht. Aber unter diesen Umständen …« Sie räumte den Kuchen umständlich in den Kühlschrank, Johanne sagte irgendetwas.

Nachdem Edith Brodersen die Kühlschranktür geschlossen hatte, blieb sie vor der Küchenzeile stehen und fingerte an ihrer Halskette. Abwesend schob sie den zarten Anhänger hin und her und machte keinerlei Anstalten, ihren Besucherinnen einen Platz anzubieten.

Johanne sah Marlene unsicher an. Dann sagte sie: »Ich denke, wir werden mal wieder gehen. Die Kinder kommen bald aus der Schule. Falls du noch irgendetwas brauchen solltest, Edith, melde dich bitte bei uns.«

Edith Brodersen nickte.

Marlene und Johanne gingen voraus in die Diele und verabschiedeten sich. Sie waren eben aus der Haustür, als Edith Brodersen ihnen etwas hinterherrief. Johanne drehte sich um.

Marlene tat es ihr nach, gerade noch rechtzeitig, um die Worte zu verstehen.

»Nun hätte ich es beinahe vergessen, Johanne, aber was hat eigentlich Bahne gestern Abend noch von Hermann gewollt?«

8

Marlene kochte innerlich. Wie hatte Bahne nur verschweigen können, dass er gestern Abend bei Brodersen gewesen war? Das der Polizei zu unterschlagen! Zumal er vorhin noch mit den ermittelnden Kriminalkommissaren an einem Tisch gesessen hatte. Was dachte er sich dabei?

Auch Johanne war erstaunt und gleichzeitig erschrocken gewesen, als sie realisierte, was Edith Brodersens Frage bedeutete. Marlene hatte es genau registriert, obwohl Johanne bemüht war, sich nichts anmerken zu lassen. Im Auto hatte sie versucht, Bahnes Verhalten zu erklären. Es sei sicherlich nur eine Unachtsamkeit von ihm gewesen, er habe bestimmt einfach nicht bedacht, dass dieser Umstand wichtig sein könnte.

Doch Marlene sah das anders. Sie musste sofort mit Bahne sprechen, und dann musste er die Kriminalpolizei über seinen Besuch bei Brodersen informieren.

Sie bogen auf den Hof ein. Der starke Wind hatte inzwischen nachgelassen, und der strömende Regen war in ein eintöniges feines Nieseln übergegangen. Als Johanne den Wagen vor dem Haus abstellte, wurde sie sogleich von einem jungen Paar mit einem Kleinkind an der Hand begrüßt, das sie allem Anschein nach abgepasst hatte. Wahrscheinlich Gäste aus einer der Ferienwohnungen, dachte Marlene, als sie auf der Beifahrerseite ausstieg. Sie sah, wie Johanne sich anstrengte, eine freundliche Miene aufzusetzen, während sie mit der Familie sprach.

In dem gegenüberliegenden Gebäude öffnete sich die Tür des Hofladens, und Bahne kam heraus. Er trug seine typische Lammfellweste und eine Handwerkerhose aus Cord mit Lederbesatz an den Taschen. In der Hand hielt er einen Zollstock. Er grüßte von Weitem und verschwand in der Scheune, die sich direkt an das Wohnhaus anschloss und Bahnes kleine Werkstatt und Tischlerei beherbergte.

Marlene folgte ihm. In der Scheune war es dunkel, nur ein schmaler Streifen dämmrigen Tageslichts fiel durch den Spalt des Scheunentores auf den Steinfußboden. Es roch nach altem Gemäuer, nach Heu und nach Stroh für die Schafe, das für den Winter auf dem Heuboden gelagert wurde. Eine Leiter an einer Luke führte hinauf. Marlene bahnte sich den Weg zwischen landwirtschaftlichen Geräten, Fahrrädern, dem Fuhrpark der Kinder und Johannes Gartenausrüstung hindurch in den hinteren Teil der Scheune. Dort hatte sich Bahne mit Leichtbauwänden aus Holz einen Raum abgetrennt, in dem er seine Werkstatt eingerichtet hatte. Die Tür war angelehnt.

Zielstrebig trat Marlene ein. Eine Neonröhre an der Decke erhellte den kleinen Raum und beleuchtete in der Mitte eine Werkbank, an der Bahne vornübergebeugt stand und arbeitete. Der Geruch nach frisch gesägtem Holz lag in der Luft. Als er Marlene bemerkte, blickte Bahne kurz auf, dann widmete er sich wieder seiner Arbeit. Er vermaß mit dem Zollstock ein langes Holzbrett. »Na, wieder zu –?«

»Wir haben mit Edith Brodersen gesprochen.«

Bahne gab ein unbestimmtes Geräusch von sich, nahm das Brett und ging zu der kleinen Kreissäge, die in der hinteren Ecke der Werkstatt stand.

»Bahne, Edith Brodersen hat uns erzählt, dass du gestern Abend bei ihrem Mann gewesen bist.«

»Und?« Er schaltete die Kreissäge an.

Der Lärm ließ Marlene zusammenfahren. Sie riss sich reflexartig die Spulen vom Kopf. »Mach das aus!«, brüllte sie.

Das Sägeblatt fuhr durch das Holz, das abgetrennte Stück fiel krachend auf den Boden. Bahne schaltete die Säge wieder aus. »Was?«

»Mann …«, presste Marlene verärgert hervor. Sie setzte die Spulen wieder an. »Johanne und ich haben mit Edith Brodersen gesprochen. Sie sagt, dass du gestern Abend ihren Mann besucht hast, wahrscheinlich kurz bevor er erschlagen wurde. Warum hast du das vorhin nicht meinen Kollegen erzählt?«

»Wieso?« Bahne ging mit dem Brett in den Händen zurück an die Werkbank und kontrollierte das Maß. »Brodersen hat noch gelebt, als ich gegangen bin. Wir hatten einfach etwas zu besprechen.«

»Einfach etwas zu besprechen.« Marlene stöhnte. »Und um was ging es dabei?«

»Worum es ging?« Bahne schaute sich um, als ob er etwas suchte. So konnte Marlene einen Augenblick sein Gesicht nicht sehen. »… geplanten Windkraftausbau. Aber das ist ja nun egal.« Er nahm eine Bohrmaschine aus dem Regal und löste den eingespannten Bohrer.

Marlene musste sich zusammenreißen, um nicht vor Wut zu explodieren. Sie zog scharf die Luft ein. »Das ist ganz und gar nicht egal! Mensch, Bahne, du warst an einem Ort, an dem kurz darauf ein Mord passiert ist! Deine Spuren sind wahrscheinlich dort zu finden, deine Fingerabdrücke, Haare, irgendetwas! Und du hast mit dem Mordopfer als einer der Letzten Kontakt gehabt. Das kannst du der Polizei doch nicht einfach so verschweigen. Das sind Mordermittlungen!«

Bahne steckte einen neuen Bohrer auf. Dann sah er Marlene an. »Ich wollte kein unnötiges Aufsehen, keine Überreaktion, so wie jetzt bei dir. Brodersen war noch putzmunter, als ich bei ihm weg bin. Mit dem Mord habe ich nichts zu tun.«

»Überreaktion?« Marlene lachte auf. Es klang nicht schön in ihren Ohren. »Du hast echt gar nichts begriffen! Du wirst dich bei der Polizei melden müssen, und das nicht erst übermorgen. Und falls du es nicht selbst machst, werde ich das übernehmen.« Wütend drehte sie sich um und ließ Bahne stehen. Beim Hinausgehen konnte sie hören, wie er die Bohrmaschine in Gang setzte.

Was für ein Idiot!, dachte Marlene. Sie glaubte nicht, dass Bahne etwas mit dem Mord an Brodersen zu tun hatte, aber sein Verhalten verursachte unnötige Scherereien und brachte Bahne und womöglich auch Johanne oder sogar sie selbst den Kollegen der Kriminalpolizei gegenüber in Erklärungsnot.

Draußen kam Johanne Marlene entgegen. Ihr Gesicht zeigte einen besorgten Ausdruck. »Ist er in der Werkstatt?«, fragte sie.

Marlene nickte. »Ich habe ihm gesagt, dass er sich bei der Polizei melden muss. Sonst muss ich das machen.«

»Ich werde mit ihm reden«, antwortete Johanne und trat in die Scheune.

Marlene blieb einen Augenblick unschlüssig auf dem Hofplatz stehen, dann ging sie ins Haus. Auf dem Küchentisch lag die »Dithmarscher Landeszeitung«. Marlene blätterte sie wahllos durch. Noch stand nichts von dem Mord im Koog darin, aber schon morgen würde das anders sein.

In Gedanken versunken drehte sie den Ring an ihrem Finger. Warum hatte Bahne nichts gesagt?

Die Tür ging auf, und Johanne kam in die Küche. »Er wird sich nach dem Essen bei der Kripo melden«, sagte sie und begann, geschäftig in den Küchenschubladen zu kramen. »… nichts zu den Kindern. Sie kommen gleich aus der Schule. Ich mache jetzt Mittag.«

Das Essen verlief schweigsam, abgesehen von Levkes und Mortens aufgeregtem Geplapper über den Vormittag in der Schule. Der Mord an Brodersen war dort großes Thema gewesen. Nach dem Nachtisch verzogen sich die beiden Kinder nach oben in ihre Zimmer.

Gerade als Marlene sich fragte, ob sie bei Bahne noch einmal nachhaken sollte, hörte sie ein helles Geräusch. Sie sah, wie Johanne von ihrem Stuhl aufstand und zu ihrem Mann schaute. Hatte es geklingelt?

Johanne verließ die Küche und kam gleich darauf mit den Kommissaren Hansen und Grimm zurück.

»So hatte ich mir unser Wiedersehen nicht vorgestellt«, begrüßte Hansen Marlene trocken.

»Geht mir auch so«, entgegnete Marlene.

»Wir haben noch ein paar Fragen an Herrn Seehusen.« Hansen nahm seine Häkelmütze vom Kopf und strich sich die schütteren Haare glatt. »Dürfen wir uns setzen?«

»Natürlich.« Johanne machte eine einladende Geste in Richtung Tisch. »Darf ich Ihnen vielleicht etwas anbieten? Einen Kaffee? Tee?«

Die Kommissare lehnten dankend ab. Sie nahmen am Tisch Platz, sodass sich alle in der gleichen Sitzordnung wie schon fünf Stunden zuvor gegenübersaßen.

»Herr Seehusen, wir –«, begann Hansen und wurde sogleich von Bahne unterbrochen.

»... bin gestern Abend bei Brodersen gewesen. Das habe ich Ihnen heute Morgen nicht gesagt, weil ich dachte, dass es nicht von Bedeutung ist.«

»... soll nicht von Bedeutung sein?«, fuhr Grimm dazwischen. »Wir sind hier in einer Mordermittlung und nicht bei ...«, er schaute auf den Kaffeebecher, der vor Bahne auf dem Tisch stand, »einem Kaffee...ännen.«

Hat er »Kaffeekränzchen« gesagt?, fragte sich Marlene.

»Ich weiß, ich weiß.« Bahne hob beschwichtigend die Hände. »Ich wollte kein Aufheben darum machen. Aber mit dem Mord habe ich nichts zu tun! Brodersen war quicklebendig, als ich das Haus verließ.«

Wie bei ihrem ersten Treffen am Vormittag zückte Hansen sein Notizbuch und übernahm die Gesprächsführung. »Frau Brodersen hat uns berichtet, dass sie während Ihres Besuches nicht zu Hause war, dass ihr Mann ihn aber später beiläufig erwähnt habe. Zu welcher Uhrzeit waren Sie denn bei Hermann Brodersen?«, fragte er.

Bahne strich sich über das Kinn. »Gegen achtzehn Uhr, denke ich.«

»Und was wollten Sie von ihm?«, fasste Hansen nach.

»Wir haben über seine Windkraftambitionen, seine Ausbaupläne gesprochen.« Bahne lehnte sich zurück und verschränkte die Arme vor der Brust. »Ich habe Brodersen gebeten, seine Pläne noch einmal zu überdenken. Es ist einfach genug hier.«

»Zu überdenken.« Hansen nickte vielsagend. »Sie kennen Frau Sommer?«, fragte er.

»Wir kennen uns alle hier im Koog.«

»Frau Sommer hat uns von einer Bürgerversammlung vor drei Tagen zum Thema Windkraftanlagen in Theresienkoog berichtet. Auf dieser Versammlung sollen Sie recht ausfallend gegenüber Herrn Brodersen geworden sein. Sie meinte, Sie hätten sich sehr in Rage geredet und seien nahezu ausgerastet.«

»So, meint sie das.« Bahne strich sich über den Adamsapfel. »Wissen Sie, ich bin der Vorsitzende der Bürgerinitiative, da muss ich auch mal Klartext reden. Von nix kommt nix. Und gerade Frau Sommer ist sonst immer lautstark dabei, wenn es um die Kritik an Brodersens Projekten geht. Sie ist auch Mitglied beim ›Proteststurm‹ und steht gern in der ersten Reihe.« Er steckte die Hände unter die Achseln und schob den Kopf vor. »Hat sie denn auch Mordhorst erwähnt? Dieter Mordhorst? Der war auf der Versammlung auch nicht gerade zimperlich gegenüber Brodersen. Ich glaube, er hat noch eine persönliche Rechnung mit ihm offen, den sollten Sie also auch mal befragen. Oder Osna…e, der wettert seit jeher gegen seinen Erzrivalen. Aber das sagte ich Ihnen ja schon.«

»Wen wir befragen, entscheiden wir«, entgegnete Hansen kühl, machte sich aber eine Notiz in seinem Buch. »Inwieweit betreffen die Ausbaupläne von Brodersen denn Sie ganz persönlich? Sie und Ihren Hof?«

»Mich und meinen Hof?«, wiederholte Bahne. Marlene hatte den Eindruck, als atmete er tief durch. »Die Flächen, um die es geht, grenzen dahinten an unser Grundstück, an unsere Wiesen.« Er wies mit einer Bewegung des Kopfes nach draußen.

»…räder vor der eigenen Haustür, das klingt ja alles andere als verlockend«, schaltete sich Grimm erneut ein. »Und Sie haben auch Feriengäste, oder? Die möchten doch sicherlich auch keine großen Rotoren direkt vor der Nase haben.«

»Sicher, aber wie gesagt, ich bin nicht der Einzige im Koog, der gegen diese Windkraftanlagen ist. Und ich bringe ganz sicher niemanden um.«

Marlene registrierte, dass sich Bahnes Miene zunehmend

verfinsterte. In was hatte er sich da bloß hineingeritten? Wie viel einfacher wäre es gewesen, wenn er das alles bereits heute Vormittag der Polizei erzählt hätte.

»… meisten Anwohner sind gegen neue Windkraftanlagen«, hörte Marlene Johanne sagen.

Die Kommissare gingen nicht auf die Bemerkung ein. Stattdessen stellte Hansen eine weitere Frage an Bahne: »Sie sagten, Sie wollten Brodersen bitten, seine Pläne noch einmal zu überdenken. Wie hat er reagiert?«

Bahne blähte die Wangen auf und ließ die Luft durch den Mund entweichen. »Er wollte sich nicht grundsätzlich von seinem Vorhaben abbringen lassen, aber irgendwie …« Er setzte sich aufrechter hin. »… irgendwie war Brodersen anders als sonst. Das klingt jetzt vielleicht komisch, aber er war mir gegenüber viel freundlicher als bei unseren anderen Treffen. Er wirkte fast …« Bahne machte eine Pause, er schien zu überlegen. »Fast milde. Wir haben sogar ein Bier zusammen getrunken.«

Hansen und Grimm wechselten einen Blick. »Die Biergläser«, sagte Grimm. Dann wandte er sich an Bahne. »Wir brauchen Ihre Fingerabdrücke.« Er bückte sich nach der Tasche, die er neben seinem Stuhl abgestellt hatte.

Johanne warf etwas ein und schlug sich die Hand vor den Mund.

»Wir müssen Ihre Fingerabdrücke mit denen abgleichen, die wir auf den Biergläsern aus Brodersens Küche sichergestellt haben«, erklärte Hansen. »Und mit sonstigen Spuren am Tatort«, fügte er hinzu.

Marlene hatte für einen kurzen Augenblick den Eindruck, als ob Bahne sich gegen die Registrierung wehren wollte, doch offenbar sah er ein, dass es zwecklos sein würde. Also fügte er sich.

Grimm nahm ein kleines schwarzes Ringbuch mit Spezialpapier und zwei weiße DIN-A4-Bogen aus der Tasche. Er trat dicht an Bahne heran und begann, einen Finger nach dem anderen zunächst auf der schwarzen Farbe und dann auf dem vorbereiteten Bogen Papier abzurollen. Bahne hatte die Zähne aufeinandergepresst, seine Kiefermuskulatur arbeitete. Die ganze Prozedur war ihm sichtlich zuwider.

Marlene spürte Johannes Hand auf ihrem Unterarm. Ihre Schwester sah sie hilfesuchend an. »Das ist der ganz normale Ablauf«, sagte Marlene, um sie zu beruhigen. »Reine Routine, sie müssen das machen. Nur dann können die Spuren eindeutig zugeordnet werden.«

Der weitere Vorgang verlief schweigend, nur ab und zu unterbrochen von Grimms kurzen Anweisungen. Die Pause tat Marlene gut.

Nachdem alle Fingerabdrücke genommen waren, stand Bahne auf und wusch sich die Hände. Er musste die Finger mit einer Bürste bearbeiten, um die klebrige schwarze Farbe abzukommen.

Hansen forderte Bahne auf, wieder Platz zu nehmen. Er hatte seine Befragung noch nicht abgeschlossen. »Wann haben Sie das Haus der Brodersens gestern Abend wieder verlassen?«

Bahne setzte sich und stützte sich mit den Ellbogen auf den Tisch. Er knetete seine Hände, rieb sich über die Fingerkuppen, als wollte er auch die letzten Farbpartikel abrubbeln. »Es muss so gegen achtzehn Uhr dreißig gewesen sein.«

»Und was haben Sie im Anschluss gemacht?«

»Ich bin zum Laufen gefahren.« Bahne musste husten.

»Gefahren?«

»Ja, ich fahre immer zu einer besonderen Strecke, auf der ich trainiere.« Bahne ließ sich wieder gegen die Stuhllehne sinken.

»Und Sie trinken vor dem Training ein Bier?«

»Alkoholfrei. Ich trinke generell keinen Alkohol. Ich brauche das nicht.«

»Sie laufen abends? Im Dunkeln?«

»Ich will im April den Hamburg-Marathon laufen. Da darf man nicht zimperlich sein. Und die Tage sind im Winter nun mal kurz.«

»Warum gehen Sie nicht einfach hier vor Ort laufen?« Hansen ließ nicht locker. Er beugte sich vor. »Warum machen Sie sich die Mühe und fahren extra woandershin?«

»Die Strecke dort ist besser, sie hat auch ein paar Steigungen. Manchmal treffe ich mich da außerdem mit einer Laufgruppe.«

Marlene stöhnte innerlich. Natürlich, die Strecke war besser. Hier im Koog konnte man gar nicht laufen. Ihre Konzentration drohte allmählich nachzulassen. Sie starrte angestrengt auf Hansens Lippen, als er die nächste Frage formulierte.

»Sind Sie denn gestern Abend mit jemandem zusammen gelaufen? Oder haben Sie dort jemanden getroffen?«

»Nein, gestern habe ich allein trainiert.«

»Trotzdem hätte ich gern Namen – den Namen Ihres Lauftreffs und die der Mitglieder«, sagte Hansen. »Und den genauen Treffpunkt sowie den Verlauf der Trainingsstrecke.«

»Natürlich«, antwortete Bahne, auch wenn seine Miene alles andere als Begeisterung ausdrückte. Hansen notierte sich seine Angaben.

Marlene blickte zu Johanne. Eine steile Furche hatte sich zwischen ihren Augen gebildet. Sie sah blass aus. Marlene bemühte sich um ein aufmunterndes Lächeln.

»… welche Uhrzeit waren Sie wieder zu Hause?«, fragte Hansen. Er schien mit seiner Befragung noch immer nicht am Ende angekommen zu sein.

Bahne überschlug die Zeit. »So gegen zweiundzwanzig Uhr dreißig.«

»Ganz schön lange für ein Lauftraining.«

»Ich trainiere ja auch nicht für einen Dorflauf. Dazu kommt die Hin- und Rückfahrt.«

Hansen sah Johanne fragend an. Sie nickte bekräftigend. »Mein Mann geht öfter sehr lange laufen. Als wir, also als Marlene und ich nach Hause kamen, so um kurz vor elf, war er schon hier.«

Bahne hustete erneut. »Sie fragen mich tatsächlich nach meinem Alibi.« Es war mehr eine Feststellung als eine Frage.

Er schüttelte ungläubig den Kopf. »Hören Sie, es ist wirklich schrecklich, was Brodersen zugestoßen ist, aber ich habe damit nichts zu tun. Er hat noch gelebt, als ich gegangen bin.«

»Zunächst haben wir Sie nur als Zeugen befragt«, erwiderte Hansen. »Aber Sie sollten sich in den nächsten Tagen auf jeden Fall zu unserer Verfügung halten.« Er klappte sein Notizbuch zu und steckte den Kugelschreiber in die Brusttasche seines Hemdes. Dann schaute er Marlene an. »Zum Abschluss hätte ich dann noch eine Frage und eine Bitte an dich.«

9

Mit eintönigem Brummen schnurrte der Diesel über die Landstraße. Hansen saß hinter dem Steuer, Grimm neben ihm auf dem Beifahrersitz, während Marlene auf dem Rücksitz Platz genommen hatte. Sie waren auf dem Weg nach Kiel in das Institut für Rechtsmedizin, wohin man Hermann Brodersens Leichnam gebracht hatte. Die Obduktion war abgeschlossen, und die Ergebnisse konnten besprochen werden.

Im Innern des Wagens war es ruhig. Hansen blickte in den Rückspiegel und sah Marlene gedankenverloren aus dem Fenster starren. Es machte ihn betroffen, seine Kollegin so in sich gekehrt zu sehen. So still. Sie, die Hansen so energiegeladen kennengelernt hatte. Zwar manchmal etwas schroff, aber immer geradeheraus und mit einem angenehm trockenen Humor, im vollen Einsatz für den Fall und die Menschen, die auf sie zählten. Mit den blitzenden grünbraunen Augen und den zahllosen Sommersprossen. Und der kleinen Narbe an der rechten Wange, die sie nicht entstellte, sondern die ein charmantes Grübchen zauberte, wenn sie lächelte. Sie hatte sich verändert.

Marlene hatte ihm vorhin unmissverständlich zu verstehen gegeben, dass sie sich während der Fahrt nicht unterhalten wollte. Oder dass sie sich nicht unterhalten *konnte*? Fiel Marlene das Hören und Verstehen tatsächlich so schwer? Hansen hatte bisher nur wenig Erfahrung im Umgang mit Menschen, die Hörgeräte trugen, geschweige denn Cochlea-Implantate. Aber war das nicht fast das Gleiche? Als er vor Wochen von Marlenes Ertaubung und der anschließenden Operation gehört hatte, war er zunächst geschockt gewesen, doch er war davon ausgegangen, dass mit den Implantaten das Hören so wie früher wiederhergestellt sein würde. Die hoch entwickelte Technik würde es schon richten. Doch in den beiden Zusammentreffen mit Marlene war Hansen nicht entgangen, wie angespannt sie gewirkt hatte. Er hatte ihre Verunsicherung gespürt und gleichzeitig die hohe Konzentration registriert, die Marlene augenscheinlich aufwenden musste, um einem Gespräch folgen zu können. War womöglich alles gar nicht so einfach, wie Hansen angenommen hatte?

Er setzte den Blinker, beschleunigte und überholte einen Lkw. Aus dem Dauernieseln war wieder ein kräftiger Regen geworden. Hansen schaltete den Scheibenwischer eine Stufe höher.

Er wusste, dass er sich auf dünnem Eis bewegte, indem er Marlene gebeten hatte, ihn und Grimm in die Rechtsmedizin zu begleiten. Sie war offiziell nicht im Dienst und gehörte nicht einmal der ermittelnden Dienststelle an. Aber das war Hansen egal. Er wollte nicht auf ihren Sachverstand verzichten. Seit ihrer Zusammenarbeit in einem Fall von Kindesentführung vor zwei Jahren schätzte er Marlenes fachliche Kompetenzen sehr. Damals war sie es gewesen, die sie mit der entscheidenden Idee auf die richtige Spur gebracht und dadurch das Leben des Jungen gerettet hatte. Außerdem hatte sie gestern den Toten aufgefunden, war als Erste am Tatort gewesen. Drängte sich dadurch ihre Anwesenheit bei der Besprechung der Obduktionsergebnisse nicht geradezu auf?

Aber vielleicht, das wusste Hansen insgeheim auch, vielleicht hatte er Marlene auch nur mitgenommen, um ihr zu zeigen, dass ihre kriminalistischen Fähigkeiten noch immer gebraucht wurden. Dass *sie* gebraucht wurde. Denn von Marlenes Partner in Schleswig hatte er erfahren, dass hinter ihrer beruflichen Zukunft ein Fragezeichen stand. Das Wie und Wann ihres Wiedereinstiegs in den Polizeidienst war noch nicht geklärt. Vielleicht konnte Hansen Marlene, indem er sie in die Ermittlungen einbezog, auf ihrem Weg zurück in den Job unterstützen.

Allmählich wurde es dunkler. Hansen sah vor sich eine Reihe roter Bremslichter auftauchen. »Oh, bitte nicht«, murmelte er leise und trat auf die Bremse. Der obligatorische Stau vor dem

Rendsburger Tunnel unter dem Nord-Ostsee-Kanal. Normalerweise dauerte die Fahrt von Theresienkoog nach Kiel gute eineinhalb Stunden, doch daraus würde nun nichts mehr werden. Sie kamen nur noch im Schritttempo voran.

Hansen fingerte einen Kaugummistreifen aus seiner Hosentasche. Allmählich bekam er Hunger.

Die Involvierung von Marlenes Schwager in den Fall machte die Situation natürlich nicht einfacher. Zwar wurde seine Aussage, Brodersen sei noch am Leben gewesen, als er ihn verlassen habe, durch die Angaben der Ehefrau bestätigt. Edith Brodersen war mit ihren beiden Hunden unterwegs gewesen und hatte ihren Mann danach, gegen neunzehn Uhr, gesund und munter angetroffen, bis sie um zwanzig Uhr zu ihrem Besuch bei ihrem Sohn aufgebrochen war. Doch auch wenn keine Anzeichen dafür vorlagen, dass Bahne Seehusen etwas mit dem Mord zu tun hatte, war Hansens Misstrauen geweckt. Warum hatte Seehusen seinen Besuch bei Brodersen verschwiegen? War es tatsächlich nur Unachtsamkeit gewesen? Unbedarftheit? Und falls nicht, was war es dann?

Hansen schielte nach rechts zu seinem Beifahrer. Auch Grimm hatte während der bisherigen Fahrt kaum gesprochen. Die meiste Zeit starrte er stumm auf sein Smartphone. Grimm war von Hansens Idee, gemeinsam mit Marlene nach Kiel zu fahren, wie erwartet nicht begeistert gewesen. Doch noch hatte Hansen das Sagen. Er musste sich eingestehen, dass er mit seinem neuen Kollegen nicht gut zurechtkam. Grimm war unerfahren, er machte Fehler, aber das war es nicht, was Hansen störte. Der Mann war überheblich, eine Heißdüse, die sich gern in den Vordergrund drängte, wenn es sein musste, auch unter Einsatz der Ellbogen. Dabei überschätzte er sich und sein Können häufig. Hansen hatte den Eindruck, dass Grimm kein echtes Interesse an der Arbeit und an den Menschen hatte. Seine Tätigkeit in der Dienststelle in Heide benutzte er nur als Sprungbrett für seine weitere Karriere. Das alles waren Eigenschaften, die Hansen gar nicht mochte und die nicht zu seinen

Vorstellungen von einer guten und tragfähigen Polizeiarbeit passten.

Endlich hatten sie den Kanaltunnel passiert. Dahinter floss der Verkehr wieder frei, und sie kamen ohne weitere Verzögerungen nach Kiel. Das Institut für Rechtsmedizin befand sich auf dem Gelände des Universitätsklinikums. Hansen stellte den Wagen im Parkhaus ab. Zu Fuß gingen sie den kurzen Weg zum Institut, einem dreistöckigen Flachbau aus rotem Backstein mit langen durchgehenden Fensterreihen.

An der Anmeldung mussten sie warten, bis sie von einer jungen Ärztin in weißem Kittel abgeholt wurden. Sie hatte eine blau gefärbte Strähne in ihren kurzen blonden Haaren und trug ein Piercing im linken Nasenflügel. Hansen hatte Brit Walberg, die neue Oberärztin, im Zuge einer anderen Ermittlung bereits kennengelernt, doch für Marlene und Grimm musste es das erste Aufeinandertreffen sein. Hansen begrüßte die Ärztin und stellte seine Kollegen vor. Dabei entging ihm Grimms skeptischer Blick nicht.

»Danke, dass Sie auf uns gewartet haben«, sagte Hansen. »Wir standen eine Weile im Stau vor dem Kanaltunnel.«

»Ach, der Tunnel …« Brit Walberg winkte seufzend ab. »Da sind Sie wahrlich nicht die Ersten. Diese Baustelle ist eine echte Katastrophe. Aber jetzt sind Sie ja da.«

Hansen, Marlene und Grimm folgten der Ärztin über einen langen Korridor in einen Obduktionssaal. Bei ihrem Eintreten stieg ihnen der allgegenwärtige Geruch nach Desinfektionsmitteln und Tod in die Nase. Irgendwo im Hintergrund lief leise Heavy-Metal-Musik.

Brit Walberg ging in ihren knallroten Clogs zum hinteren der drei Untersuchungstische aus Metall. Er war mit einem weißen Tuch abgedeckt, unter dem sich die Umrisse eines Körpers abzeichneten. Die Ärztin griff nach einem Klemmbrett, das auf einer Ablage bereitlag, und stellte sich an eine der Längsseiten des Tisches, den Kommissaren gegenüber. Als sie das Tuch bereits anheben und mit ihren Ausführungen beginnen wollte, blieb ihr Blick an Marlene hängen. Sie hielt inne. »Oh, Sie tragen Cochlea-Implantate? Die hat mein Bruder auch. Dann mache ich noch schnell die Musik aus, bevor ich anfange, warten Sie bitte einen kleinen Moment.« Sie lächelte entschuldigend und entblößte dabei einen glänzenden Schmuckstein in einem ihrer oberen Schneidezähne.

Hansen bemerkte, wie Marlene kurz stutzte, das Lächeln dann aber entspannt erwiderte.

Nachdem Brit Walberg die Musik ausgestellt hatte, kehrte sie an den Tisch zurück. »Falls Sie etwas nicht verstehen, weil ich vielleicht mal wieder zu schnell spreche oder so, sagen Sie bitte Bescheid. Mein Bruder kann ein Lied davon singen«, sagte sie grinsend und deutete ein Augenrollen an. »Okay, dann wollen wir mal.«

Sie schlug das Tuch zurück und legte den Kopf und die Brust des Toten frei. Die Obduktionsschnitte waren bereits wieder sorgfältig vernäht und die Leiche von Blutresten gesäubert. Hansen hörte, wie Grimm neben ihm tief durchatmete. Er wird wahrscheinlich noch nicht so viele Leichen auf dem Tisch gesehen haben, dachte er.

»Wer von Ihnen war denn bei der ersten äußeren Leichenschau am Tatort anwesend?«, fragte Brit Walberg.

»Ich.« Grimm hob den Arm.

»Nur für das Protokoll: Bei dem Toten hier vor uns handelt es sich um Hermann Brodersen, und die Leiche ist identisch mit der, die Sie am Tatort gefunden haben?«

Grimm nickte stumm.

»Also gut«, entgegnete Brit Walberg und begann mit ihren Ausführungen. »Brodersen, Hermann, siebenundsechzig Jahre alt, eins dreiundneunzig groß, hundertzwei Kilogramm schwer, guter Allgemeinzustand. Todesursache ist ein Schädel-Hirn-Trauma durch Einwirkung stumpfer Gewalt. An den Oberseiten des Zeige-, Mittel- und Ringfingers sowie des kleinen Fingers der rechten Hand finden sich Hautabschürfungen. Sonst keine weiteren äußeren und inneren Verletzungen. Kommen wir zu den Details: Der Schädelknochen weist zwei Frakturen auf, äußerlich angezeigt durch zwei Riss-Quetsch-Wunden, eine am Hinterkopf, die zweite an der linken Schläfe. Erstere verläuft nahezu senkrecht und rührt von einem einzigen kräftigen Schlag mit einem dünnen, länglichen stumpfen Gegenstand. Die Verletzungen durch diesen Schlag führten unweigerlich zum Tod. Haben Sie vor Ort etwas gefunden, was als Tatwaffe in Frage kommen könnte?«

»Wir haben einen Schürhaken sichergestellt, an dem schon mit bloßen Augen Blutspuren zu erkennen waren«, antwortete Hansen. »Ist in der KTU.«

»Passt vermutlich. Das würde jedenfalls erklären, woher die Rußpartikel stammen, die wir in der Wunde gefunden haben«, erwiderte die Ärztin. Hansen fiel auf, dass sie jedes Mal, wenn sie auf die Notizen auf dem Klemmbrett in ihrer Hand schaute, eine Pause machte und erst dann weitersprach, wenn sie ihren Kopf gehoben hatte und ihre Gesprächspartner in ihr Gesicht blicken konnten.

Brit Walberg zog sich Gummihandschuhe über, winkte einen jungen Assistenten hinzu, der an einem der anderen Untersuchungstische arbeitete, und drehte mit seiner Hilfe den Leichnam auf die Seite, um den Kommissaren die Wunde am Hinterkopf zu zeigen. Dann ließ sie den Toten zurück in die Ausgangslage sinken. Die Leichenstarre hatte sich noch nicht gelöst. »Die Wunde am Hinterkopf liegt nur knapp über der Hutkrempenlinie«, erklärte sie. »Wenn man davon ausgeht, dass der Täter mit erhobenen Armen zugeschlagen hat – und das muss er wahrscheinlich, bei der Wucht, die für diesen Schlag erforderlich war –, dann wird er vermutlich kleiner als Brodersen gewesen sein.«

»Was bei einem Meter dreiundneunzig ja leider nicht schwer ist«, bemerkte Hansen trocken. »Gibt es irgendeinen Hinweis auf die Händigkeit des Täters?«

»Nein, ich denke aber, dass der Schlag mit beiden Armen ausgeführt werden musste, um diese verheerende Kraft auszuüben.«

Brit Walberg bat die Kommissare, sich die Wunde an der Schläfe anzusehen. Sie wartete, bis die Beamten ihr wieder gegenüberstanden, dann sagte sie: »Diese Wunde und die Schädelfraktur darunter unterscheiden sich von denen am Hinterkopf. Sie sind nicht mit der gleichen Wucht entstanden, die Wunde hat einen anderen Umriss, und wir haben darin auch keine Rußpartikel oder Ähnliches gefunden. Kann das Opfer beim Sturz nach dem Schlag auf den Hinterkopf irgendwo gegengeprallt sein? Ist er womöglich gegen irgendeine harte Kante gefallen? Allein der Aufprall auf den Fußboden erklärt die Verletzungen meines Erachtens nicht.«

Nun ergriff Marlene das Wort und beschrieb der Rechtsmedizinerin die Auffindesituation. Parallel dazu zog Hansen Fotos vom Tatort aus einer Mappe und zeigte sie der Ärztin.

Grimm war bisher auffallend ruhig gewesen. Jetzt fragte er: »Sie haben die Verletzungen an der rechten Hand erwähnt. Womöglich gab es zwischen Opfer und Täter ein Handgemenge. Haben Sie keine weiteren Kampfspuren entdeckt? Oder Abwehrspuren? Hautabschürfungen unter den Fingernägeln?«

Hansen hatte den Eindruck, dass sein junger Kollege nicht ganz so forsch wie sonst klang.

Brit Walberg schüttelte den Kopf. »Nein, es gab keinerlei Abwehr- oder Kampfspuren oder dergleichen.« Sie schob das Tuch von der rechten Hand des Toten und zeigte auf die Finger. Nachdem alle drei Beamten einen Blick auf die Verletzungen geworfen hatten, fuhr sie fort: »Das sind Schürfverletzungen, gänzlich untypisch für ein Handgemenge. Wir haben am Zeige- und Mittelfinger feine Holzsplitter gefunden. Das Opfer muss irgendwie mit Holz in Berührung gekommen sein.«

Marlene zeigte auf eines der Fotos und erläuterte der Ärztin ihre Theorie mit der Wohnzimmertür. Brit Walberg nickte zustimmend.

Aus dem Augenwinkel bemerkte Hansen, dass sich Grimms Miene verfinstert hatte. Er sah besorgniserregend blass aus. Fast hatte er Mitleid mit ihm, auch wenn er sich ein Grinsen nicht ganz verkneifen konnte. »Wie sieht es mit dem Todeszeitpunkt aus?«, erkundigte er sich.

»Wenn ich den Zeitpunkt des Auffindens und die Informationen des ärztlichen Kollegen vor Ort mit unseren Untersuchungsergebnissen abgleiche, komme ich auf einen Zeitraum von zwei Stunden, in denen der Tod eingetreten sein muss: zwischen neunzehn und einundzwanzig Uhr. Sie haben sicherlich registriert, dass das Uhrenglas der Armbanduhr, die der Tote am Handgelenk trug, zersplittert ist? Die Zeiger standen auf kurz vor halb neun, das könnte als Tatzeit also hinkommen. Ich habe die Uhr schon an die KTU geschickt. Die ausführlichen Beschreibungen gibt es dann wie immer im Bericht.« Sie grinste und zog sich die Handschuhe aus. »Tja, aus meiner Sicht ist die Sachlage recht eindeutig: ein einziger präziser tödlicher Schlag auf den Hinterkopf, beim Sturz seitlicher Aufprall mit dem Kopf gegen die Anrichte. Jetzt müssen Sie nur noch herausfinden, wer den Schürhaken geschwungen hat.«

10

Er lehnte sich zufrieden in seinem Sessel zurück. Brodersen war tot. Verrückt. Aber er hatte es auch nicht anders verdient. Hätte ja einfach mal aufhören können. Sich begnügen. Er hatte doch wirklich genug gehabt.

Nun hatte er halt die Zeche bezahlen müssen. Pech. Und Glück für ihn.

Es lief besser als gedacht. Er hatte auf den richtigen Mann gesetzt. Sein Plan ging doppelt auf.

Sicher, er musste achtsam sein. Aufpassen. Jetzt keinen Fehler machen.

Aber das würde er schon hinkriegen. Jetzt kam seine Zeit.

11

Die Musik begann leise. Töne eines Klaviers, die durch die Luft schwebten. Zart und zerbrechlich. Marlene stand allein vor der Bühne. Sie reckte die Arme in die Höhe und versuchte, die Töne mit den Händen zu greifen, sie festzuhalten, doch sie glitten ihr durch die Finger. Dann setzte die Band ein. Lärm und Getöse explodierten auf der Bühne und ergossen sich über Marlenes Gestalt. Sie begann zu tanzen, ließ sich mitreißen von dem Rausch aus Klängen und Tönen, von dem Rhythmus, der ihr in den Bauch fuhr und ihre Arme und Beine, ihren ganzen Körper vibrieren ließ. Sie wurde davongetragen von einem Meer aus Musik. Plötzlich saß sie in der Sparkassen-Arena bei einem Spiel des THW Kiel. Die Halle bebte. Mats neben ihr jubelte und schrie. Es dröhnte in ihren Ohren. Dann, von einer Sekunde zur nächsten, war alles still. Marlene sah Mats, den Mund weit aufgerissen, die Arme in die Höhe gestreckt, sie sah die tobenden Fans, die Spieler auf dem Feld. Und hörte nichts mehr.

Schweißgebadet schreckte Marlene hoch. Es dauerte einen Moment, bis sie realisierte, dass sie geträumt hatte. Erschöpft ließ sie sich zurück in die Kissen fallen. Es war nicht das erste Mal gewesen. Schon oft hatte sie im Traum wieder hören können, hören so wie vor der Ertaubung. Wie sehr vermisste sie ihre alte Klangwelt, wie oft sehnte sie sich nach bekannten Geräuschen und Stimmen, nach Musik. Und wie groß war ihre Angst, die Erinnerung an all das unwiederbringlich zu verlieren. Fotos und Bilder konnte man aufbewahren. Man konnte sie hervorholen und sie immer wieder anschauen. Die Erinnerung an Gehörtes jedoch ließ sich für sie nur im Gedächtnis konservieren.

Marlene drehte den Kopf zur Seite und sah auf die Anzeige von Levkes Radiowecker. Neun Uhr dreiundfünfzig. Sie hatte verschlafen. Schwerfällig rappelte sie sich hoch und blieb einen Augenblick auf der Bettkante sitzen. Sie rieb sich mit den Händen über das Gesicht. Am liebsten würde sie sich gleich wieder hinlegen.

Dabei hatte sie sich gestern Abend nach ihrem Besuch in der Rechtsmedizin so gut gefühlt, so zuversichtlich. Der so selbstverständliche und erfahrene Umgang der Rechtsmedizinerin mit dem Thema Cochlea-Implantat hatte eine entspannte Gesprächsatmosphäre für Marlene geschaffen. Sie hatte den Ausführungen der sympathischen Frau gut folgen können. Die Ärztin hatte jedes Mal eine Sprechpause eingelegt, wenn es an der Leiche etwas zu betrachten gab. So hatte Marlene nicht gleichzeitig schauen und zuhören müssen, sondern konnte sich auf eins konzentrieren. Früher, als gut hörender Mensch, hätte Marlene nicht auch nur im Ansatz geahnt, welche Leistung es erforderte, etwas zu tun und zeitgleich einem Gesprächspartner aufmerksam zuzuhören. Nebenbei hören zu können war für sie eine Selbstverständlichkeit gewesen.

Durch das Gesprächsverhalten der Ärztin hatte Marlene nicht nur Teile, sondern alles, was besprochen worden war, verstanden. Und mehr noch, sie hatte sich als vollwertige Gesprächspartnerin gefühlt, als kompetent. Das bekannte berufliche Terrain hatte ihr zusätzlich so etwas wie ein Gefühl von Sicherheit gegeben. Und ihr Mut gemacht.

Der Traum hatte diese guten Gefühle wieder einkassiert.

Marlene stand auf. Sie nahm die Akkus aus der Ladestation, verband sie mit den Geräten und legte die CIs an. Man hatte in der Klinik zwei Hörprogramme darauf abgespeichert, die sie mit einer Fernbedienung einstellen konnte. Das erste war leiser, und Marlene wusste, dass einige Patienten es morgens zum Wachwerden einschalteten. Doch sie benutzte immer nur das zweite, das lautere Programm. Sie wollte das volle Hören, wollte alles wahrnehmen. Einen Filter oder Regler hatte sie früher für ihre Ohren auch nicht gehabt.

Sie ging hinunter in die Küche. Ihre Gedanken kehrten zum

gestrigen Tag und zu den bisherigen Ermittlungsergebnissen zurück. Der Tathergang schien geklärt zu sein. Marlene sah sich in ihrer Vermutung bestätigt, dass Brodersen den Täter gekannt hatte. Die Tat war nicht geplant gewesen, sondern der Täter muss im Affekt nach dem Schürhaken gegriffen und zugeschlagen haben. Ein Mal. Kein Nachsetzen, keine blinde Wut, keine exzessive Gewalt. Nur ein einziger heftiger Schlag. Hatte es einen Streit gegeben, der eskaliert war? Hatte sich der Täter womöglich über sich selbst erschreckt? Und nach dem Schlag sofort innegehalten?

Der Fall ließ sie nicht los. Und natürlich würde Marlene sich gern an den Ermittlungen und an der Aufklärung des Mordes beteiligen. Mit Hansen allein wäre das vielleicht sogar noch denkbar gewesen. Doch mit Grimm stand es außer Frage. Ist vielleicht auch besser so, dachte sie resigniert und realisierte einmal mehr, wie sehr sie die gemeinsame Arbeit mit ihrem Kollegen Simon aus Schleswig vermisste.

Auf dem Esstisch standen eine Kanne Kaffee, Milch und ein Croissant für Marlene bereit. Die anderen waren schon längst in ihren Tag aufgebrochen. Marlene schenkte sich einen Becher Kaffee ein. Sie trank Filterkaffee nur noch ungern, aber mit viel Milch war es auszuhalten. Hauptsache, Koffein.

Mit dem Becher in der einen und dem Croissant in der anderen Hand machte sie sich auf die Suche nach ihrer Schwester. Sie fand sie schließlich im Hofladen. Johanne stand hinter dem Verkaufstresen und zeichnete Gläser mit selbst gekochter Marmelade aus. Sie trug eine dicke Wolljacke. Ihre hellblonden Haare hatte sie zu einem langen Zopf geflochten, der ihr nach vorn über die Schulter fiel. Als sie Marlene eintreten hörte, blickte sie auf.

»Moin!« Ein Lächeln huschte über Johannes Gesicht. »Na, endlich ausgeschlafen?«

»Moin«, antwortete Marlene. »Ich glaube, ich bin die Nordseeluft nicht mehr gewohnt.« Sie hielt den Becher und das Croissant in die Höhe. »Danke für das Frühstück.«

»Das hat Levke zusammengestellt. Haben dich die Kinder heute früh denn gar nicht gestört?«

Marlene hatte den Mund voll, sodass sie nicht antworten konnte. Sie zuckte mit den Schultern und deutete mit dem Kaffeebecher in Richtung CI.

»Ach Gott, ja«, sagte Johanne schuldbewusst, »entschuldige bitte, daran habe ich gerade nicht gedacht. Wie blöd von mir ...«

Marlene winkte mit der Hand, in der sie das Croissant hielt, ab und nahm einen Schluck Kaffee. »Und wo steckt Bahne?«

»Der ist zum Baumarkt nach Büsum. Er muss noch Material holen für das neue Regal, das er baut. Wir brauchen ein größeres, das da reicht nicht mehr aus.« Johanne deutete in die hintere Ecke des Ladens. Sie legte die Etikettiermaschine zur Seite, nahm einige Marmeladengläser in den Arm, ging an Marlene vorbei und stapelte sie auf einem Tisch neben der Eingangstür aufeinander. »Also, dass Bahne etwas mit dem Mord an ... dass er nichts gesagt hat, das kann ich einfach nicht begreifen.«

Marlene berührte ihre Schwester am Arm. »Johanne, ich kann dich so nicht verstehen.«

»Ach ja, klar, schon wieder ... Tut mir leid.« Johanne hielt inne. Ihr zartes feenhaftes Gesicht wirkte noch durchscheinender als sonst. »Ich bin einfach so durcheinander! Erst der Tod von Brodersen – der Mord! –, und nun soll auch noch Bahne etwas damit zu tun haben. Das ist doch verrückt.« Sie hob verzweifelt die Arme und ließ sie sogleich wieder fallen. »Warum hat er denn nur nichts gesagt?«

»Niemand hat behauptet, dass Bahne etwas mit dem Mord zu tun hat«, versuchte Marlene, ihre Schwester zu beruhigen. »Er wurde bisher nur als Zeuge befragt.«

»Ja, *bisher*. Aber sie haben seine Fingerabdrücke genommen. Fingerabdrücke! So als wäre er ein Verbrecher.«

»Johanne, das habe ich dir doch schon erklärt. Die Beamten müssen das machen. Sie müssen von allen, die am Tatort waren, die Fingerabdrücke nehmen, egal ob sie etwas mit dem Verbrechen zu tun haben oder nicht.«

»Und das ganze Gerede«, fuhr Johanne unbeirrt fort. »Was sollen die Leute denken? Wenn Bahne unter Verdacht gerät, können wir einpacken. Der Hofladen, die Ferienwohnungen – dann kommt keiner mehr …«

Marlene sah, dass Johanne mit den Tränen kämpfte. »Hey, beruhige dich, kleine Schwester.« Sie nahm Johanne in den Arm. »Hab Vertrauen. Die Kollegen von der Kripo werden den Fall aufklären und den Schuldigen finden. So lange müssen wir abwarten.«

Johanne löste sich aus der Umarmung und zog geräuschvoll die Nase hoch. Mit dem Handrücken fuhr sie sich über die Wangen. »Aber wieso abwarten? Ich kann doch nicht einfach tatenlos zusehen, nach allem, was passiert ist. Kannst du nicht etwas tun, Marlene? Selbst ein wenig nachforschen? Der Polizei auf die Sprünge helfen?«

»Ich? Aber ich bin gar nicht im Dienst.«

»Du warst doch gestern auch mit in der Rechtsmedizin«, widersprach Johanne.

»Ja, aber das ist etwas anderes. Das war zusammen mit Hansen und diesem Grimm. Einfach so auf eigene Faust ermitteln, das geht nicht mal so eben. Ich bin hier gar nicht zuständig.« Marlene war keine Paragrafenreiterin, ganz und gar nicht, aber Mordermittlungen waren eine ernste Angelegenheit. »Und dann noch mit meinen CIs …«

»Bisher hat das doch ganz gut funktioniert. Ich kann ja mitkommen. Und wenn du etwas nicht verstehst, helfe ich dir.«

»So einfach ist das nicht …«, wehrte Marlene ab, doch sie merkte, dass ihr Widerstand bröckelte. Und hatte sie nicht eben erst festgestellt, dass sie eigentlich gern selbst in der Sache ermitteln würde? Steckte sie nicht längst drin in dem Fall?

»Warum denn nicht?«, setzte Johanne nach. »Es wird sowieso Zeit, dass du mehr unter Menschen kommst.«

»Ja, aber …« Marlene seufzte. Sie sah Johanne in die Augen.

War sie es ihrer Schwester schuldig? Und letztendlich auch ihrem Schwager?

»Bitte, Marlene, *Leni*, tu es für mich.«

Nur ein paar kleine Nachforschungen. »Also gut. Wir können uns ja mal ein wenig im Koog umhören.« Marlene machte eine Pause. »Oder um*schauen*«, ergänzte sie trocken.

Johanne fiel ihrer Schwester um den Hals. »Danke! Ich wusste, dass ich mich auf …« Sie blieb auf der rechten Seite an Marlenes Spulenkabel hängen und riss das CI hinunter. »Oh Gott, ist etwas kaputtgegangen?« Johanne wich einen Schritt zurück.

Marlene hob das Gerät auf, setzte es wieder an, wartete einen Moment. Dann schüttelte sie den Kopf. »Nein, alles in Ordnung.« Sie strich sich eine Haarsträhne aus dem Gesicht. »Okay, dann lass uns anfangen. Aber nach meinen Regeln.«

Johanne nickte. »Natürlich.«

»Die Frage ist: Wer hatte ein Motiv, Brodersen zu töten? Wer profitiert womöglich von seinem Tod? Bahne hat gestern im Gespräch mit Hansen und Grimm neben Sabine Sommer noch zwei weitere Personen erwähnt: Mordhorst und Osna…«

»Os-na-brüg-ge.« Johanne ging zum Tresen und schrieb den zweiten Namen auf.

»Der andere heißt wirklich Mordhorst?«, hakte Marlene nach. »Hat Bahne nicht erzählt, er habe noch eine Rechnung mit Brodersen offen? Weißt du etwas darüber?«

»Mordhorst ist ein ziemlicher Sonderling, ein Einzelgänger. Er lebt allein, hat kaum Kontakte, nur seine Tiere. Er betreibt so etwas wie einen kleinen Gnadenhof.«

»Und was hatte er mit Brodersen zu tun?«

»Vor ein paar Jahren ist Mordhorsts Frau abgehauen, sie hat die gemeinsame Tochter mitgenommen. Mordhorst hat damals ziemlich viel getrunken. Er hat in dieser Zeit alle seine Felder verloren, Brodersen hat diese Flächen aufgekauft. Aber ich kann mir trotzdem nicht vorstellen, dass er Brodersen etwas angetan hat. Er mag wunderlich sein und ganz schön verschroben, aber er ist nicht der Typ Mensch, der anderen etwas zuleide tut.«

So ziemlich jeder Mensch kann einem anderen etwas zuleide tun, dachte Marlene im Stillen. Laut sagte sie: »Dennoch sollten wir uns anhören, was er über Brodersen zu sagen hat.«

12

Sie nahmen die Fahrräder. Bis zum Hof von Mordhorst war es nicht weit. Über Nacht war das Wetter umgeschlagen. Ein kräftiger Westwind hatte die Wolken vertrieben, und ein klarer blassblauer Himmel überspannte den Koog. Marlene hatte sich die Mütze tief ins Gesicht gezogen. Dadurch hörte sie zwar alles ein wenig gedämpfter, aber das Rauschen des Windes störte nicht an den Mikrofonen der CIs.

Nach einem kurzen Stück auf der Koogchaussee bogen Marlene und Johanne nach rechts in die nächste Stichstraße ab. An der Abzweigung stand ein »Vorfahrt achten«-Schild, dessen Pfosten sich in Schräglage bedrohlich gen Boden neigte. Daneben hing an einem Holzpfahl ein einsamer verrosteter Briefkasten. Die lange, schmale Straße war durchsetzt von Schlaglöchern. An ihrem Ende lag ein einzelnes Gehöft, dahinter ragten Windräder in den wolkenlosen Himmel. Neben der Straße verlief ein Entwässerungsgraben. Marlene sah, wie sich das Schilf am Rande des Grabens im Wind bewegte. Hören konnte sie es nicht.

Als sie den Hof erreichten, drosselten sie ihr Tempo. Das Tor an der Einfahrt stand offen. Windschief hing es in den Angeln, von Gras und Unkraut eingewachsen. Es schien schon eine Ewigkeit nicht mehr bewegt worden zu sein.

Auch zwischen den Betonplatten auf dem Vorplatz spross Gras. Der Putz des kleinen Wohnhauses musste einmal weiß gewesen sein, hatte jedoch im Laufe der Zeit eine schmutzig graue Farbe angenommen. Dort, wo er abgebröckelt war, kam das marode Mauerwerk zum Vorschein. An den ehemals braunen Holzfenstern blätterte die Farbe ab.

Linker Hand befanden sich ein Stall und eine Scheune. Der Stall war behelfsmäßig mit Wellblech gedeckt, die Fenster waren blind, von Spinnweben überzogen. Das Dach der

Scheune hatte ein großes Loch, durch das die Dachbalken zu sehen waren. Vor der Scheune parkte ein alter Opel. Eine Katze hatte es sich auf der Motorhaube bequem gemacht. Daneben lag ein achtlos aufgeschütteter Haufen Feuerholz. Ein paar Hühner liefen frei umher.

Marlene und Johanne stellten ihre Räder ab. Auf einer notdürftig eingezäunten Wiese hinter dem Haus entdeckte Marlene zwei Esel und ein Lama. Neugierig hoben die Tiere ihre Köpfe, als sie die Ankömmlinge bemerkten.

Ein Lama im Koog, mal was Neues, dachte Marlene. Sie war gespannt. Sie nahm die Mütze ab, stopfte sie in ihre Jackentasche und ging mit Johanne hinüber zum Eingang des Hauses. Am Giebel über der Haustür hing eine große Satellitenschüssel. Johanne klingelte.

Ein kleiner Mann mit einem von Falten zerfurchten Gesicht öffnete die Tür. Er trug ein fleckiges kariertes Hemd und Hosenträger, die die weite Hose unter seinem kugelförmigen Bauch mehr schlecht als recht festhielten. Das kinnlange fettige Haar klebte in einem Seitenscheitel am Kopf. Mit der rechten Hand hielt er einen Hund am Halsband fest. Der Mischling kläffte laut.

»Ist Besuch nicht gewohnt«, glaubte Marlene den Mann sagen zu hören.

Endlich hörte der Hund auf zu bellen. Der Mann ließ ihn los. Der Hund beschnüffelte die beiden Besucherinnen, dann setzte er sich neben sein Herrchen auf den Fußboden.

»Johanne, welch seltener Gast«, begrüßte Mordhorst die beiden Frauen. »Was verschlägt dich hierher?« Unter seinen hängenden Augenlidern konnte Marlene die Skepsis und Habachtstellung eines Menschen erkennen, der anderen nicht über den Weg traute.

»Hallo, Dieter, dürfen wir reinkommen?«, fragte Johanne.

Mordhorst blieb in der Tür stehen und machte keinerlei Anstalten, Marlene und Johanne ins Haus zu bitten.

»Das ist meine Schwester Marlene«, versuchte es Johanne weiter, »sie ist bei der Kriminalpolizei und würde gern mit dir über Hermann sprechen. Ist es nicht schrecklich, dass er umgebracht wurde? Hier bei uns?«

»So, bei der Kripo«, antwortete Mordhorst. »Und will mit mir sprechen. Wenn's denn sein muss.« Er drehte sich um und ging hinein. Der Hund trottete hinterher.

Okay, dachte Marlene. Johanne war ihr zuvorgekommen und hatte sie eilfertig als Kommissarin vorgestellt. Ganz wohl war Marlene nicht dabei. Es würde den Eindruck erwecken, dass sie an den offiziellen Ermittlungen beteiligt war. Sollte sie das richtigstellen? Allerdings würde sie auf diesem Wege deutlich leichter an Informationen gelangen. Und darum ging es doch letztendlich. Um Informationen, die dazu beitrugen, das Verbrechen aufzuklären.

Sie folgte Johanne und Mordhorst einen dunklen Flur hinunter. Die Luft war abgestanden, es roch nach Zigarettenrauch, Essen und Schweiß. In der Küche war der Essensgeruch noch intensiver. Auf dem Herd köchelte etwas vor sich hin. Am liebsten hätte Marlene sofort ein Fenster aufgerissen.

Mordhorst scheuchte eine Katze von einem Stuhl und setzte sich an den Esstisch. Der Hund legte sich zu seinen Füßen auf den Boden.

Über dem Tisch hing eine Lampe, der Stoff des Lampenschirms dreckig und vergilbt. Ihr Lichtkegel fiel auf eine Tischdecke aus Plastik. In der Mitte stand ein Aschenbecher, der bis an den Rand mit Zigarettenstummeln gefüllt war, daneben sah Marlene eine Packung Tabak und Zigarettenpapier sowie eine Maschine zum Selberdrehen. Auch auf dem Tisch hatte eine Katze gesessen, die ihren Platz nun unter Protest verließ. In der Ecke plärrte ein alter Röhrenfernseher vor sich hin. Irgendeine Serie flimmerte über den Bildschirm.

Johanne fragte Mordhorst etwas, was Marlene wegen des lauten Fernsehers nicht verstehen konnte. Mordhorst nickte, woraufhin sich Johanne auf dem Stuhl ihm gegenüber niederließ. Marlene nahm ebenfalls Platz. Der Stuhl war wackelig, der Bezug schmutzig.

»Können Sie bitte den Fernseher ausschalten? Oder ihn zumindest leise stellen?«, fragte Marlene.

Falls Mordhorst diese Frage merkwürdig fand, so zeigte er es nicht. Er stellte den Ton aus.

»So, und wegen Brodersen kommt ihr nun ausgerechnet zu mir.« Mordhorst musste husten. Er zog ein Stofftaschentuch aus der Hosentasche, spuckte hinein, wischte sich den Mund ab und ließ das Taschentuch wieder in der Hose verschwinden.

»Sie kannten ihn schon lange und standen geschäftlich mit ihm in Kontakt«, sagte Marlene.

»›Kontakt‹ ist gut.« Mordhorst hustete erneut, schluckte und fuhr sich mit der Zunge über die wulstigen Lippen. »Ich hatte keinen *Kontakt*.«

»Sondern?«

»Brodersen hat mich übers Ohr gehauen.«

»Inwiefern?«

»Inwiefern? Er hat mich fertiggemacht. Er hat mir früher mal ausgeholfen, Geld geliehen, als es bei mir nicht so gut lief. Ich dachte, er hilft mir.« Mordhorst machte eine Pause, bevor er fortfuhr. »Aber dann hat er den Knebel angelegt. Ich musste verkaufen, und er hat am Ende alle meine Flächen bekommen, meinen Grund und Boden, alles! Für 'nen Appel und 'n Ei. Das war mein Todesstoß.« Er beugte sich vor. In seinen Mundwinkeln sammelte sich Spucke. Langsam kam er in Fahrt. »Und jetzt? Jetzt werden wahrscheinlich genau diese Flächen für die Windenergienutzung freigegeben. Den ganzen Schotter, den das einbringt, den kriegt Brodersen. Dabei reden wir nicht über Peanuts, nein, sondern über hohe fünfstellige Beträge, mindestens – pro Windkraftanlage und pro Jahr!« Sein zerknittertes Gesicht lief rot an. »Das hat der alles vorher gewusst. Das hat der ganz genau geplant.«

»Sie meinen, Brodersen hat auf Ihre Flächen spekuliert und Sie ins offene Messer laufen lassen?«, fragte Marlene.

Mordhorst nickte. »Genau so.«

»Und deshalb haben Sie Brodersen auf der letzten Bürger-versammlung so hart angegriffen?«

»Hart? Wer sagt das?« Mordhorst blickte zu Johanne. »Etwa dein Heißsporn? Der hat ja wohl selbst ordentlich ausgeteilt.« Er lehnte sich zurück und steckte die Hände unter die Hosen-träger. »Aber ich will dir was sagen: Brodersen konnte ruhig mal was einstecken. Der war auch nie zimperlich.«

»Ihr Mitleid mit Brodersen hält sich ja in Grenzen. Immer-hin ist er jetzt tot. Er wurde ermordet«, bemerkte Marlene.

»Der hat jahrelang auf der Sonnenseite gestanden. Irgend-wann trifft es jeden.«

Marlene registrierte, dass Johanne neben ihr unruhig wurde. »Aber das kannst du doch nicht einfach so sagen!«, rief sie empört.

»Ach nein?« Mordhorst griff nach Tabak und Papier und begann, sich eine Zigarette zu drehen. »Warum soll ich das nicht sagen können?«

»Was haben Sie am Sonntagabend gemacht? Nach neunzehn Uhr?«, übernahm Marlene wieder das Wort.

»Wieso? Ist das die Tatzeit? Ich hatte Besuch.« Er grinste und zeigte eine Reihe schlechter gelber Zähne. »Und dabei habe ich fast nie Besuch. Aber warum soll ich nicht auch einmal Glück haben? Kommt ja nicht oft vor.«

»Wer hat Sie besucht?«

»Wer soll mich schon besuchen wollen, fragen Sie sich, was? Stellen Sie sich vor, es war sogar Damenbesuch. Eine Frau von der Tierhilfe. Hat Futter gebracht. Ich kriege immer etwas von den Spenden ab.« Mordhorst zündete sich die Zigarette an. Seine Fingerkuppen waren vom übermäßigen Nikotingenuss gelb verfärbt.

»Wie lange war die Frau hier?«

»Das weiß ich doch nicht mehr. Bis acht, halb neun? Keine Ahnung.« Er zog an der Zigarette und stützte sich mit den Un-terarmen auf dem Tisch ab, die qualmende Zigarette zwischen den Fingern.

Marlene lehnte sich auf ihrem Stuhl zurück. Er wackelte bedrohlich. »Und danach?«, fragte sie.

»Danach war ich auch hier. Allein. Können Sie ja die Tiere fragen.« Erneut verzog Mordhorst die Lippen zu einem abstoßenden Grinsen.

»Unangenehm« ist noch ein schmeichelnder Ausdruck für diesen Mann, dachte Marlene. Sie nahm sich vor, sich bei der Tierhilfe nach dem Besuch der Mitarbeiterin zu erkundigen, als sie erschrak und mit einem Schrei zusammenfuhr. Ein Wellensittich war auf Marlenes Schulter gelandet. Sie hatte ihn nicht kommen hören. Der Vogel hatte sich mindestens genauso erschrocken wie sie und flatterte sofort wieder weg. Marlene atmete tief durch. Sie spürte, wie Johanne ihr unter dem Tisch eine Hand auf den Oberschenkel legte.

»So schreckhaft, Frau Kommissarin?« Jetzt lachte Mordhorst laut. Es war eine dreckige, unangenehme Lache. »Ist doch nur ein harmloser Vogel.« Er nahm einen Zug von seiner Zigarette und blies den Rauch langsam aus.

Marlene konnte sich nur mit Mühe einen bissigen Kommentar verkneifen. Sie sah dem Wellensittich hinterher, der sich auf die Gardinenstange über dem Fenster setzte. Angewidert bemerkte sie, dass die Fensterbank voller Vogelmist war.

Ihr Blick fiel auf eine Fotografie, die an der Wand neben dem Fenster hing. Es war das einzige Bild im Raum. Sie zeigte ein kleines Mädchen, vielleicht fünf, sechs Jahre alt. Es saß auf einem Fahrrad und lachte in die Kamera. Hinter der Kleinen, eine Hand auf ihrer Schulter, stand ein Mann, er lächelte stolz. Der Mann war ordentlich frisiert, trug gepflegte Kleidung. Marlene hätte Mordhorst beinahe nicht erkannt.

Sie deutete mit dem Kopf in Richtung Foto. »Schönes Bild. Ist das Ihre Tochter?«

Augenblicklich erstarb Mordhorsts Grinsen. »Das geht Sie nichts an.« Er drückte die Zigarette im überfüllten Aschenbecher aus, obwohl sie noch nicht aufgeraucht war. Einige Kippen fielen auf den Tisch. Er erhob sich. »Ich muss gleich weg.«

Mordhorst bedeutete Marlene und Johanne, aufzustehen, und begleitete sie nach draußen. Im Flur wechselte er ein paar abschließende Worte mit Johanne.

Vor der Haustür drehte sich Marlene noch einmal zu ihm um: »Wie finanzieren Sie das hier eigentlich alles?« Sie machte eine ausholende Bewegung.

»Die Tiere und den Hof? Wieso? Glauben Sie, das kann ich nicht? Ich helfe des Öfteren bei einem kleinen Schrauber aus, in Oesterdeichstrich. Bringt gutes Geld. Ich brauche nicht viel. Und es gibt tatsächlich auch noch gute Menschen auf diesem Planeten, die kümmern sich um Tiere und spenden.«

An der Kreuzung zur Koogchaussee hielten Marlene und Johanne an. »Was hast du eben im Flur mit Mordhorst besprochen?«, fragte Marlene.

»Ach so, ja, ich habe ihn nach Sabine Sommer gefragt, im Zusammenhang mit Brodersens Café-Projekt«, antwortete Johanne, »aber da wusste er auch nicht mehr als ich. Dafür hat er etwas zu ihrem Privatleben gesagt. Er nannte es ein Puter-Rennen.«

»Puter-was?«

»Kennst du ein Puten-Rennen? Wenn viele Frauen einem Mann hinterherlaufen?«

Marlene nickte.

»Hier ist es wohl genau umgekehrt. Wegen Sabine Sommer soll es ein Pu-*ter*-Rennen geben. Ich habe davon noch nichts mitbekommen, aber Mordhorst sagte, sie würde die Männer im Koog ganz wuschig machen.« Johanne zuckte mit den Schultern. »Und dabei soll sie wohl auch keine Kostverächterin sein.«

13

Sabine Sommer keine Kostverächterin. Spielte diese Frau in dem Fall noch eine andere Rolle als nur die der Zeugin, die den Toten gefunden hatte?

Über diese Frage dachte Marlene nach, als sie nach dem Mittagessen mit dem Fahrrad allein die Koogchaussee entlangfuhr. Sie musste herausfinden, warum Sabine Sommer Hermann Brodersen am Sonntagabend aufgesucht hatte. Vielleicht lag Edith Brodersen mit ihrer Vermutung falsch, und es war Sabine Sommer gar nicht um das Café-Projekt gegangen? War der Grund ihres Besuches ein ganz anderer gewesen? Hatte Sabine Sommer womöglich ein Verhältnis mit Brodersen gehabt? Immerhin schien seine Ehefrau sonntags regelmäßig nicht zu Hause gewesen zu sein. Damit wäre dieser Abend ein geeigneter Zeitpunkt für ein heimliches Stelldichein gewesen.

Was, wenn Brodersen noch gelebt hatte, als Sabine Sommer bei ihm auftauchte? Und es zu einem Streit gekommen war? Der eskalierte? Vielleicht wollte Brodersen das Verhältnis beenden. Oder jemand hatte Wind von der Sache bekommen. Womöglich Edith Brodersen selbst? Und dann hatte sie ihn vor die Wahl gestellt, sie oder ich?

Oder hatte Sabine Sommer doch über das geplante Café mit Brodersen reden wollen? Immerhin hätte ein zweites Café in unmittelbarer Nachbarschaft eine große Konkurrenz für sie bedeutet. Auch das könnte als Motiv gesehen werden.

Wenn Sabine Sommer nun im Streit, warum auch immer, die Sicherung durchgebrannt war? Denkbar wäre es. Dagegen sprach allerdings der erste Eindruck, den Marlene am Tatort von der Frau gewonnen hatte. Ihre Aufregung und Bestürzung hatten echt gewirkt. Oder war es doch nur das Entsetzen über die eigene Tat gewesen?

Wie auch immer, Marlene musste mit Sabine Sommer sprechen. Der Weg dorthin führte direkt an Osnabrügges Hof vorbei, also würde sie bei ihm einen kurzen Zwischenstopp einlegen. Osnabrügge würde wahrscheinlich von Brodersens Tod profitieren, war er doch sein schärfster Konkurrent in Sachen Ausbau von Windkraftanlagen. Und dabei schien es um eine nicht unbeträchtliche Summe Geld zu gehen. Grund genug, um auch ihm einen Besuch abzustatten.

Marlene hielt den Kopf leicht gesenkt, den Blick fest auf die Straße gerichtet. Der Wind wehte noch immer kräftig von Westen und trieb ihr die Tränen in die Augen. Ihr war etwas mulmig zumute. Sie hatte sich ohne Johanne auf den Weg gemacht, da ihre Schwester Termine mit den Kindern wahrnehmen musste – Zahnarzt, Schwimmkurs, das übliche Programm. Mit Johanne an ihrer Seite hatte sie sich sicherer gefühlt. Aber ihre Neugier und ihr Ermittlerehrgeiz waren geweckt. Sie wollte herausfinden, warum Hermann Brodersen sterben musste, notfalls auch allein. Sie trat schneller in die Pedale.

Marlene bildete sich ein, dass der Geruch nach Mordhorsts Haus, nach verkochtem Essen und Zigarettenqualm noch immer in ihrer Kleidung und in ihren Haaren hing. Widerlich. Marlene achtete stets peinlichst genau darauf, wenigstens nur im Freien zu rauchen. Sie hasste den Geruch. Und sie hasste diese Schwäche. Sie würde damit aufhören, schwor sie sich. Bald. Später.

Sie dachte an ihr Gespräch mit Mordhorst zurück. Der Mann hatte etwas Verschlagenes an sich. Er hatte Brodersen gehasst. Aber war er zu einem Mord fähig? Und spielte seine Tochter dabei eine Rolle? Oder seine Ehefrau, die ihn gemeinsam mit der Tochter verlassen hatte? Johanne hatte ihr bestätigt, dass das Mädchen auf der Fotografie Mordhorsts Tochter war.

Marlene würde sein Alibi überprüfen. Früher hätte sie längst zum Telefon gegriffen, um die Frau ausfindig zu machen, die am Sonntagabend bei Brodersen gewesen war. Doch nun ließ sie es bleiben. Sie wollte lieber persönlich bei der Tierhilfe vorbeifahren. Ihr Sitz war in Heide, das hatte Marlene wenigstens schon im Internet recherchiert.

Sie erreichte die Zufahrt zu Osnabrügges Hof. Genau wie die Stichstraße zu Mordhorsts Gehöft ging sie rechts von der Koogchaussee ab. An der Abzweigung stand ein imposanter Findling mit dem Namenszug des Hofbesitzers in großen messingfarbenen Buchstaben. In einiger Entfernung hinter Schafweiden und abgeernteten Kohlfeldern konnte Marlene die Gebäude des Nachbarhofs sehen. Es musste Mordhorsts Hof sein. Nach links zweigte auf der anderen Seite der Koogchaussee die Mittelstraße ab, an der Brodersens Hof lag. Auch seine großen Scheunen und hohen Bäume konnte Marlene von ihrem Standpunkt aus gut erkennen. Über die ebenen Felder hinweg hatte sie einen freien Blick.

Marlene fuhr die kurze asphaltierte Stichstraße entlang, die von einer Reihe von Bäumen gesäumt wurde und direkt auf den Hof zuführte. Der Wind zerrte an den Zweigen und wirbelte buntes Laub durch die Luft.

Am Ende der Straße lag linker Hand ein großzügiges Wohnhaus, geradezu ein modernes Wirtschaftsgebäude aus Wellblech mit Solaranlagen auf dem Dach. Die Auffahrt war kreisförmig angelegt, doch da der Hofplatz nicht die Größe hatte, die eigentlich dafür nötig gewesen wäre, wirkte sie eng und gedrängt. Auf der kleinen Rasenfläche in der Mitte stand ein überdimensionierter Brunnen aus Sandstein. Das Wasser ergoss sich über mehrere wie Muscheln geformte Stufen hinweg in ein kreisförmiges Becken.

Sie stellte das Fahrrad ab und ging hinüber zum Hauseingang. Die Haustür wurde rechts und links von zwei steinernen Löwen flankiert. Sie starrten Marlene von ihren mächtigen Sockeln entgegen. Falls sie einen majestätischen Eindruck hinterlassen sollten, so hatten sie bei Marlene keinen Erfolg damit. Die Figuren kamen ihr völlig deplatziert vor.

Auf Marlenes Klingeln reagierte niemand. Sie trat ein paar Schritte zurück und blickte an der Fassade empor. Der weiße

Putz und die grünen Fensterrahmen aus Holz erweckten den Eindruck, als seien sie erst vor Kurzem frisch gestrichen worden. Marlene konnte keine Anzeichen entdecken, dass jemand zu Hause war. Sie würde ein anderes Mal wiederkommen müssen.

In diesem Moment kam ein Auto die Zufahrt hinaufgefahren. Vor dem Haus kam es zum Stehen.

Eine Frau von korpulenter Statur mit kurzen, hochtoupierten dunklen Haaren stieg aus und musterte Marlene fragend. »Wollen Sie zu mir?«

»Ich denke schon«, antwortete Marlene und ging auf sie zu. »Frau Osnabrügge?«

»Ja?« Die Frau schlug die Autotür zu.

»Mein Name ist Marlene Louven, Kriminalhauptkommissarin. Ich würde gern mit Ihnen und Ihrem Mann sprechen. Sie haben von dem Mord an Hermann Brodersen gehört?«

»Ja, natürlich! Der ganze Koog ist in Aufruhr. Es ist ja auch schrecklich. Einfach unvor...« Annelene Osnabrügge ging zum Kofferraum und holte einen Einkaufskorb heraus. »... immer noch nicht glauben. Aber mein Mann ist nicht da. Und er hat Ihren Kollegen auch schon alles gesagt.« Sie hielt den Korb vor ihren Bauch und spielte mit dem Autoschlüssel in ihrer Hand. Unschlüssig, mit einem Hauch von Skepsis, sah sie Marlene an.

»Da bin ich sicher, allerdings habe ich noch ein paar weiterführende Fragen.« Als Marlene merkte, dass die Frau immer noch zögerte, fuhr sie fort: »Sie kennen die Brodersens doch bestimmt auch sehr gut.« Dabei versuchte sie, das erste Wort besonders zu betonen. Sie hoffte, dass es ihr gelang. »Bei solch einem schwerwiegenden Verbrechen sind alle Informationen wichtig. Jedes Detail kann hilfreich sein.«

Das verfehlte nicht seine Wirkung. Der skeptische Gesichtsausdruck von Annelene Osnabrügge entspannte sich und machte einer unverhohlenen Neugier Platz, gepaart mit dem Bewusstsein der eigenen Bedeutsamkeit. »Wenn das so ist, stehe ich Ihnen natürlich gern für Fragen zur Verfügung. Kommen Sie doch bitte mit rein«, sagte sie und ging voraus.

Durch einen Windfang betraten sie eine Diele. Als Marlene eine große gläserne Vitrine mit Pokalen und Fotografien an der einen und mehrere Kunstbilder an der anderen Wand erblickte, fiel es ihr wie Schuppen von den Augen. Vieles an diesem Hof erinnerte sie an den der Brodersens. Der Findling, die kreisförmige Auffahrt, in deren Mitte sich ein Wasserspiel befand. Anstelle von Säulen gab es hier Löwenstatuen neben dem Hauseingang. Selbst die Einrichtung der Diele ähnelte der von Brodersen. Nur wirkte bei Osnabrügge – mit Ausnahme der Auffahrt und der feststehenden Gebäude – alles ein wenig größer und pompöser. Übertriebener. Und nicht unbedingt schöner, wie Marlene fand. Die Frage war nur: Wer von beiden war das Original?

Annelene Osnabrügge musste Marlenes erstaunten Blick als Interesse gedeutet haben. »Die Pokale hat alle unsere Tochter gewonnen«, begann sie zu erzählen, »sie ist Fechterin, ein sehr großes Talent. Sie war sogar zur Sichtung bei der Bundesauswahl. Wo wir früher überall mit ihr hingefahren sind!« Mit einer übertriebenen Geste winkte sie ab. »Aber was macht man nicht alles für seine Kinder. Heute lebt sie in Barcelona. Sie studiert internationales Management.«

Marlene nickte wortlos. Sie konzentrierte sich auf den Mund der Frau. Sie sprach ziemlich schnell.

»Und der junge Mann dort auf dem anderen Foto, das ist unser Sohn«, plapperte Annelene Osnabrügge unbeirrt weiter. »Er studiert in Frankfurt. Jura. Er möchte einmal in die Politik gehen.« Sie legte den Autoschlüssel auf einem kleinen Tisch neben der Vitrine ab.

Marlene warf nun einen genaueren Blick auf die Fotografien. »Und dort wohnt Ihre Tochter?«, fragte sie erstaunt. Sie wies auf ein Bild, das eine Reihe kleiner, strahlend weiß verputzter Bungalows zwischen Palmen zeigte. Im Hintergrund war ein Swimmingpool zu erkennen.

»Nein, das ist nicht in Barcelona, aber ganz in der Nähe. Wir haben uns vor Kurzem einen der Bungalows gekauft, den zweiten von rechts auf dem Bild«, antwortete Annelene Osnabrügge mit unverhohlenem Stolz. »Es ist eine sehr gepflegte Anlage, bis zum Strand sind es nur zehn Minuten zu Fuß. Jetzt können wir häufiger in der Nähe unserer Tochter sein. Und so ganz nebenbei dem schrecklichen Winter hier in Dithmarschen entfliehen. Wer bleibt schon freiwillig hier, wenn er in die Sonne kann? Wir fliegen in sechs Wochen.«

Sie führte Marlene ins Wohnzimmer. Marlene fiel auf, dass selbst der Kaminofen ein ähnliches Modell wie bei Brodersen war. Nur war er natürlich größer.

»… Sie Anton Bu…«

»Wie bitte?« Für einen kleinen Augenblick hatte sich Marlene nicht auf ihre Gesprächspartnerin konzentriert.

»Ob Sie den Maler Anton Buch… kennen? Er kommt aus Husum«, wiederholte Annelene Osnabrügge.

Marlene schüttelte bedauernd den Kopf. Doch selbst wenn sie den Namen verstanden hätte, so hätte er ihr sicherlich nichts gesagt. Von Kunst hatte sie nur wenig Ahnung.

»Das ist ein Bild von ihm, ein Original.« Annelene Osnabrügge zeigte mit ausgestrecktem Arm auf ein modernes Gemälde über der Couch. Für Marlene war es nicht viel mehr als ein Haufen bunter Farbkleckse. »Es gibt nur zweihundertfünfzig Stück davon.« Sie ließ sich auf der Couch nieder.

Marlene nahm ihr gegenüber auf einem Sessel Platz. »Ich hatte eingangs gesagt, dass ich Ihnen einige Fragen zu Hermann Brodersen stellen möchte. Wie gut –«

»Warten Sie«, wurde Marlene unterbrochen, »können Sie bitte vorher Ihr Hea…e… abnehmen?«

»Mein bitte was?«

»Ihr Headset, wollen Sie das nicht abnehmen? Das irritiert mich.«

Marlene guckte die Frau verständnislos an. Was meinte sie?

»Sie haben immer noch das Headset an Ihrem Kopf. Von

Ihrem Handy.« Annelene Osnabrügge tippte sich an die Ohren. »Oder müssen Sie diese Dinger als Kriminalkommissarin dauernd tragen?«

Jetzt war bei Marlene der Groschen gefallen. Sie musste sich zusammenreißen, um nicht laut aufzulachen. Dass ihr die Leute an der Kasse im Supermarkt oder in der Schlange beim Bäcker auf den Kopf starrten und manche sie sogar darauf ansprachen, was sie denn da hinter dem Ohr trage, hatte sie schon des Öfteren erdulden müssen. Dass allerdings jemand ihre CIs für das Headset eines Handys hielt, war ihr noch nie passiert. Zumindest hatte sie bisher keiner danach gefragt.

»Nein, das ist kein Headset, das sind Cochlea-Implantate«, erklärte Marlene.

Jetzt war es an Annelene Osnabrügge, fragend dreinzublicken.

»Das sind meine Hörhilfen.« Das sollte an Erläuterungen genügen. Marlene wollte endlich auf den eigentlichen Grund ihres Besuches zu sprechen kommen. »Aber lassen Sie uns nun über Hermann Brodersen reden.«

»Ja, es ist einfach zu schrecklich, was Hermann zugestoßen ist«, quatschte Annelene Osnabrügge drauflos. »Nicht einmal hier bei uns im Koog ist man noch sicher! Was sind das nur für Zeiten. Haben Sie denn schon eine heiße Spur?« Ihre kleinen Schweinsaugen fixierten Marlene neugierig. Marlene meinte auch eine Spur Sensationslust darin entdecken zu können.

»Wie gut kannten Sie Hermann Brodersen?«

»Wir leben seit Jahren, ja seit Jahrzehnten hier zusammen in Theresienkoog. Mein Mann und Hermann sind schon gemeinsam zur Schule gegangen. Hermann war unser Bürgermeister.«

»War er beliebt als Bürgermeister?«

»An ihm gab es kein Vorbeikommen. Aber ich glaube, die meisten haben ihn geschätzt. Schließlich haben sie ihn immer wieder gewählt.«

»Und Sie?«, hakte Marlene nach.

»Ich? Ich habe mehr mit seiner Frau Edith zu tun. Sie ist die erste Vorsitzende bei den Landfrauen, ich bin ihre Vertreterin. Wir arbeiten eng zusammen. Deshalb übernehme ich jetzt auch das hier.« Sie griff nach dem Korb, den sie zuvor neben der Couch abgestellt hatte, und brachte einen Stapel Papier zum Vorschein. Sorgfältig platzierte sie ihn vor sich auf dem Tisch. »Das sind die Einladungen zu unserem traditionellen Gänsebratenessen. Sie müssen noch gefaltet und verteilt werden. Normalerweise wäre das Ediths Aufgabe gewesen, aber das nehme ich ihr natürlich gern ab. Darüber muss man gar nicht groß reden, das ist Ehrensache. Unter diesen Umständen.« Mit den Handflächen strich sie über den obersten Bogen Papier. »Die arme Edith. Was sie nun durchmachen muss. Wie soll sie das bloß alles schaffen? Jetzt, so ganz allein?«

Sie machte ein betroffenes Gesicht, doch Marlene wurde das Gefühl nicht los, dass ihr Mitleid nur aufgesetzt war.

»Und Sören wird ihr auch keine große Hilfe sein«, fügte Annelene Osnabrügge hinzu.

»Sie meinen den Sohn der Brodersens?«

»Ja. Haben Sie Sören schon kennengelernt? Er ist … Was soll ich sagen, er ist halt geistig behindert. Von ihm kann Edith keine Unterstützung erwarten. Welch ein Glück, wenn man gesunde Kinder hat, nicht wahr?«

Die Frau wurde Marlene von Minute zu Minute unsympathischer. Allerdings hatte Marlene die Erfahrung gemacht, dass sich solche Menschen häufig als ergiebige Informationsquellen erwiesen. Sie fragte daher: »Wie sah es denn mit der Ehe der Brodersens aus? Gab es diesbezüglich mal Gerede?«

»Gerede über Edith und Hermann?« Annelene Osnabrügge riss die Augen auf und schüttelte den Kopf. »Nein, nie. Nur …« Sie beugte sich leutselig nach vorn. »Wissen Sie, wie manche hier Edith nennen? Die Gräfin.« Sie sah Marlene beifallheischend an, so als ob sie gerade ein äußerst wichtiges Geheimnis verraten hätte. Als Marlene nicht reagierte, fuhr sie fort: »Viele meinen, dass Edith sich für etwas Besonderes, für etwas Besseres hält. Dass sie die Nase ganz schön hoch trägt.

Nur weil ihr Mann Bürgermeister ist oder, besser gesagt, war. Aber mir ist das egal.« Sie lehnte sich zurück und verschränkte die Arme vor ihrem üppigen Busen. »Ich habe damit gar kein Problem.«

»Hat Edith Brodersen diesen Spitznamen vielleicht auch, weil Hermann Brodersen nicht nur Bürgermeister, sondern außerdem der erfolgreichste und einflussreichste Bauer hier im Koog war?«, setzte Marlene nach.

»Wenn man das so sehen will … Wie gesagt, mir sind solche Dinge eher unwichtig. Möchten Sie eigentlich etwas trinken?« Annelene Osnabrügge erhob sich. »Ich brauche unbedingt einen Schluck Wasser.«

Marlene lehnte dankend ab.

Annelene Osnabrügge ging in die Küche und kehrte gleich darauf mit einem Glas Wasser in der Hand zurück. Sie setzte sich und stellte das Glas auf dem Tisch ab.

»Kennen Sie Sabine Sommer?«, nahm Marlene die Befragung wieder auf.

»Wer kennt die nicht? Sie ist zugezogen, ihr gehört das Café an der Koogchaussee, Ecke Norderdeichstraße. Aber sie passt nicht hierher. Allein schon der Name! ›Bine67 – Kunst & Kaffee‹.« Sie machte eine wegwerfende Handbewegung.

Marlene wartete ab, bis Annelene Osnabrügge von selbst weitersprach.

»Sie meint, etwas ganz Außergewöhnliches zu sein. Mit ihrem Café und ihrer Kunst.« Das letzte Wort unterstrich sie mit Gänsefüßchen, die sie mit ihren Fingern in der Luft formte. »Aber wer echte Kunst kennt, sieht, dass das bei ihr nur Ramsch ist.«

»Und die Männer?«

»Wieso fragen Sie das?«

»Man sagt Sabine Sommer nach, dass sie eine besondere Anziehungskraft auf Männer habe.«

»Ach ja?« Annelene Osnabrügge schürzte die Lippen und nahm eine der Einladungen vom Stapel. »Das kann ich mir kaum vorstellen.« Sie begann, den Papierbogen in der Mitte zusammenzufalten.

»Hatte Sabine Sommer etwas mit Hermann Brodersen zu tun?«

Annelene Osnabrügge sah auf. »Sie meinen ein Verhältnis oder so? Darauf hätte sich Hermann niemals eingelassen.« Sie legte den ersten Bogen zur Seite und nahm den nächsten.

»Ein letztes Thema noch zum Abschluss: Hermann Brodersen hat den Bau neuer Windkraftanlagen hier in Theresienkoog geplant. Ihr Mann hatte, wenn ich richtig informiert bin, ähnliche Pläne. Können Sie mir dazu etwas sagen?«

»Was meinen Sie?«

»Waren Brodersen und Ihr Mann nicht Konkurrenten? Oder gar Gegner, zumindest in Bezug auf den Windkraftausbau?«

Annelene Osnabrügge hielt beim Falten der Einladung inne und starrte Marlene entgeistert an. »Sie denken doch nicht etwa, dass mein Mann irgendetwas …?«

»Ich habe lediglich gefragt, ob ihr Mann in Konkurrenz zu Brodersen stand.«

»Ja, natürlich waren sie Konkurrenten. Aber wer den Zuschlag für welche Flächen bekommt, also welche Flächen ausgewiesen werden, das entscheidet die Politik. Da können wir nur abwarten. Mein Mann hätte also gar keinen Grund –« Sie brach ab. Irgendetwas schien ihre Aufmerksamkeit erregt zu haben. Sie sah an Marlene vorbei, während sich ihr Mund zu einem Lächeln verzog. »Aber fragen Sie ihn doch selbst.«

Marlene vernahm eine Männerstimme in ihrem Rücken. War Osnabrügge nach Hause gekommen? Sie hatte kein Auto, keine Haustür oder irgendwas gehört. Mist.

Sie drehte sich um. Ein relativ kleiner, gedrungener Mann mit Halbglatze und Brille betrat das Wohnzimmer. Er hatte noch seine Jacke an und hielt einen Schlüsselbund in der Hand. Neben dem Couchtisch blieb er stehen.

»Wer möchte etwas über mich wissen?« Er beäugte Marlene kritisch. »Kennen wir uns?«

»… ist Frau Louven, sie kommt von der Kripo. Wegen Hermann«, erklärte Annelene Osnabrügge, bevor Marlene etwas sagen konnte.

»Ich habe Ihren Kollegen erst vorhin alles erzählt«, entgegnete Osnabrügge in Richtung Marlene. Er machte keinerlei Anstalten, sie zu begrüßen oder sich zu setzen. »Was wollen Sie jetzt noch von mir? Und von meiner Frau?« Er zog seine Hose am Hosenbund hoch.

»Im Laufe von Ermittlungen ergeben sich immer wieder neue Fragen«, antwortete Marlene ausweichend. »Sie beide kannten Hermann Brodersen gut. Und Sie hatten mit der Planung von neuen Windkraftanlagen die gleichen wirtschaftlichen Ambitionen. Darüber würde ich gern mit Ihnen sprechen.«

»Alles, was ich dazu beitragen kann, habe ich bereits gesagt.« Osnabrügge richtete erneut seine Hose.

»Beim Windkraftausbau geht es um sehr viel Geld. Und nun ist ihr Konkurrent ausgeschaltet.« Marlene machte eine Pause, wartete, welche Wirkung ihre Worte zeigen würden, bis sie fortfuhr: »Sie verstehen sicherlich, dass wir da so genau nachfragen müssen.« In Gedanken entschuldigte sie sich bei Hansen für das »wir«. Sie musste dringend mit ihm sprechen.

Osnabrügges Gesicht nahm eine leicht rötliche Färbung an. Verärgert sagte er: »Und Sie verstehen sicherlich, dass ich langsam genug von den Befragungen habe und mir solche ungeheuerlichen Unterstellungen zudem nicht länger anhören muss. Ihre Kollegen werden meine Aussage ja notiert haben. Und falls Sie wider Erwarten echte neue Fragen haben sollten, können Sie mich ja offiziell vorladen. Dieses Gespräch hier ist von meiner Seite aus beendet.« Er deutete ausladend mit dem Arm in Richtung Wohnzimmertür.

Marlene erhob sich von ihrem Sessel. »Dann will ich Sie nicht länger stören.«

»Sie müssen sich mal die Windkraftgegner vornehmen.« Annelene Osnabrügge war ebenfalls aufgestanden. »Es gibt hier im Koog eine Bürgerinitiative, die ziemlich viel Ärger macht.«

»›Proteststurm‹, so nennen sich diese militanten Ökospinner. Aber wenn Windkraft nicht öko ist, dann weiß ich auch nicht mehr«, ätzte Osnabrügge.

»Ja, und erst vor ein paar Tagen, auf der letzten Bürgerversammlung, kam es zu einem ziemlichen Eklat. Hermann wurde übel beschimpft, vor allem von Bahne Seehusen, dem Anführer der Initiative. Es war fürchterlich!« Annelene Osnabrügge rollte bedeutungsschwer mit den Augen. Sie fasste ihren Mann am Arm. »Willst du Frau Louven nicht noch das Video zeigen?«

»Das Video habe ich der Kripo schon zugespielt. Die sollten inzwischen wissen, was zu tun ist.«

14

Hansen trat aus dem Café »Bine67 – Kunst & Kaffee« und blieb auf dem Parkplatz stehen. Für einen kurzen Augenblick ließ er sich die letzten Sonnenstrahlen des Tages ins Gesicht scheinen. Schon bald würde die Sonne hinter dem Deich verschwunden sein. Er nahm seine Pfeife aus der Jackentasche. Den Rücken gegen den Wind gedreht, brachte er sie zum Brennen und rauchte ein paar tiefe Züge. Sogleich setzte die Entspannung ein.

Es war bis hierhin schon ein langer Tag gewesen. Die zahlreichen Absprachen mit dem Team und der Kriminaltechnik, das obligatorische Treffen mit dem Staatsanwalt und die stets ungeliebte Pressekonferenz, anschließend die Befragungen vor Ort in Theresienkoog, all das strengte ihn mittlerweile mehr an als noch vor fünf Jahren. Auch an mir geht das Alter nicht spurlos vorbei, dachte er resigniert. Er beobachtete, wie die feinen Rauchwölkchen von der Pfeife aufstiegen und sich in der klaren Luft auflösten.

Hansen war mit Grimm bei Osnabrügge und Mordhorst gewesen, sie hatten mit Edith Brodersen und soeben mit Sabine Sommer gesprochen. Aber eine heiße Spur hatten sie noch nicht.

Die vorläufigen Ergebnisse der KTU hatten den Ablauf der Tat so, wie sie ihn gestern gemeinsam mit Brit Walberg hergeleitet hatten, bestätigt. Die Zeiger an Brodersens Armbanduhr waren um zwanzig Uhr siebenundzwanzig stehen geblieben. An ihrem Armband war ein Haar entdeckt worden, doch es hatte sich herausgestellt, dass es nicht menschlichen, sondern tierischen Ursprungs war. Wahrscheinlich stammte es von einem von Brodersens Hunden. Eine Vergleichsprobe, die Hansen vorhin bei den beiden Labradoren genommen hatte, würde später noch ins Labor nach Itzehoe gebracht werden müssen. Er würde Grimm damit beauftragen.

Der Schürhaken war eindeutig als Tatwaffe identifiziert worden, nur ließen sich keine Fingerabdrücke darauf finden. Stattdessen hatte die KTU am Stiel des Schürhakens Faserrückstände eines dunkelbraunen Fleece-Stoffes sichergestellt. Anscheinend war der Haken am Griff mit einem solchen Stoff abgewischt worden. Edith Brodersen hatte bestätigt, dass sie eine Decke aus dunkelbraunem Fleece besessen hatte, die von ihrem angestammten Platz auf dem Sessel im Wohnzimmer verschwunden war. Trotz gründlichen Suchens war sie bislang nicht wieder aufgetaucht. Vermutlich hatte der Täter die Decke mitgenommen, um sie zu vernichten.

Auf dem Bild im Wohnzimmer, hinter dem der Safe versteckt war, gab es nur Fingerabdrücke von Brodersen. Außerdem hatte auf dem Rand des Rahmens eine feine intakte Staubschicht gelegen. Das Bild war also längere Zeit nicht bewegt worden, auch war der Inhalt des Safes nach Auskunft von Edith Brodersen unangetastet geblieben. Hier hatte kein Einbrecher etwas gesucht.

Auf der Türklinke der Wohnzimmertür und am Türblatt fanden sich keine verwertbaren Fingerabdrücke neben denen der Hausbesitzer. Bei den Fingerabdrücken auf den Biergläsern handelte es sich um die von Bahne Seehusen und von Brodersen selbst, was sich mit der Aussage von Seehusen deckte. Grimm hatte außerdem zwei Mitglieder des Lauftreffs, von dem er ihnen erzählt hatte, telefonisch gesprochen. Sie hatten Seehusens Angaben dahin gehend bestätigt, dass diese Laufgruppe existierte, dass für den fraglichen Abend aber tatsächlich kein Treffen geplant war. Seehusen hatte damit zwar kein Alibi für die Tatzeit, doch seine Aussage blieb plausibel.

Natürlich hätte Seehusen, nachdem er zunächst weggefahren war, noch einmal zurückkommen können. Womöglich, weil er sich über Brodersen geärgert hatte? Es könnte zu einer Auseinandersetzung gekommen sein, die aus dem Ruder gelaufen war. Vielleicht hatte Seehusen sich nicht mehr im Griff gehabt, er schien ein Hitzkopf zu sein. Theoretisch wäre es möglich. Aber war sein Motiv stark genug? Hansen war sich nicht sicher. Wegen des Videos, das Osnabrügge ihnen zugespielt hatte, musste er Seehusen aber auf jeden Fall noch einmal genauer auf den Zahn fühlen. Er musste den Druck erhöhen. Deshalb würde er ihn für morgen früh zur Vernehmung auf die Dienststelle beordern. Ebenso Mordhorst.

Hansen zog an der Pfeife und starrte in den Rauch. Sie hatten die Todesursache, den Todeszeitpunkt, die Tatwaffe. Nur keine Spuren, die einen eindeutigen Hinweis auf den Täter gaben. Und kein klares Motiv. Irgendetwas fehlte immer.

Er stellte den Kragen seiner Jacke auf, kramte die Häkelmütze aus der Tasche und setzte sie auf. Es war wirklich frisch. Da sah er eine Radfahrerin auf den Parkplatz einbiegen. Es war Marlene. Ein Lächeln huschte über ihr Gesicht, als sie ihn erkannte. Direkt vor ihm kam sie zum Stehen. Ihre Wangen waren vom Wind gerötet.

»Moin, Hansen«, sagte Marlene und strich sich eine Locke ihres hellroten Haares, die sich unter der Mütze hervorgestohlen hatte, aus dem Gesicht. »Gut, dass ich dich treffe.«

»Marlene, Moin.«

»Na, wie läuft's? Warst du dienstlich im Café, oder hat dich die Sucht nach Koffein getrieben?«

»Beides.« Hansen grinste. Mit einem Blick auf die Pfeife in seiner Hand fügte er hinzu: »Und jetzt noch dieses Laster.« Er nahm die Pfeife in den Mund und zog daran. »Und du?«

»Du weißt ja, ohne ausreichend Zucker werde ich ungemütlich. Außerdem brauche ich einen anständigen Cappuccino. Meine Schwester ist die beste Köchin der Welt, aber ihre Filterplörre kann man kaum trinken.« Marlene schwang ihr Bein über die Fahrradstange. »Nebenbei wollte ich mir auch das Café von Frau Sommer mal ansehen.«

»Nebenbei.« Hansen nickte vielsagend. »Du warst auch schon bei Mordhorst, stimmt's?«

Marlene schaute irritiert. »Ob ich bei Mordhorst gewesen bin?«, fragte sie nach. »'tschuldige, Hansen, aber kannst du die

Pfeife beim Reden bitte aus dem Mund nehmen? Ich verstehe dich sonst so schlecht.« Sie nahm ihre Mütze ab.

»Oh, natürlich.« Hansen nahm die Pfeife wieder in die Hand. »Das wusste ich nicht.«

In diesem Moment trat Grimm aus dem Haus und kam auf sie zu. »Hallo«, begrüßte er Marlene knapp und wandte sich an Hansen. »Ich wäre jetzt so weit.« Er musste kräftig niesen und putzte sich die Nase. Dann nahm er seinen Schal und wickelte ihn noch fester um den Kragen seiner dicken Daunenjacke. »Ist das schweinekalt. Immer dieser Wind. Wollen wir?«

»Ich möchte noch kurz mit Frau Louven sprechen«, entgegnete Hansen. »Kümmere du dich doch bitte so lange um das Alibi von Mordhorst. Wir brauchen den Namen der Mitarbeiterin von der Tierhilfe, die ihn am Tatabend besucht hat.«

An Grimms Gesichtsausdruck sah Hansen, dass der Kollege nicht gerade begeistert von seiner Anweisung war, aber er stieg ins Auto und begann zu telefonieren.

»Nicht von hier?«, fragte Marlene, die ihr Rad mittlerweile im Fahrradständer vor dem Haus abgestellt hatte.

Hansen schüttelte den Kopf. »Aus Bielefeld.«

»Na dann.«

»Du bist bei Mordhorst gewesen«, nahm Hansen den Gesprächsfaden wieder auf. »Das hat er uns gleich brühwarm aufgetischt.« Er bemerkte, wie sich ein feiner rötlicher Schimmer über Marlenes Gesicht ausbreitete.

»Hansen, ich muss das machen. Ich bin Polizistin. Und meine Schwester … Ich kann doch nicht tatenlos rumsitzen und zuschauen.«

Hansen nickte. »Ich weiß. Aber sei ein bisschen vorsichtig. Du kennst die Vorschriften. Und deine Fragen stoßen nicht überall auf Gegenliebe.« Er machte ein ernstes Gesicht. Doch insgeheim freute er sich für Marlene, dass sie offensichtlich begonnen hatte, ihr Schneckenhaus aus eigenem Antrieb zu verlassen. Und er musste sich eingestehen, dass er eigentlich lieber mit ihr als mit Grimm die Ermittlungen führen würde.

Doch Hansen war Realist, ihm waren die Hände gebunden. Er zog an der Pfeife. »Und nun sag, welchen Eindruck hattest du von Mordhorst, diesem sympathischen Zeitgenossen?«

Marlene verzog vielsagend ihren Mund und schilderte die wesentlichen Inhalte ihres Gesprächs.

»Das mit der Frau und dem Kind haben wir noch nicht gewusst. Aber sein Alibi versucht Grimm ja gerade zu überprüfen.«

»Was sagt denn die KTU? Habt ihr schon etwas Neues?«, fragte Marlene.

»Du weißt natürlich, dass ich dir das alles gar nicht gesagt habe«, antwortete Hansen.

»Natürlich.« Marlene nickte mit ernster Miene. »Ich habe nichts gehört.« Da war es wieder, ihr breites Grinsen, das Grübchen in der Wange. So gefiel ihm seine Kollegin schon viel besser. Hansen teilte Marlene die Ergebnisse mit. Er vertraute ihr.

»Gibt es außer Sabine Sommer irgendwelche weiteren Zeugen?«

»Bisher leider nicht. Ist zu einsam hier. Aber es ist ein möglicherweise wichtiges Video aufgetaucht –«

»Danach wollte ich dich als Nächstes fragen«, fiel Marlene ihm ins Wort.

»Woher weißt du von dem Video?«

»Osnabrügge hat es mir gesagt.«

»Da warst du also auch schon. Und?«

»Ich habe in erster Linie mit seiner Frau gesprochen, Osnabrügge selbst kam erst zum Ende des Gespräches dazu. Er war sehr abweisend und wenig kooperativ mir gegenüber, seine Frau hingegen umso redseliger. Ich glaube, dass die Osnabrügges nicht nur in puncto Windkraft in Konkurrenz zu den Brodersens standen. Vor allem die Frau scheint mit Edith Brodersen einen heimlichen Wettkampf auszufechten. Aber das würde sie natürlich so nie sagen.« Marlene berichtete vom Engagement der Hausherrin bei den Landfrauen und von ihren Äußerungen über Edith Brodersen. Auch ihre Eindrücke vom Hof der

Osnabrügges beschrieb sie, ein Punkt, der Hansen ebenfalls ins Auge gestochen war. »Hat Osnabrügge ein Alibi?«, fragte sie abschließend.

»Er und seine Frau wollen zusammen zu Hause gewesen sein.«

Ein Auto, das mit viel zu hoher Geschwindigkeit auf den Parkplatz gefahren kam, zog Hansens Aufmerksamkeit auf sich. Kaum dass der Motor aus war, stieg ein schlanker, sportlich gekleideter Mann mit kahl rasiertem Kopf aus dem Wagen. Hansen kannte ihn. Es war der Landrat des Kreises Dithmarschen, Dr. Frithjof Braack.

Mit weit ausholenden Schritten überquerte Braack den Parkplatz, schüttelte Marlene flüchtig die Hand, begrüßte Hansen und wechselte einige Worte mit ihm. Dann verschwand er im Café, allerdings nicht ohne Hansen zuvor plump-vertraulich auf die Schulter geklopft zu haben.

»Entschuldige bitte die Unterbrechung, der Landrat ist immer etwas sehr forsch unterwegs«, entgegnete Hansen auf Marlenes fragenden Blick.

»Der Landarzt?«

»Der Landrat von Dithmarschen, Dr. Frithjof Braack. Er wohnt auch hier in Theresienkoog und wünscht sich natürlich eine rasche Aufklärung des Mordes.«

Marlene nickte. Ihr Lächeln machte dieses Mal einen unsicheren Eindruck. »Und was ist das nun für ein Video, das ihr von Osnabrügge bekommen habt?«, fragte sie.

»Es ist ein Mitschnitt der Bürgerversammlung von letzter Woche«, antwortete Hansen. »Osnabrügge hat es wohl selbst aufgenommen, um Material gegen die Windkraftgegner zu sammeln. Es wirft gar kein gutes Licht auf Mordhorst. Und leider auch nicht auf deinen Schwager.«

»Inwiefern?«

»Um es mal vorsichtig auszudrücken: Ihre Beherrschung hatten die beiden Herren an diesem Abend nicht ganz so gut unter Kontrolle. Dein Schwager ist sehr ausfallend gegenüber

Brodersen geworden, und Mordhorst hat sogar eine handfeste Drohung gegen ihn ausgesprochen.«

»Darf ich das Video mal sehen?«

Hansen zögerte. Sollte er Marlene die Aufnahme zeigen? Sie könnte befangen sein. Immerhin ging es hier explizit um ihren Schwager. Doch egal, sie war schließlich in alle anderen Ermittlungsschritte mehr oder minder eingeweiht, da machte das Video auch keinen Unterschied mehr.

Hansen wollte gerade sein Smartphone zücken, als Grimm die Autotür öffnete und ausstieg. »So, ich habe den Namen und die Adresse der Mitarbeiterin herausbekommen. War gar nicht leicht, bei der Tierhilfe jemanden an die Strippe zu bekommen, der Bescheid weiß. Aber wir können da jetzt gleich vorbeifahren. Die Frau wohnt in Wesselburen.«

»Tut mir leid, Marlene, ich glaube, wir müssen los.« Hansen hob bedauernd die Hände. Er klopfte den Tabak der Pfeife an seinen Schuhsohlen ab. »Ach, und nur zur Info: Ich muss deinen Schwager zur Vernehmung auf die Dienststelle bestellen. Für morgen früh. Aber du kennst ja die Spielregeln. Alles Routine.«

15

Nachdem sich Marlene von Hansen verabschiedet hatte, überquerte sie den Parkplatz und ging zum Eingang des Cafés. Wie blöd, dass Grimm ihr dazwischengegrätscht war. Sie hätte zu gern das Video gesehen, um zu erfahren, was Bahne im Wortlaut zu Brodersen gesagt hatte. War es wirklich so schlimm gewesen? Marlene war klar, dass Bahne erneut dazu befragt werden musste. Doch galt er nach wie vor nur als Zeuge? Oder auch als Verdächtiger? Hansen hatte sich diesbezüglich bedeckt gehalten. Verschwieg er ihr womöglich etwas?

Spätestens jetzt hörte der Spaß für Bahne endgültig auf. Marlene hoffte, dass er das endlich begriff und dass er sich Hansen und Grimm gegenüber kooperativ zeigen würde.

Sie betrat das Café. Im Fenster neben der Tür hing das gleiche Plakat der Windkraftgegner, das Marlene schon an der Zufahrt zu Johannes und Bahnes Hof gesehen hatte. Sie erinnerte sich, dass Bahne erwähnt hatte, auch Sabine Sommer gehöre der Bürgerinitiative an.

Drinnen war es angenehm warm, es roch nach Kaffee und frisch gebackenem Kuchen. Nur wenige Gäste saßen an den Tischen. Das Café war hell und freundlich eingerichtet, die Möbel schlicht in Weiß- und Cremetönen gehalten, mit bunt gemusterten Kissen auf den Stühlen und Sitzbänken. Im Hintergrund lief leise Musik. Marlene konnte sie nicht identifizieren. Für sie war es nicht viel mehr als ein Geräuschteppich, der im weitesten Sinne Ähnlichkeit mit irgendeiner asiatisch angehauchten Meditationsmusik hatte.

An einem Tresen im hinteren Teil des Cafés entdeckte Marlene Sabine Sommer, die in ein Gespräch mit dem Mann vertieft war, mit dem Hansen draußen auf dem Parkplatz ein paar Worte gewechselt hatte. Der Landrat des Kreises Dithmarschen. Wie auch immer er hieß. Marlene fiel auf, wie vertraut die beiden miteinander wirkten. In der Art, wie er sich zu Sabine Sommer hinüberbeugte, sie anschaute. Zumindest vertrauter als Gast und Wirtin. Gehörte der Landrat womöglich zu Sabine Sommers »Kost«? Und war Hermann Brodersen damit als potenzielle Affäre raus? Oder stand der Landrat sogleich als Nachfolger bereit?

Als Sabine Sommer Marlene bemerkte, winkte sie ihr zu und bedeutete ihr gestikulierend, sich einen Platz zu suchen, sie werde gleich bei ihr sein. Dann setzte sie das Gespräch mit dem Landrat fort.

Marlene ließ sich auf einer Bank am Fenster nieder. Nachdem sie ihre Bestellung bei einer jungen Frau mit Rastalocken aufgegeben hatte, lehnte sie sich zurück und strich sich mit den Händen über das Gesicht. Sie war müde, ihr surrte der Kopf. Ihr fiel ein, dass sie Hansen vorhin gar nicht gefragt hatte, warum er Sabine Sommer heute noch mal aufgesucht hatte. Mist, das wäre ihr früher nicht passiert. Sie war einfach noch nicht wieder auf der Höhe.

Langsam ließ Marlene den Blick durch den Raum gleiten. Die Wände des Cafés waren dicht behangen mit Gemälden: große flächige Landschaftsbilder in Öl aus dem Koog und von der Nordsee neben abstrakten Aquarellen in zarten Tönen mit Schriftzügen von Lebensweisheiten.

»Lebe deine eigene Melodie des Lebens und tanze nicht nach den Noten anderer, denn sie können dich aus dem Takt bringen«, las Marlene auf einem Bild. Wem es gefiel.

Beim Blick auf die Signaturen erkannte Marlene, dass die Hausherrin selbst die Schöpferin dieser Werke war. Offenbar nutzte Sabine Sommer ihr Café gleichzeitig als Galerie. Alle Bilder waren mit Preisschildern versehen.

Die Bedienung brachte Marlene den bestellten Cappuccino. »Die Waffel dauert noch einen kleinen Moment, sie wird frisch zubereitet.«

Marlene bedankte sich. Sie nahm die Tasse in beide Hände, stützte die Ellbogen auf den Tisch, trank einen Schluck. Der

Cappuccino war gut. Während sie den Duft des Kaffees einsog, beobachtete sie, wie sich der Landrat von Sabine Sommer verabschiedete. Beim Hinausgehen warf er Marlene einen kurzen Blick zu, nickte. Dann sah Marlene Sabine Sommer auf ihren Tisch zusteuern. Sie trug die Haare offen. Locker fielen sie über ihr weites buntes Leinenkleid, so lang, dass sie beinahe bis zum Gesäß reichten.

»Johannes Schwester, die Kriminalkommissarin, richtig? Mit den beiden Knöpfen am Ohr. Willkommen in meinem Reich.« Sie verzog ihren Mund zu einem breiten Grinsen und machte mit den Armen eine ausholende Bewegung, die den ganzen Raum einschloss. Dabei rutschte die Waffel auf dem Teller, den sie in der Hand hielt, gefährlich hin und her. Gerade noch rechtzeitig stellte Sabine Sommer ihn vor Marlene auf dem Tisch ab. »Einmal hausgemachte Waffeln mit Puderzucker und Vanilleeis. Die Naschereien serviere ich immer am liebsten. So bin ich, die Bine. Wie die Biene im Sommer. Sie versüßt uns das Leben – aber wenn Gefahr droht, kann sie auch stechen.« Mit einem Augenzwinkern lachte sie laut über ihren eigenen Witz und nahm ungefragt auf dem Stuhl Marlene gegenüber Platz.

Die Frau mit den Knöpfen am Ohr. Und dann noch dieser fürchterliche Spruch. Es war das erste Mal seit ihrer CI-Implantation, dass Marlene sich wünschte, sich verhört zu haben.

Ohne Umschweife begann Sabine Sommer draufloszureden: »War das eine Aufregung vorgestern Abend. Ich bin immer noch ganz erschüttert. Eine Leiche! Und ausgerechnet ich habe sie gefunden. Entsetzlich. Für dich ist das ja bestimmt normal, oder? Aber für mich? Ich habe vorher noch nie einen Toten gesehen, geschweige denn einen *Ermordeten*. Oh Gott, wenn ich nur daran denke, wird mir schon wieder ganz anders …« Sie fächelte sich mit den Händen Luft zu. »Habt ihr denn schon einen Verdächtigen? Deine Kollegen wollten vorhin nicht so recht damit rausrücken.« Sie lächelte verschwörerisch.

Marlene setzte die Tasse an ihre Lippen und zuckte nur entschuldigend mit den Schultern.

»Du darfst natürlich nichts sagen, ich verstehe.« Sabine Sommer fuhr sich mit der Hand unter die Haare im Nacken, hob sie an und warf sie nach hinten. »Der arme Hermann. Ich hätte so gern ein Porträt von ihm gemalt. Ich bin nämlich Künstlerin, und ich erweitere gerade mein Repertoire. Um Porträtmalerei«, erklärte sie mit wichtiger Miene. »Und Hermann wäre ein so tolles, ein starkes Modell gewesen. Er war anders als die übrigen Bauern hier im Koog.«

Marlene musste nur bekräftigend nicken, damit Sabine Sommer weiterredete. Sie versuchte, einen Bissen von ihrer Waffel zu nehmen, das Eis begann schon zu schmelzen, doch sie bemerkte sogleich, dass es sie zu sehr ablenkte. Sie musste ihre Konzentration auf Sabine Sommer richten, durfte ihren Blick nicht abwenden, damit sie deren Redeschwall folgen konnte. Das Essen würde warten müssen.

»Hermann war ein Mann von der Küste. Stattlich, markant. Standhaft im Wind und verwurzelt mit seinem Land. Er war zupackend, selbstbewusst, er brauchte nicht viele Worte«, fuhr Sabine Sommer fort. »Gleichzeitig war er sehr klug. Belesen und kultiviert. Es war beinahe so, als ob er ...«

Marlene bemerkte, dass ihre Aufmerksamkeit dahinschwand. Komm, streng dich an, ermahnte sie sich. Vielleicht konnte sie hier etwas Wichtiges erfahren.

»... mann trug eine verborgene Sehnsucht in sich, eine Sehnsucht nach Kunst, Kultur, nach neuen ...«

Das laute Geräusch der Espressomaschine, das vom Tresen herüberdrang, übertönte den Rest des Satzes.

»Nach neuen ...?«, musste Marlene nachfragen.

»Impulsen. Ideen und Anregungen. Er war ein interessanter, aber auch unbequemer Querdenker. Was man bei einem Landwirt in der Provinz ja nicht unbedingt vermuten würde.«

»Du scheinst Brodersen ja sehr gut gekannt zu haben.« Marlene beschloss, auf das »Du« einzusteigen. Nicht weil ihr die Frau sympathisch war, sondern weil sie in der Vergangenheit die Erfahrung gemacht hatte, dass sich in bestimmten Situationen eine vermeintliche Vertrautheit durchaus günstig auf den Informationsfluss auswirken konnte.

»Ich sehe mir die Menschen nur genau an.« Sabine Sommer machte eine Pause und blickte Marlene gerade in die Augen. »Und bei Brodersen hätte ich das alles, seine Farben und Facetten, gern in einem Bild festgehalten.« Mit einem Seufzer ließ sie sich gegen die Stuhllehne sinken. Sie strich sich die Haare aus der Stirn. »Theresienkoog hat einen besonderen Mann verloren.«

»Du auch?«

»Ich?« Sabine Sommer lachte auf. »Du meinst …« Sie brach ab.

»Konntest du ihm neue Impulse geben?«

»Hermann übte eine große Anziehungskraft auf Frauen aus, aber ich glaube, er war sich dessen gar nicht bewusst.«

»Warst du deshalb am Tatabend bei ihm? Als seine Frau nicht zu Hause war?«

»Am Tatabend, wie das klingt …« Sabine Sommer legte die Stirn in Falten. »Aber nein, ich wollte Hermann eigentlich nur überreden, mir Modell zu stehen. Und dabei wäre die Anwesenheit von Edith wahrscheinlich nicht gerade zuträglich gewesen. Sie ist nicht so offen und locker.« Sie holte tief Luft. »Ach, ich hätte Hermann wirklich sehr gern gemalt.«

»Was hast du denn gemacht, bevor du zu ihm gefahren bist?«

»Ich war in meinem Atelier. Allein. Für mein künstlerisches Schaffen brauche ich Ruhe.« Sabine Sommer hatte mit ihrer Antwort gezögert, nur für einen kurzen Augenblick, doch es war Marlene nicht entgangen. Jetzt beugte sie sich vor und legte Marlene die Hand auf den Arm. »Interessierst du dich für Kunst?«

Marlene zog den Arm weg und schüttelte den Kopf. »Ehrlich gesagt, nicht so sehr.«

Sabine Sommer hatte also gewusst, dass Edith Brodersen nicht zu Hause gewesen war. Aber ob sie Marlene den wahren Grund für ihren Besuch genannt hatte? Und ob sie tatsächlich zur Tatzeit allein in ihrem Atelier gewesen war? Marlene konnte sich des Eindrucks nicht erwehren, dass Sabine Sommer ihr nicht alles erzählte.

»Aber das Café gefällt mir. Wirklich toll, was du dir hier aufgebaut hast«, sagte sie, um das Gespräch in eine neue Richtung zu lenken. Sie rang sich ein Lächeln ab.

»Ja, und der Gastraum allein ist ja noch nicht alles. Wie gesagt, ich habe auch ein Atelier, hinten in der alten Scheune, die an das Haus grenzt.« Augenblicklich war Sabine Sommer wieder in ihrem Element. »Siehst du die ganzen Bilder hier an den Wänden? Die sind alle von mir. Falls du also noch was Hübsches für deine Wohnung brauchst – es sind alles Originale. Und alle verkäuflich.« Sie lachte aufdringlich. »Du kannst auch einen Workshop bei mir belegen, Öl oder Aquarell, ich biete beides an. Dann kommt das Interesse an Kunst ganz von allein. Ich …«

Marlene richtete den Blick auf Sabine Sommers Hände, die ihr Gerede gestenreich begleiteten. Sie trug Nagellack. Ein leuchtendes Türkis. Es war das Einzige, was Marlene an der äußeren Erscheinung dieser Frau wirklich gefiel. Sie schielte auf ihre eigenen Finger. Die Nägel waren blass. Farblos.

»… veranstalte in der Regel Kompaktkurse, meistens am …«

Es fiel Marlene immer schwerer, Sabine Sommer aufmerksam zuzuhören. Die leise Musik im Hintergrund, die Gespräche der Gäste an den Nachbartischen, das Klappern von Geschirr, all das behinderte das Verstehen zusätzlich und verlangte Marlene einiges ab. Sie setzte sich aufrechter hin und heftete ihren Blick wieder auf den Mund ihrer Gesprächspartnerin.

»… viele aus Hamburg«, redete Sabine Sommer unermüdlich weiter. »Die Großstädter mögen diese herbe Landschaft. Diese Ursprünglichkeit. Die Einsamkeit.«

»Und da stören die Windräder?«, fragte Marlene. »Ich habe das Plakat draußen an der Tür gesehen.«

»Ja, sicher! Wir haben eine Bürgerinitiative gegründet, aber das wirst du von Johanne und Bahne ja wissen. Hier in Theresienkoog haben wir schon so viele Windräder, und dann sollen noch mehr gebaut werden? Damit sie die Landschaft noch weiter verschandeln? Die Leute kommen wegen der Felder und der Deiche hierher, wegen der Nordsee und des weiten Blicks. Nicht weil sie gern auf Riesenspargel mit Rotorblättern gucken wollen. Wenn hier noch mehr Windkraftanlagen gebaut werden, kommt irgendwann keiner mehr.« Energisch verschränkte sie die Arme vor der Brust. »Nein, sosehr ich Brodersen auch als Person geschätzt habe – mit seinen Ausbauplänen war er auf dem Holzweg.«

»Und mit seinen Plänen für ein weiteres Café hier im Koog? In unmittelbarer Nähe zu dir?«

»Da genauso. Es sollte da drüben, in der Alten Schule, eingerichtet werden.« Sabine Sommer zeigte durch das Fenster schräg über die Straße auf ein längliches Haus aus rotem Backstein mit weißen Sprossenfenstern. »Mit Behinderten.« Sie rutschte mit ihrem Stuhl noch näher an den Tisch heran und beugte sich vor. Sie senkte ihre Stimme. »Ich habe ja nichts gegen Behinderte. Aber hast du mal Sören kennengelernt? Brodersens Sohn? Das ist ja alles ganz toll, wie der hier so selbstständig lebt und dass wohl alles so gut klappt auf dem Hof bei Karin und Uwe. Aber wenn der mit den Kühen redet … Auf einem Bauernhof mag das ja okay sein, aber ich habe ein Atelier. Die Leute kommen wegen meiner Kunst. Und wenn dann noch mehr Behinderte hier leben, direkt vor ihrer Nase … Wie soll das gehen? Wie sollen sich denn meine Gäste da fühlen?«

Zum zweiten Mal im Laufe dieses Gespräches hatte Marlene den Wunsch, sich gerade verhört zu haben. Doch als sie in Sabine Sommers Gesicht blickte, war ihr klar, dass sie trotz der geringen Lautstärke alles richtig verstanden hatte. »Denkst du, in Hamburg gibt es keine Menschen mit Behinderungen?«, konterte sie.

Allmählich reichte es Marlene. Sie konnte Sabine Sommer nicht nur nicht mehr konzentriert zuhören, langsam, aber sicher wollte sie das auch nicht mehr. Das Gerede dieser Frau war schwer zu ertragen, ob mit oder ohne Hörbeeinträchtigung.

Sabine Sommer registrierte Marlenes Spitze nicht, oder falls doch, so ließ sie es sich nicht anmerken. »Auf jeden Fall ist das Café-Projekt nun vom Tisch. Ich glaube kaum, dass Edith Hermanns Pläne weiterverfolgen wird. Sie wird genug mit dem Hof zu tun haben.« Sie sah auf Marlenes Teller, registrierte die kaum angerührte Waffel, das geschmolzene Eis. »Schmeckt dir die Waffel nicht? Dann wärst du die Erste. Ich benutze ein altes Rezept von meiner Großmutter.« Erneut setzte sie ihr übertriebenes Lächeln auf. »Darf dir meine Küchen…ee denn … Cappuccino …?«

Marlene schüttelte den Kopf. Es war Zeit, das Gespräch zu beenden. Eine letzte Frage musste sie allerdings noch loswerden: »Dein Café scheint ja gut zu laufen. Sogar die Prominenz kehrt hier ein.« Auch wenn ihr nicht danach war, versuchte sie, ihrer Stimme einen bewundernden Tonfall zu geben. Ob ihr das gelang, konnte sie allerdings nicht sagen. »Zählt der Landrat häufig zu deinen Gästen?«

Sabine Sommer lehnte sich zurück, fuhr sich mit den Fingern über die Lippen. »Er ist einer meiner Stammgäste. Die meisten kommen immer wieder, wenn sie meine kleine Oase erst einmal kennengelernt haben.« Sie warf ihre Haare nach hinten. »Apropos, wie lange bleibst du denn noch bei deiner Schwester zu Besuch? Kommendes Wochenende biete ich wieder einen Workshop an, diesmal Öl, es ist noch ein Platz frei. Vielleicht …«

Marlene hörte nicht mehr zu. Sie hatte genug. Vielleicht sollte sie die CIs unauffällig ausschalten. Oder einfach abnehmen. Irgendeinen Vorteil mussten diese Dinger doch schließlich haben.

16

Er hatte den Eindruck, der andere wurde unruhig. Kriegte weiche Knie.

Schlappschwanz.

Klar, die Polizei störte ihn auch. Und die Presse. Die Leute. Was für ein Aufruhr! Und diese ganzen Fragen. Immer vorsichtig sein, immer aufpassen. Natürlich war das anstrengend. Und überflüssig. Aber sie hatten einen Deal.

Er sollte bloß nicht auf komische Gedanken kommen. Er ließ sich durch nichts mehr aufhalten. Jetzt nicht mehr.

17

Der Schein der Taschenlampe leuchtete einsam durch die Finsternis. Ihr Lichtkegel tanzte über den Boden, streifte die Zäune und Felder, den Wassergraben seitlich des Weges. Das Schilf am Rande des Grabens warf gespenstische Schatten.

Marlene stapfte den Wanderweg entlang, der durch die dunklen Äcker und Wiesen führte. Sie folgte Senta, die gemächlich vor ihr hertrottete und mit selbstverständlicher Sicherheit die Richtung vorgab. Nach dem langen Tag hatte Marlene sich auf diesen abendlichen Spaziergang gefreut, auf Bewegung und frische Luft. Auf Ruhe. Sie musste ihre Gedanken ordnen, und ihre elektronischen Ohren benötigten dringend eine Pause. Doch nun, hier draußen, allein im tiefschwarzen Dunkel des Kooges, waren ihre Gefühle zwiegespalten. Denn die Dunkelheit irritierte Marlene.

Sie konnte zwar hier und da Lichter von Häusern und Höfen sehen und auf der Straße, die in einiger Entfernung parallel zum Deich verlief, ab und an die Scheinwerfer eines Autos. Weiter hinten war ein Abschnitt des Deiches beleuchtet, wahrscheinlich die Badestelle. Marlene konnte die Nordsee riechen. Aber sie konnte die Geräusche, die sie wahrnahm, in der Dunkelheit nur schwer einordnen. Das leise Rauschen – war es das Rascheln des Schilfs, eines Busches oder das gerade vorbeifahrende Auto in der Ferne? Der helle Ton – hatte ein Vogel geschrien? Oder ein anderes Tier? Aus welcher Richtung kam der Schrei? Das Klangbild, das einen Ort ausmachte, die charakteristischen Geräusche, die selbst eine ruhige Umgebung kennzeichneten, sie definierten, und seien sie noch so leise und zart, musste Marlene neu erlernen.

Im Hellen konnte sie ihre Wahrnehmung durch aufmerksames Beobachten unterstützen und so die mangelnde Hörerfahrung kompensieren. Ihr war aufgefallen, dass sie in den letzten

Wochen visuell viel wacher geworden war, dass sie genauer hinsah. Doch die Dunkelheit nahm ihr diese Möglichkeit. Marlene kam sich vor wie auf einer verlassenen Insel, einsam und allein in einem Meer aus Finsternis, mit nur wenigen Lichtern am Horizont. Kein gutes Gefühl.

Sie wickelte ihren Schal fester um den Hals und vergrub das Kinn in dem weichen Stoff. Dabei war sie in den beiden letzten Tagen so erfolgreich gewesen. Sie hatte Befragungen durchgeführt, ihre kriminalistische Neugier, ihren Ehrgeiz und ihren Willen wiederentdeckt. Sie hatte große Fortschritte gemacht. Und doch blieb die Sorge. Und die Angst. Würde sie wieder vollständig in ihr herkömmliches Leben zurückkehren können? In ihr Leben als Kriminalhauptkommissarin? Würde es wirklich funktionieren?

Manchmal erschien ihr der Berg, der noch vor ihr lag, zu steil und zu hoch, der Gipfel zu weit entfernt. Sie war sich nicht sicher, ob ihre Kraft ausreichte, noch einmal von Neuem zu beginnen. Vielleicht waren die Reserven, die man für den Verlauf eines Lebens zur Verfügung gestellt bekam, schon erschöpft? Aufgebraucht durch den Verlust ihres Mannes, durch ihr Starksein während seiner Krankheit? Und das anschließende Leben mit Mats allein?

Gedankenverloren strich Marlene mit dem Daumen über ihren Ring. Sie hatte ihren Ehering damals mit Nils' Ring zusammenschmelzen lassen. Fest und unzerstörbar. Im Gegensatz zu ihrem gemeinsamen Leben. Wie sehr er ihr in solchen Augenblicken noch immer fehlte! Sie wusste, was er jetzt sagen würde: »Los, Marlu, Aufgeben zählt nicht. Das Leben ist schön.« Konnte sie noch einmal kämpfen? Konnte sie die Energie und den Schwung der letzten Tage mitnehmen?

Gib dir Zeit, Marlene, sagte sie sich selbst, gib dir einfach Zeit. Sie atmete tief durch. Hab Geduld.

Sie nahm die Taschenlampe von einer Hand in die andere. Es war windstill, aber kühl. Die Hand war mittlerweile kalt geworden. Sie steckte sie in die Jackentasche, spürte die Kastanie, die sie auf Brodersens Hof gefunden hatte, rieb sie zwischen den Fingern. Wie viel Geduld sie wohl brauchte?

Marlene hob den Kopf und schaute in den Sternenhimmel. Hier draußen in der Abgeschiedenheit schimmerte er besonders klar und intensiv. Nahezu grenzenlos spannte er sich in seiner ganzen Schönheit über den abendlichen Koog. Allerdings wurde der Blick durch die Warnlichter der Windkraftanlagen getrübt, die im regelmäßigen Rhythmus rot aufblinkten.

Marlene blieb stehen und drehte sich einmal um ihre eigene Achse. Wohin sie auch sah, überall starrten ihr die roten Lichter aus der Dunkelheit entgegen, lauernd, als ob sie sie beobachteten.

Zumindest in diesem Punkt musste Marlene Sabine Sommer recht geben. Selbst im Dunkeln stellten die Windräder Fremdkörper dar, die die Schönheit der Landschaft empfindlich störten. Doch welche Alternativen zur sauberen Energiegewinnung gab es? Mit Sicherheit bevorzugte sie keine Atomkraftwerke. Dennoch konnte Marlene nachvollziehen, dass sich bei den Anwohnern in Theresienkoog Widerstand gegen eine noch größere Anzahl von Windkraftanlagen regte. Vielleicht war die Grenze für diesen Fleck Erde tatsächlich erreicht? Die gefühlte Grenze jedenfalls?

Was sie in diesem Zusammenhang jedoch am meisten interessierte, war die Frage, ob hier tatsächlich das Motiv für den Mord an Brodersen lag. Waren ihm seine Ausbaupläne zum tödlichen Verhängnis geworden?

Marlene war bei ihren Nachforschungen auf immer komplexere Beziehungen und Verflechtungen zwischen den Menschen im Koog gestoßen. Ob Mordhorst, die Osnabrügges oder Sabine Sommer, alle, mit denen Marlene heute gesprochen hatte, hatten eine ganz besondere Verbindung zu Brodersen gehabt. Hass, Neid, Geld, Existenzangst, Bewunderung. Auch Liebe? Brodersen war eine streitbare Figur gewesen.

Und Bahne? Ihn durfte Marlene natürlich ebenfalls nicht außer Acht lassen. Als Schwägerin glaubte sie ihn entlastet, als Kommissarin jedoch musste sie ihn auf der Liste behalten. Vorhin nach dem Abendessen hatte Marlene versucht, mit ihm über das Video und die morgige Vorladung zu sprechen. Aber wie erwartet hatte er ihr kaum zugehört, Marlenes Einschätzung oder ihr Rat interessierten ihn nicht. Er schien sich sicher zu fühlen. Marlene hoffte insbesondere für ihre Schwester und die Kinder, dass er damit richtiglag.

Es blieben noch viele Fragen offen. Aber die Ermittlungen standen auch erst am Anfang.

Das Licht der Taschenlampe fiel auf Sentas Rücken und ließ ihr helles Fell im Dunkeln aufleuchten. Auf einmal blieb die Hündin stehen. Sie hob den Kopf, spitzte die Ohren.

Marlene stutzte. Hatte Senta etwas gehört? Sie hielt ebenfalls inne, lauschte, konzentrierte sich. Doch sie vernahm kein Geräusch. Alles war still. Vielleicht nur ein Kaninchen. Oder eine streunende Katze.

Sie wollte weitergehen, doch die Hündin rührte sich nicht. Senta hatte Witterung aufgenommen, wurde unruhig. Was hatte sie entdeckt?

Marlene folgte ihrem Blick, ließ den Lichtkegel der Taschenlampe über den Weg und das angrenzende Feld gleiten. Ein schmaler Pfad zweigte vom Weg ab, dann verlor sich der Schein der Lampe in der Dunkelheit. Marlene konnte nichts Auffälliges finden.

Da schlug Senta an. Sie bellte laut auf und stob über das Feld davon.

»Senta!«, rief Marlene, doch die Hündin ließ sich nicht aufhalten.

Marlene wollte ihr hinterherlaufen, als sie die Umrisse einer Gestalt aus der Dunkelheit auftauchen sah. Regungslos blieb Marlene stehen. Ihr Puls ging schneller. Wer schlich hier spätabends im Dunkeln durch die Felder?

Sie sah die Gestalt auf sich zukommen. Spürte, wie sich feine Härchen in ihrem Nacken aufstellten. Sentas Bellen war verstummt.

Marlene richtete die Taschenlampe auf die Person.

»Nicht blenden! Blenden«, rief eine männliche Stimme.

»Oh, Entschuldigung, das war nicht meine Absicht.« Marlene senkte die Lampe. Obwohl der Mann den Arm vor das Gesicht gehoben hatte und die Augen zusammenkniff, hatte sie Sören Brodersen sofort erkannt. »Ich hatte mich nur erschrocken und wollte sehen, wer hier noch so spät unterwegs ist.«

Vorsichtig öffnete Sören die Augen wieder. »Ich gehe hier immer lang. Das ist meine letzte Runde mit Bruno. Bruno.«

Marlene registrierte den Hund, den Sören an der Leine hielt. Er und Senta beschnupperten sich. Offensichtlich kannten sich die beiden.

»Der Hund heißt Bruno?«

»Bruno.«

»Ich heiße Marlene, Marlene Louven«, stellte sich Marlene vor. »Ich ...«

»Ich heiße Sören. Sören.«

»Okay. Darf ich Du sagen?«

»Sören.«

»Gut.« Marlene lächelte. »Ich bin auf dem Hof der Seehusens zu Besuch. Ich bin die Schwester von Johanne.«

Sören reagierte nicht.

»Und die Tante von Levke und Morten.«

»Morten kommt immer zum Treckerfahren. Treckerfahren.«

»Du wohnst auf dem Hof der Lütjes, stimmt's?«

»Ja, bei Karin und Uwe Lütje, Süderdeichstraße 7, 25763 Theresienkoog«, antwortete Sören. Es klang wie auswendig gelernt. Beim Sprechen wippte er kaum merklich von einem Fuß auf den anderen.

»Ich habe gehört, was mit deinem Vater passiert ist«, begann Marlene, »und ich möchte dir sagen, dass es mir –«

Mit einer blitzschnellen Bewegung schlug sich Sören die Hand vor den Mund und biss sich in den Handrücken.

»Oje, das tut mir leid, das wollte ich nicht! Ich ...« Entschuldigend hob Marlene die Hände. Dabei traf sie mit dem Strahl der Taschenlampe erneut Sörens Gesicht.

»Nicht blenden! Blenden«, rief Sören. Wieder presste er die Hand gegen den Mund, grub die Zähne in die Haut. Er wippte immer stärker hin und her.

»Natürlich.« Hektisch lenkte Marlene den Lichtkegel zurück auf den Boden. Ihr musste etwas einfallen, wie sie Sören beruhigen konnte. »Du ...« Sie spürte die Lampe in ihrer Hand. »Brauchst du hier draußen im Dunkeln gar keine Taschenlampe?«

Sören schüttelte den Kopf. »Wieso? Ich gehe hier immer lang. Und Bruno kennt den Weg. Den Weg.« Langsam ließ er den Arm sinken.

»Und wo ... wo willst du jetzt hin?«, fragte Marlene, erleichtert, dass Sören von seiner Hand abgelassen hatte.

Er zeigte geradeaus in Richtung Deich. »Nach Hause. Ich muss jetzt auch los. Los.«

»Darf ich dich ein Stück begleiten?«

Sören nickte. »Mit Senta. Senta.«

»Klar, Senta kommt auch mit.«

Sie gingen schweigend nebeneinanderher. Unauffällig sah Marlene zur Seite. In dem spärlichen Licht, das die Taschenlampe spendete, konnte sie Sörens Gesicht nur vage erkennen. Immerhin schien er sich wieder beruhigt zu haben.

Wie muss es jetzt in dem jungen Mann aussehen?, überlegte Marlene betroffen. Was mochte der Tod seines Vaters für ihn bedeuten? Und was wusste er von den Umständen seines Ablebens? Was hatte man ihm gesagt, und was hatte er verstanden?

Sören blieb einen Augenblick stehen, sagte etwas zu seinem Hund, streichelte ihn. Dann ging er weiter.

Sie erreichten die Süderdeichstraße. Im Schein einer Straßenlaterne hatte Marlene nun Gelegenheit, Sören eingehender zu betrachten, seine starke Brille mit dem modernen Gestell, die hellen Haare, die zu einer modischen Kurzhaarfrisur geschnitten waren, die schicke Kleidung. In seinen Gesichtszügen meinte Marlene Ähnlichkeiten zu Edith Brodersen auszumachen.

»Du hast da Hor…, Hor…is«, sagte Sören und zeigte auf Marlenes Kopf.

Marlene hatte schon festgestellt, dass ihr Sörens Eigenart, den letzten Teil eines Satzes zu wiederholen, das Verstehen deutlich erleichterte. Doch das hatte sie nun trotzdem nicht verstanden. »Was habe ich wo?«

»Horchis. Am Kopf. Die hat Celina auch. Kannst du damit auch hören? Hören.«

Horchis. Knöpfe am Ohr, ein Headset. Was ich alles am Kopf trage, dachte Marlene. »Ja, damit kann ich hören«, antwortete sie. »Wer ist denn Celina?«

»Celina ist meine Freundin. Wir treffen uns immer im Café. Immer Samstagnachmittag. Nachmittag.«

»In dem Café dahinten an der Straße? Bei Sabine Sommer?«

»Nein, in Heide. In der Büsumer Straße. Da fährt mich mein Papa immer –« Wieder schnellte die Hand nach oben, und Sören biss hinein, diesmal so kräftig, dass sein Arm und sein Kopf zu zittern begannen.

»Sören.« Hastig versuchte Marlene, ihn abzulenken. »Dahinten, das große Haus, ist das schon dein Hof? Wo du wohnst?«

Sören reagierte nicht. Sein Zittern wurde stärker. Wie sollte Marlene ihn erreichen?

»Habt ihr … habt ihr dort nicht auch eine Treckersammlung?«

Endlich löste er den Biss. Im Licht konnte Marlene die Wunden sehen, die er sich zugefügt hatte. Deutlich waren die Abdrücke der einzelnen Zähne auf seinem Handrücken zu erkennen. »Treckersammlung«, wiederholte er in sich gekehrt und begann erneut, von einem Bein auf das andere zu wippen.

»Ich bin auch ein großer Trecker-Fan, genau wie Morten«, sagte Marlene vorsichtig. »Vielleicht kannst du mir ja deinen Lieblingstrecker zeigen?«

Diese Frage schien zu ihm durchzudringen. »Komm mit«, sagte Sören, »mit«, und stapfte los. Seine Hand blieb unten.

Der Hof der Lütjes befand sich direkt an der Straße. Eine Laterne beleuchtete die Auffahrt. An ihrem Mast hing auf einem behelfsmäßigen Schild das Protestplakat der Windkraftgegner. Das Gelände lag im Dunkeln. Nur einige Fenster im Wohnhaus und der kleine Vorplatz waren hell erleuchtet.

Ein stämmiger Mann mit einem dichten roten Vollbart kam Sören und Marlene entgegen. In der Hand hielt er einen Müllbeutel. Marlene erkannte in ihm den Mann, der Edith Brodersen am Tatabend mit dem Auto zu ihrem Haus gefahren hatte. Es musste Uwe Lütje sein.

»Ich will Marlene die Trecker zeigen. Den Deutz D40«, sagte Sören. »D40.«

Lütje blieb stehen. »Du möchtest die Trecker zeigen? Jetzt noch, um diese Uhrzeit? Es ist schon spät. Und wen hast du da mitgebracht?«, fragte er.

Marlene ging auf Sörens Ziehvater zu und gab ihm die Hand. »Marlene Louven, Moin. Entschuldigen Sie bitte die späte Störung. Ich habe Sören auf dem Spaziergang getroffen, und wir haben über Ihre Treckersammlung gesprochen. Ich bin die Schwester von Johanne Seehusen und –«

»Die Kriminalkommissarin, schon gehört«, fiel ihr Lütje ins Wort.

Der Koog-Funk funktionierte.

An Sören gewandt sagte Uwe Lütje: »Also gut, Sören, das mit den Treckern geht klar. Aber geh mit Bruno bitte schon mal in die Scheune vor. Ich möchte mit Frau Louven, also mit Marlene, noch kurz sprechen, dann kommt sie gleich nach.«

Auf Sörens Gesicht erschien ein Lächeln. Mit Bruno und Senta im Schlepptau ging er davon.

»Ich habe die Treckersammlung nur als Vorwand benutzt, um Sören nach Hause begleiten zu können. Er wirkte sehr aufgewühlt und durcheinander«, erklärte Marlene. »Er hat sich, als die Sprache auf seinen Vater kam, heftig in die Hand gebissen. Sein Tod muss ihm sehr zugesetzt haben.«

Lütje nickte.

»Zeigt Sören häufig solche autoaggressiven Verhaltensweisen?«

»Leider immer, wenn ihn etwas sehr aufregt oder aus dem Konzept bringt. Aber es ist schon viel besser als früher. Und Sie?« Lütje musterte Marlene von oben bis unten. »Sie ermitteln in dem Mordfall? Stimmt es, dass Bahne verdächtigt wird? Dürfen Sie denn dann überhaupt noch ermitteln?«

So schnell ging es mit den Gerüchten. Johanne hatte mit ihren Befürchtungen offensichtlich recht gehabt.

»Mein Schwager wurde lediglich als Zeuge vernommen«, entgegnete Marlene.

Die Tür des Wohnhauses wurde geöffnet, und eine Frau trat heraus. Sie trug Hausschuhe und eine Strickjacke, die sie sich eng um den Körper schlang, als sie auf Marlene und Lütje zukam. »Ich habe euch von der Küche aus gesehen. Moin.«

»Meine Frau. Und das ist Marlene Louven, die Kommissarin und Johannes Schwester, von der Sabine erzählt hat«, stellte Lütje die beiden Frauen einander vor. »Frau Louven hat Sören nach Hause gebracht.« Er ging zur Mülltonne, um den Müllbeutel wegzuschmeißen.

»Wieso, was ist mit Sören?«, hakte Karin Lütje sofort besorgt nach.

Marlene schilderte, wie sie Sören getroffen und ihn zum Hof begleitet hatte.

»Ja, das ist alles sehr schlimm für Sören«, sagte Karin Lütje. »Wenn er hier auf dem Hof beschäftigt ist, merkt man ihm nichts an. Ein normaler Tagesablauf und alltägliche Routine sind jetzt sehr wichtig für ihn. Das braucht er mehr denn je. Es gibt ihm Sicherheit. Aber wie es in ihm drinnen aussieht, ob er die Bedeutung des Ganzen, des Todes und des Verlustes, wirklich versteht, das weiß ich nicht.« Sie zuckte bedrückt mit den Schultern.

»Weiß er denn, dass sein Vater gewaltsam ums Leben gekommen ist?«

»Es wurde ihm zumindest mitgeteilt.«

»Wohnt Sören schon lange bei Ihnen?«

»Ja, mittlerweile seit über vier Jahren. Sören kam schon als Kind gern zu uns. Er liebt den Hof, die Kühe, die Trecker. Wir haben keine eigenen Kinder. Na ja, und dann hat sich das irgendwie so ergeben.« Karin Lütje richtete den Sitz ihrer randlosen Brille. »Wissen Sie, Sören hat seine Einschränkungen, vor allem im kognitiven Bereich. Aber er ist ein ganz besonderer junger Mann. Wir haben ihn in unser Herz geschlossen. Abgesehen davon ist er eine gute Hilfe auf dem Hof. Und Hermann, also Herrn Brodersen, war es ein großes Anliegen, dass sein Sohn die Chance bekommt, so selbstständig und selbstbestimmt wie möglich zu leben. Dass er sein eigenes Leben als Erwachsener führen kann. Tja, und bei uns passte das eben. So lebt Sören mit unserer Unterstützung allein in einer kleinen Wohnung hier auf dem Hof, unabhängig von seinen Eltern, und ist doch in ihrer Nähe.«

»Und Edith war froh, dass sie ihn losgeworden ist.« Uwe Lütje war wieder zu ihnen getreten.

»Das kannst du so nicht sagen«, widersprach Karin Lütje. »Edith war«, sie suchte nach den passenden Worten, »Edith war vielleicht etwas überfordert. Es war bestimmt nicht immer leicht für sie.«

»So ein Kind passt ja auch nicht zu Zuchthunden und Großgrundbesitz«, entgegnete Uwe Lütje zynisch.

Was hatte Annelene Osnabrügge noch gesagt? Man nannte Edith im Koog »die Gräfin«?

»Hermann hat alles gemacht für den Jungen. Alles.« Er klang verärgert.

»Nun lass gut sein, Uwe«, beschwichtigte Karin Lütje ihren Mann. »Edith hat sich auch gekümmert. Und sie kommt jeden Sonntagabend zu Sören. Sie gucken immer zusammen ›Die Nordseeklinik‹, diese Krankenhausserie, kennen Sie die?

Sören liebt diese Serie. Nur letzten Sonntag, oh Gott …« Sie zog die Strickjacke fester um den Oberkörper. »Ich weiß noch, wie auf einmal die Polizei bei uns vor der Tür stand. Edith und Sören waren in seiner Wohnung, der Fernseher lief, und dann musste ich da reingehen –« Karin Lütje brach ab und schaute an Marlene vorbei in die Ferne. Marlene meinte Tränen in ihren Augen zu sehen. Dann hob Karin Lütje unvermittelt den Arm, winkte. Sie bemühte sich, ein Lächeln aufzusetzen.

Marlene drehte sich um. Sie sah Sören im geöffneten Scheunentor stehen. Seine Gestalt zeichnete sich dunkel gegen das Licht ab, das aus der Scheune fiel, und warf einen langen Schatten auf den Hofplatz. So laut, dass auch Marlene es verstand, rief er: »Wann kommt ihr denn endlich? Endlich.«

18

Leise zog Johanne die Tür ins Schloss. Die Kinder schliefen. Endlich konnte sie ungestört mit Marlene reden. Sie ging den Flur entlang zu Levkes Zimmer. Ob Marlene bei ihren Nachforschungen heute Nachmittag etwas herausgefunden hatte? Vielleicht hatte sie einen Verdacht, eine erste Spur? Auch wenn es ihr nur schwerlich in den Kopf wollte, dass womöglich ein Anwohner aus Theresienkoog, einer ihrer Nachbarn, Brodersen getötet haben könnte, so war Johanne alles lieber, als dass ihr eigener Mann weiterhin im Fokus der Polizei stand und mit dem Verbrechen in Verbindung gebracht wurde. Morgen früh sollte Bahne auf die Dienststelle kommen. Wegen dieses Videos, das sie selbst nicht kannte. Johanne strich sich die Haare aus dem Gesicht, fuhr sich mit den Händen über die Stirn, die Wangen. Hoffentlich klärte sich alles auf und die Ermittlungen hatten bald ein Ende.

Sie klopfte an die Zimmertür. Als sich dahinter nichts regte, öffnete sie vorsichtig die Tür und trat ein.

Im Zimmer war es dunkel, nur die Nachttischlampe brannte. Marlene lag auf dem Bett und starrte auf das iPad in ihren Händen. Wahrscheinlich hatte sie das Klopfen nicht registriert. Erst als Johanne in ihr Blickfeld trat, zuckte sie zusammen und sah auf.

»Habe ich dich erschreckt? Entschuldige bitte. Hast du mal fünf Minuten?«

»Natürlich.« Marlene legte das Pad zur Seite und richtete sich auf. Mit der Hand klopfte sie neben sich auf die Matratze.

Johanne ließ sich auf das Bett fallen. Im Schneidersitz setzte sie sich Marlene gegenüber. »Wie früher.«

Sie lächelten sich an. Johanne betrachtete ihre große Schwester. Sie sah müde aus, die Haut unter den Sommersprossen war blass. Und doch meinte Johanne, wieder mehr Lebensenergie als noch vor ein paar Wochen in Marlene zu erkennen. Sie stand nicht mehr teilnahmslos am Rand, sondern war wieder mittendrin. Sie war wieder bei ihnen.

»Und?«, fragte Johanne. »Hast du etwas Neues?«

»Vorhin auf dem Spaziergang habe ich Sören Brodersen mit seinem Hund getroffen«, antwortete Marlene.

Johanne nickte. »Er geht oft abends noch eine Runde. Wie geht es ihm?«

»Ich kann es nicht wirklich einschätzen, aber ich glaube, es muss schlimm für ihn sein. Als das Gespräch auf seinen Vater kam, hat er sich mit voller Wucht in die Hand gebissen.«

»Der Arme. Er muss ihn sehr vermissen. Hermann hat sich immer toll um seinen Sohn gekümmert. Sie hatten ein enges Verhältnis zueinander.«

»Das hat Uwe Lütje auch erzählt.«

»Du warst bei Lütjes?«

»Ich habe Sören zum Hof zurückbegleitet, weil er mir so aufgeregt erschien. Dort habe ich Lütje und seine Frau getroffen«, erklärte Marlene. »Was sie Sören auf ihrem Hof ermöglichen – Hut ab.«

»Das finde ich auch. Hermann hatte das damals in die Wege geleitet. Er hat sich sehr für Menschen mit Behinderungen eingesetzt, daher auch die Idee mit dem Café. Er war bei der Lebenshilfe-Nord in Hamburg aktiv, hat sich ehrenamtlich engagiert. Deshalb war er auch oft unterwegs, in Hamburg und im ganzen Norden. Aber«, Johanne löste sich aus dem Schneidersitz und setzte sich auf ihre Unterschenkel, »nun sag, wie ist es heute Nachmittag gelaufen? Was hat Osnabrügge gesagt?«

»Das war kurios.« Marlene nahm ein Kissen und steckte es sich in den Rücken. »Bei den Osnabrügges hat mich vieles an den Hof der Brodersens erinnert. Als wäre es …« Sie bemühte sich, ein Gähnen zu unterdrücken.

»… eine Kopie?«, vollendete Johanne den Satz. »Viele im Koog machen sich darüber lustig. Wenn Edith sich etwas Neues anschafft, werden Wetten abgeschlossen, wie lange es dauert, bis Annelene das Gleiche hat.«

»Edith und Hermann Brodersen sind also das Original?«

»Aber sicher. Annelene und Jürgen eifern ihnen in nahezu allem nach. Annelene konnte nur schwer verknusen, dass nicht sie, sondern Edith damals zur Vorsitzenden bei den Landfrauen gewählt worden ist. Und Jürgen steht seit jeher zu Hermann in Konkurrenz. Das war wohl schon so, lange bevor ich hierhergezogen bin. Aber Jürgen konnte Hermann nie das Wasser reichen, weder geschäftlich noch beim Kampf um das Bürgermeisteramt. Nur bei den Kindern, da waren Annelene und Jürgen erfolgreicher, zumindest meinen sie das. Und halten damit auch nicht hinterm Berg.« Johanne rollte mit den Augen. »Alle hier werden, ob sie wollen oder nicht, über die Karrieren von Hinnerk und Henrike, so heißen die beiden Kinder, auf dem Laufenden gehalten. Sie sind schon erwachsen, leben beide nicht mehr hier. Aber ob Sport oder Studium, alles ist immer herausragend, außergewöhnlich, natürlich international, kosmopolitisch. Zu Hause bei ihren Eltern sieht man sie allerdings fast nie.«

Marlene nickte. »Studium der Kinder, dazu im Ausland, Haus und Hof nicht gerade klein, alles sehr gepflegt, ein Appartement in Spanien – die Osnabrügges scheinen einen kostspieligen Lebensstandard zu pflegen.«

»Das Appartement haben sie erst kürzlich gekauft. War natürlich wieder eine ganz große Sache.«

»Das heißt, die Osnabrügges besitzen viel Geld – oder aber sie benötigen viel Geld. Kann ihr Hof allein so viel abwerfen? Haben sie noch andere Einnahmequellen? Oder funktioniert das Ganze nur auf Pump?«

»Du meinst, sie brauchen Geld? Und da kämen neue Windkraftanlagen gerade recht? Deshalb soll Jürgen Hermann umgebracht haben?«

»Geld ist immer ein Motiv«, antwortete Marlene. »Geld, gepaart mit Macht und Einfluss, zumal mit einem Sieg über den langjährigen Rivalen, allemal. Mordhorst hatte erwähnt, eine Windkraftanlage würde an Pachteinnahmen pro Jahr einen hohen fünfstelligen Betrag einbringen. Ist das richtig? Kennst du die Zahlen?«

»Ja, das stimmt. Die Einnahmen können sogar in Richtung hunderttausend gehen. Als Windmüller mit mehreren Anlagen hast du ausgesorgt.«

»Als ich die Osnabrügges nach den Windkraftplänen und der Konkurrenzsituation zu Brodersen gefragt habe, hatten beide, sowohl Annelene als auch Jürgen, sichtlich Stress. Vor allem Jürgen Osnabrügge hat sich mir gegenüber alles andere als kooperativ verhalten. Das allein muss noch nichts heißen. Aber auch sein Alibi ist allenfalls dünn. Er und seine Frau wollen zusammen zu Hause gewesen sein.« Sie machte eine kurze Pause. »Die Körpergröße würde auch passen.«

»Was meinst du mit Körpergröße?«

Johanne bemerkte, dass Marlene mit der Antwort einen kurzen Augenblick zögerte.

»Ach, es geht nur darum, dass der Täter kleiner gewesen sein muss als Brodersen.« Marlene winkte ab.

Sie darf mir nicht alles sagen, wurde Johanne mit einem Schlag klar. Es gibt Polizeiinformationen, die Marlene nicht weitertragen darf. Logisch. Betraf das etwa auch Bahne? Wusste Marlene mehr über ihn, als sie Johanne gegenüber zu erkennen gab? Auch Bahne war kleiner als Brodersen. Johanne fröstelte. Sie winkelte die Knie an und umschloss die Beine mit den Armen. »Du denkst also wirklich, dass Jürgen als Täter in Frage kommen könnte.«

»Ganz so einfach ist es nicht. Es fehlen eindeutige Spuren, es fehlen Zeugen. Und für einen Mord braucht es mehr als eine Konkurrenzbewerbung zweier alter Rivalen um den Bau von Windkraftanlagen, bei der zum jetzigen Zeitpunkt noch nicht einmal eine Entscheidung gefallen ist. Allerdings würde ich Osnabrügge auf jeden Fall weiter im Visier behalten.« Marlene reckte sich. »Mordhorst ist auch ein Kandidat, weil er diesen

Groll oder, besser gesagt, diesen Hass gegen Brodersen hat. Er scheint ihn für seine schlechte wirtschaftliche und private Situation verantwortlich zu machen. Damit hat er jedenfalls ein starkes Motiv. Sein Alibi wollten Hansen und sein Kollege heute Abend noch überprüfen.«

Und auch er ist deutlich kleiner als Hermann, dachte Johanne. »Und wie war es bei Sabine Sommer?«, fragte sie.

Marlene stöhnte. »Ist diese Frau anstrengend! Die hat einen echten Nervcharakter. Sie sagte, sie hätte Brodersen aufgesucht, weil er ihr für ein Porträt Modell stehen sollte. Ich bin mir nicht sicher, ob sie mir die ganze Wahrheit gesagt hat.« Sie neigte den Kopf von einer Seite zur anderen, strich sich über den Nacken. »Könntest du dir vorstellen, dass sie ein Verhältnis mit Brodersen hatte? Dass sie deswegen bei ihm gewesen ist, als Edith nicht zu Hause war?«

»Eigentlich nicht. Das passt nicht zu Hermann. Er war Frauen gegenüber zwar höflich und zuvorkommend, aber er hat nie geflirtet, war nie grenzüberschreitend.«

»Wie bitte?«

»Hermann hat nie die Grenze überschritten. Zumindest was ich so mitbekommen habe.«

»Nun, selbst wenn wir die Frage nach einem möglichen Verhältnis außen vor lassen, hätte Sabine Sommer ein Motiv. Brodersens Projekte, sowohl das Café als auch der Windkraftausbau, waren ihr ein Dorn im Auge. Und wirtschaftlich durchaus von Bedeutung für sie«, setzte Marlene nach.

»Aber als sie uns entgegenkam, am Tatabend, als Brodersen schon tot war …« Johanne sah Marlene ungläubig an. »Den Schock, die ganze Aufregung, das kann man doch nicht spielen.«

»Nicht wahrscheinlich, aber auch nicht undenkbar. Für die Zeit davor hat sie zumindest nur ein schwaches Alibi. Sie behauptet, sie sei allein in ihrem Atelier gewesen.«

Und Bahne war allein laufen. Auch ein schwaches Alibi. Johanne zog die Knie näher an die Brust heran. Ihr war kalt.

Einen Augenblick lang herrschte Schweigen. Dann sagte Marlene: »Euer Landrat war gestern übrigens auch bei Sabine Sommer im Café.« Sie gähnte.

»Braack? Zum Kaffeetrinken? Oder hat er Sabine Sommer besucht?«

»Ich hatte den Eindruck, beides. Vielleicht war der Kaffee nur ein Vorwand. Denn wie die beiden miteinander umgegangen sind, hat sehr vertraut auf mich gewirkt.« Marlene wies mit dem Kopf in Richtung iPad. »Ich habe Braack eben gegoogelt. Er ist verheiratet.«

»Ja, wieso? Meinst du etwa, er könnte was mit Sabine Sommer haben?« Johanne zog die Stirn kraus.

»Schon möglich. Wenn an ihrem Ruf etwas dran ist? Vielleicht hat er gemerkt, dass sich Sabine Sommer auch zu Brodersen hingezogen gefühlt hat. Vielleicht hat er ihn deshalb aufgesucht und ist mit ihm Streit geraten. Und dann hat er die Kontrolle verloren.«

Johanne streckte ihre Beine aus und verschränkte die Arme vor der Brust. »Das wird ja immer komplizierter. Ist das nicht etwas sehr weit hergeholt?«

»Da hast du wahrscheinlich recht. Ist auch nur so ein Gedankenspiel. Ich habe gelernt, bei Ermittlungen alle Eventualitäten, mögen sie am Anfang auch noch so absurd erscheinen, zu durchdenken und abzuklopfen.« Marlene gähnte abermals und reckte sich.

»Braack wohnt hier in Theresienkoog, hinten am Deich, in der Nähe der Badestelle. Großes Reetdachhaus, teure Autos, Golfclub – Schickimicki wie aus dem Bilderbuch. Seine Frau ist die First Lady von Dithmarschen«, Johanne formte mit den Fingern Gänsefüßchen in der Luft, »so führt sie sich zumindest auf. Hier im Koog sieht man sie nie, das ist nicht ihr Niveau. Sie verkehrt in besseren Kreisen.« Sie sah Marlene in die Augen. »Du kannst langsam nicht mehr, stimmt's?«

Marlene nickte entschuldigend, konnte aber ein weiteres Gähnen nicht zurückhalten.

»Ist ja auch schon spät.« Johanne stand auf. Auch sie musste ihren Rücken strecken. »Machen wir morgen weiter.«

Sie wünschte ihrer Schwester eine gute Nacht und gab ihr einen Kuss auf die Wange. Dann verließ sie das Zimmer.

Im Flur blieb Johanne stehen, hielt einen Moment inne. Sie hatten verschiedene Hinweise und diverse Motive. Nichts Eindeutiges, aber immerhin. Hauptsache, andere Spuren, die nicht in Bahnes Richtung zeigten. Sie schlang die Arme um ihren Oberkörper. Sie fror noch immer.

19

»Morten, Levke, Frühstück ist fertig!« Johanne stand am Fuß der Treppe und rief mit lauter Stimme nach oben. »Beeilt euch, es ist schon spät!«

Von oben ertönte ein lautes Geräusch, einmal, zweimal.

»Was …?« Johanne rannte die Treppe hoch. Sie sah Levke und Morten aus dem Badezimmer kommen. Vorsichtig zogen sie die Tür hinter sich zu. In der Hand hielt Levke eine Fan-Tröte vom THW Kiel, die sie vor etlicher Zeit von Marlene geschenkt bekommen hatte.

»Krass. Tante Leni hört ohne CIs wirklich gar nichts«, sagte Levke.

»Sie erschreckt sich noch nicht mal!« Morten blickte seine Mutter mit großen Augen an.

»Ja, seid ihr denn von allen guten Geistern verlassen?« Johanne riss Levke die Tröte aus der Hand und legte sie unsanft auf die Kommode im Flur. Durch die geschlossene Badezimmertür hörte sie das Wasser der Dusche rauschen.

»Wir wollten das doch nur mal ausprobieren«, sagte Levke betreten. Und Morten bekräftigte: »Leni hat wirklich nichts gemerkt.«

»Das ist nichts, womit man Scherze macht. Und nun los.« Sie schob die Kinder in Richtung Treppe. »Ihr verpasst sonst noch den Bus.«

In der Küche setzten sich die Kinder zu ihrem Vater an den gedeckten Frühstückstisch.

»Morten, was möchtest du auf dein Schulbrot?« Johanne öffnete den Kühlschrank.

»Salami.«

»Wo ist denn deine Brotdose?«

»Ist die da nicht?«

»Dann würde ich nicht fragen.«

»Oh, dann habe ich sie wohl im Ranzen vergessen.«

»Wäre ja nicht das erste Mal. Dann mal los, Hackengas!«

Morten trottete in den Flur und kam mit der Brotdose zurück.

»Und du, Levke?«

»Was?«

»Das heißt ›Wie bitte‹. Was möchtest du auf dein Brot? Auch Salami?«

»Nein.«

»Und was dann?«

»Irgendwas anderes.«

»Das da wäre?«

»Irgendwas halt, nur keine Salami. Mensch, Mama, chill mal!«

Genau, chill mal, Mama, dachte Johanne verärgert. Ihr habt gut reden. Unser Nachbar wurde ermordet, euer Vater war am Tatort und hat eine Vorladung bei der Polizei, und oben ist eure Tante, die ganz andere Probleme hat. Chill mal.

Johanne wusste, sie war ungerecht. Auch wenn sie das gar nicht wollte. Die Kinder konnten überhaupt nichts dafür. Sie hatten keine Ahnung von ihren Sorgen und Nöten, und das sollten sie auch nicht. Doch Johanne schienen sie gerade über den Kopf zu wachsen. Sie versuchte sich zusammenzureißen. »Okay, wir haben noch Gouda, ist das gut?«

Levke murmelte etwas, was Johanne als Zustimmung deutete.

»Papa, was will die Polizei denn von dir?«, fragte Morten mit vollem Mund.

»Erst aufkauen, dann sprechen.« Bahne sah von der Zeitung auf. »Die Kommissare haben nur noch ein paar Fragen an mich, weil ich am Sonntag, als Hermann gestorben ist, kurz vorher bei ihm gewesen bin. Ich bin also gewissermaßen ein Zeuge.«

»Dann bist du ja bei der Aufklärung von einem richtigen Verbrechen dabei! Cool. Haben die Kommissare auch echte Pistolen am Gürtel? Und Handschellen?«

»Jetzt ist gut, Morten, sieh lieber zu, dass du dein Frühstück isst.« Johanne stellte die Brotdosen auf den Tisch. »Du musst auch noch Zähne putzen. In zehn Minuten fährt der Bus.«

»Jaja«, maulte Morten.

Ranzen, Brotdose, Jacke, Mütze – wenig später waren die Kinder endlich aus dem Haus. Johanne räumte die benutzten Teller ab, den Rest ließ sie für Marlene stehen.

Bahne faltete die Zeitung zusammen und sah auf die Uhr. »Ich muss los.« Er stand auf.

Johanne sah ihren Mann an. »Bist du wirklich so ruhig, wie du tust?«

»Warum denn nicht? Die haben ein Video von der Versammlung, na und? Sie werden mir dazu ein paar Fragen stellen und gut. Die machen auch nur ihren Job.« Er fasste Johanne an den Schultern. »Ich habe mir nichts vorzuwerfen. Ich habe auf der Versammlung einfach nur Klartext geredet, die Wahrheit gesagt, und das etwas deutlicher. Daraus können die mir keinen Strick drehen.« Er schaute ihr tief in die Augen. »Mit Hermanns Tod habe ich nichts zu tun. Das weißt du.«

Er nahm Johanne in den Arm. Sie spürte seine Wärme, nahm seinen vertrauten Geruch wahr. Ja, das wusste sie. Und doch musste sie sich eingestehen, dass in der hintersten Ecke ihres Kopfes, in einem winzig kleinen, verborgenen Winkel, ein letzter Zweifel lauerte. Und an ihr nagte.

Wenn er doch in irgendetwas hineingeschliddert war? Nicht geplant, sondern eher zufällig? Sozusagen aus Versehen? Im Affekt? Bahne war noch nie gewalttätig geworden, weder ihr noch den Kindern oder sonst wem gegenüber. Aber warum hatte er der Polizei in dem ersten Gespräch nichts von seinem Besuch bei Brodersen gesagt? Bahne konnte sich über manche Dinge sehr ereifern und war in seinem Engagement, in seinem Kampf gegen die Windräder, fast fanatisch. Was, wenn Brodersen ihn provoziert, ihn bis aufs Blut gereizt hatte? Und ihm einfach die Sicherung durchgebrannt war? Was, wenn er erst danach zum Laufen gefahren war?

Augenblicklich beschlichen Johanne Schuldgefühle. Wie konnte sie so etwas überhaupt nur denken? Bahne war ihr Mann. Sie kannte ihn, sie liebte ihn, sie musste ihm vertrauen.

Bahne löste sich aus der Umarmung und schob Johanne mit ausgestreckten Armen von sich weg. Er suchte ihren Blick. »Mir kann nichts passieren. Ich habe für die Tatzeit ein Alibi. Ich war laufen.«

»Allein. Du warst in letzter Zeit häufig allein laufen. Und immer sehr lang weg.«

Bahne ließ Johanne los. »Du weißt ja auch, wofür ich das mache.« Er nahm sein Portemonnaie von der Ablage. »Bis später.«

Sicher, sie wusste, wofür er trainierte. Und wenn Bahne etwas machte, dann mit hundert Prozent Einsatz. Mindestens. Johanne ging zum Fenster und schaute ihrem Mann nach, wie er in seinem Jeep den Hof verließ. Sie war so in Gedanken versunken, dass sie hochschreckte, als Marlene in die Küche kam.

»Guten Morgen«, wurde sie von ihrer Schwester begrüßt. Sie umarmten sich. »Alle anderen sind schon los?«

Johanne nickte.

Marlene sah zum gedeckten Tisch hinüber. »An diesen Frühstücksservice könnte ich mich tatsächlich gewöhnen, vielen Dank!« Sie nahm auf der Eckbank Platz und schenkte sich Kaffee ein. »Trinkst du auch noch einen mit?«

»Ich mache mir einen Tee.« Johanne schaltete den Wasserkocher ein, nahm einen Teebeutel aus dem Schrank, hängte ihn in einen Becher, wartete. Aus den Augenwinkeln beobachtete sie Marlene. Sie hatte sich die Zeitung genommen und angefangen zu lesen. Ob sie etwas zu der Aktion von Morten und Levke sagen würde? Oder hatte sie tatsächlich gar nichts bemerkt? Johanne beschloss, sie lieber nicht danach zu fragen.

Das Wasser kochte. Sie schaltete den Wasserkocher aus und goss den Tee auf. Mit dem Becher in der Hand setzte sie sich Marlene gegenüber an den Tisch.

Ihre Schwester legte die Zeitung beiseite. »Hat Bahne noch etwas gesagt?«

Johanne schüttelte den Kopf.

»Du machst dir Sorgen, nicht?«

Sie schüttelte erneut den Kopf, diesmal energischer, und spürte, wie ihr die Tränen in die Augen stiegen. Stell dich nicht so an, schalt sie sich selbst.

»Die werden ihn wahrscheinlich nur als Zeugen befragen«, sagte Marlene sanft.

Wahrscheinlich. Johanne blinzelte, strich sich eine Haarsträhne hinter das Ohr. »Okay.« Sie drückte den Rücken durch. »Und wir? Was können wir solange machen? Irgendeine Spur von gestern weiterverfolgen?«

»Wir haben noch keine Spuren. Nur Ansätze und Motive«, entgegnete Marlene.

»Wie auch immer. Was können wir tun?«

»Ich denke, zunächst sollten wir noch einmal mit Edith Brodersen sprechen. Es würde mich interessieren, was sie zu alldem zu sagen hat.«

Johanne nickte. »Und Hansen? Kannst du dich bei ihm nach dem neuesten Stand der Ermittlungen erkundigen?«

»Das hatte ich vor. Später.« Marlene nahm sich ein Brot, griff nach Butter und Marmelade. »Gestern Abend beim Einschlafen ist mir noch eine Frage durch den Kopf gegangen. Vielleicht kannst du sie mir beantworten.« Sie machte eine Pause, während sie Butter und Marmelade auf das Brot strich, dann sah sie Johanne wieder an. »Wie genau läuft das mit der Genehmigung von Windkraftanlagen und der Zuteilung der entsprechenden Flächen? Könnten Brodersen und Osnabrügge nicht einfach beide neue Anlagen bauen lassen? Und damit gleichermaßen profitieren?«

»So einfach ist das nicht.« Johanne beugte sich vor, die Unterarme auf den Tisch gestützt. »Es soll in Schleswig-Holstein neue Raumordnungspläne geben, die sogenannte Vorranggebiete für Windenergie festlegen.«

»Wie bitte?«, fragte Marlene nach.

»Vorranggebiete«, wiederholte Johanne. Langsam und deutlich fuhr sie fort: »Nur innerhalb dieser Gebiete ist dann eine Windenergienutzung überhaupt möglich. Damit möchte man dem Wildwuchs von Windrädern einen Riegel vorschieben. Derzeit befindet sich das Land noch in der Planungs- und Überprüfungsphase, Stellungnahmen mit Flächenvorschlägen können bei der Landesregierung eingereicht werden. Bei uns in Theresienkoog geht es konkret um die Flächen von Osnabrügge und Brodersen. Beide wollen«, sie räusperte sich, »beide wollten, dass ihre Flächen als Vorranggebiete ausgewiesen werden. Dass aber beide Gebiete als Nutzungsgebiete freigegeben werden, ist eher unwahrscheinlich.«

»Warum?«

»Es gibt verschiedene Abwägungskriterien, sogenannte Tabukriterien, die gegen eine Nutzung als Vorranggebiet sprechen. Das können Aspekte des Naturschutzes sein, zum Beispiel küstennahe Nahrungs- und Rastgebiete für Vögel, oder aber der allgemeine Erhalt charakteristischer Landschaftsräume. Gerade Letzteres kann bei uns zum Tragen kommen, da wir hier im Koog schon so viele Windkraftanlagen haben.«

»Und die Bürgerinitiative führt diese Argumente ins Feld.«

»Natürlich. Und noch viele andere mehr. Es geht auch um die Nähe der Windräder zu Einzelhäusern und Wohnsiedlungen. Da wird über Mindestabstände gestritten. Die Windkraftanlagen verschandeln nicht nur Natur und Landschaft, ihr Betrieb kann bei den Anwohnern auch zu gesundheitlichen Problemen führen, vor allem durch Lärmemissionen, sowohl durch hörbaren Schall als auch durch Infraschall.«

»Das heißt, der ›Proteststurm‹ kämpft generell gegen einen Ausbau der Windenergienutzung hier im Koog, egal ob auf Brodersens oder auf Osnabrügges Flächen.«

Johanne nickte. »Und Bahne hat schon eine ganze Menge Unterschriften zusammen.«

»Zeichnen sich denn schon Ergebnisse ab?«

»Nein, das Planungsverfahren dauert immer noch an.«

Marlene schenkte sich Kaffee und Milch nach, rührte ge-

dankenverloren mit dem Löffel um. Dann hob sie den Kopf.
»Bei der Bewertung der Flächen hat doch sicherlich auch die Kreisverwaltung ein Wörtchen mitzureden.«

»Natürlich, sie ist in die Landesplanung mit eingebunden. Aber wenn du mich nach Details fragst, muss ich passen.« Johanne hob abwehrend die Hände.

»Und zur Verwaltung gehört der Landrat ... Schon schließt sich der Kreis.«

»Du meinst, Braack hängt da irgendwo mit drin?«

»So würde ich das nicht formulieren. Aber zumindest sollten wir mal mit ihm reden.« Marlene trank ihren Kaffee aus. »Dann können wir ihn auch gleich nach Sabine Sommer fragen.«

Das Schwein.

Von wegen weiche Knie! Der Typ war ein Schwein, ein mieses, dreckiges Arschloch. Konnte den Hals nicht vollkriegen. Scheiße, er hatte es immer geahnt.

Aber das würde er nicht akzeptieren. Er war so weit gekommen, auf keinen Fall würde er sich das kaputt machen lassen. Nicht von ihm. Und von niemandem sonst. Es gab kein Zurück.

Es wäre ein Fehler, ihn zu unterschätzen. Er war schon viel zu weit gegangen. Er sollte es nicht übertreiben.

Edith Brodersen öffnete die Haustür erst nach dem zweiten Klingeln. »Johanne.« Sie schaute überrascht drein. Die Hunde kamen angelaufen und drängelten sich an ihren Beinen vorbei. Neugierig beschnupperten sie Marlene und Johanne. »Sitz!«, befahl Edith Brodersen scharf. Die Hunde gehorchten auf der Stelle.

»Moin, Edith«, sagte Johanne. »Entschuldige bitte die Störung, aber dürfen wir hereinkommen? Meine Schwester Marlene Louven kennst du ja bereits. Sie hätte noch ein paar Fragen an dich.«

»Sicher.« Edith Brodersen trat zur Seite und machte eine einladende Geste. »Bitte.«

In der Diele blieben sie stehen. Edith Brodersen schickte die Hunde auf ihre Plätze in der Küche. Sie legte die Bürste, die sie in der Hand hielt, neben dem Telefon ab und strich sich einige Hundehaare von der Hose und der Bluse. »Eine regelmäßige Pflege ist unerlässlich für ein gutes Fell«, sagte sie entschuldigend. »Wollen wir …«, sie zögerte, »wollen wir wieder in die Küche gehen? Im Wohnzimmer –« Sie brach ab.

»Ja, natürlich«, antwortete Johanne schnell.

Sie nahmen am Esstisch Platz. Edith Brodersen setzte sich auf die Stuhlkante, die Knie aneinandergepresst, die Hände im Schoß gefaltet. »Und Sie gehören auch zu dem Ermittlungsteam der Kriminalpolizei?«, fragte sie Marlene.

»Ergänzend«, antwortete Marlene ausweichend.

»Haben Sie neue Erkenntnisse?« Edith Brodersen knetete ihre Hände. »Haben Sie die Decke gefunden?«

Die Decke, mit der der Täter die Tatwaffe abgewischt hatte. »Noch kann ich nichts Genaues sagen, aber wir haben zahlreiche Hinweise, denen wir nachgehen.« Marlene räusperte sich. »Mittlerweile konnte ich mit einigen Anwohnern sprechen. Ihr

Mann hat offenbar ein hohes Ansehen genossen. Trotzdem waren ihm nicht alle hier im Ort wohlgesinnt.«

»So ist das immer, nicht wahr? Es gibt immer Neider.«

»So wie die Osnabrügges?«

»Ja, sicher, aber das kenne ich gar nicht anders. Schließlich kann nicht jeder die Nummer eins sein.« Edith Brodersen zupfte sich ein weiteres Hundehaar von der Bluse.

»Ist Ihr Mann in letzter Zeit mit Jürgen Osnabrügge aneinandergeraten? Vielleicht wegen der geplanten Windkraftanlagen? Es geht dabei immerhin um sehr viel Geld. Hat Osnabrügge ihm womöglich gedroht?«

»Mein Mann hat nur erwähnt, dass es auf der letzten Bürgerversammlung zu diesem Thema heftige Diskussionen gegeben habe. Aber ich kenne keine Details, das interessiert mich nicht so sehr, das war sein Bereich. Von direkten Streitigkeiten mit Herrn Osnabrügge …« Edith Brodersen schien zu überlegen, dann schüttelte sie den Kopf. »Nein, davon weiß ich nichts. Glauben Sie, dass er etwas mit dem Tod meines Mannes zu tun hat?«

»Könnten Sie sich das vorstellen?«

Edith Brodersen schaute Marlene lange an. »Was kann man sich schon vorstellen?« Sie zuckte mit den Schultern, hilflos.

»Auch Dieter Mordhorst hatte einen Groll auf Ihren Mann. Nach unseren Erkenntnissen hatte er sich vor einiger Zeit hoch verschuldet und musste seinen Grund und Boden an ihn abtreten.«

»Es ist immer leichter, andere Menschen für das eigene Versagen verantwortlich zu machen.« Edith Brodersen beugte sich vor und legte die Hände auf den Tisch. In der Küche war es leise, und sie sprach langsam und deutlich. Marlene konnte sie gut verstehen. »Mordhorst war Alkoholiker, er hat Haus und Hof – entschuldigen Sie bitte den Ausdruck – versoffen. Mein Mann hat ihm anfangs unter die Arme gegriffen, aber irgendwann musste Schluss sein. Dass Mordhorst seine Flächen dabei verloren hat, ist seine Schuld. Wir können auch keine Almosen verteilen.«

Da ist sie, die Gräfin, dachte Marlene. »Und seine Frau und seine Tochter? Haben sie Herrn Mordhorst wegen seiner Alkoholsucht verlassen?«

»Möchten Sie mit solch einem Mann zusammenleben?«

»Hat Ihr Mann Herrn Mordhorst in letzter Zeit erwähnt? Vielleicht im Zusammenhang mit einem Treffen, mit einem Streit?«

Edith Brodersen schüttelte den Kopf.

»Oder eine andere Person? War irgendetwas anders als sonst? Irgendetwas, was Ihnen jetzt, in der Rückschau, merkwürdig erscheint?«

»Nein.«

Marlene wechselte das Thema. »Lassen Sie uns bitte noch einmal über den Tatabend sprechen. Wann genau haben Sie das Haus verlassen?«

Edith Brodersen verknotete die Hände ineinander, ließ sie zurück in den Schoß sinken. »Das haben sich Ihre Kollegen bereits notiert.«

»Nur noch einmal zur Vergewisserung.«

»Nach dem Schleswig-Holstein Magazin im Fernsehen, etwa um zwanzig Uhr.« Sie starrte auf ihre Hände. »Ich fahre immer nach dem Schleswig-Holstein Magazin.«

»Mit dem Auto?«

»Wie bitte?« Edith Brodersen schaute auf.

»Sind Sie an diesem Abend mit dem Auto gefahren?«

»Jaja. In der dunklen Jahreszeit nehme ich immer den Wagen.«

»Warum hat Herr Lütje Sie dann in seinem Auto nach Hause gebracht?«

»Er meinte, in meinem Zustand nach dieser ... dieser Nachricht sollte ich nicht Auto fahren.«

»Zurück zu Ihrem Aufbruch, ist Ihnen irgendetwas aufgefallen? Auf dem Hof oder auf der Straße?«

Edith Brodersen schüttelte erneut den Kopf. »Aber das habe ich Ihren Kollegen auch schon gesagt.«

»Manchmal fällt einem erst in der zweiten Betrachtung etwas Wichtiges ein. Vielleicht ein Fahrzeug, das am Straßenrand parkte? Und das dort nicht hingehörte? Oder das Ihnen entgegenkam? Ein Radfahrer, ein Spaziergänger?«

Wieder Kopfschütteln. »Nein, nichts. Es war alles wie immer.« Edith Brodersen wischte mit der Handfläche einen Krümel, den sie meinte entdeckt zu haben, vom Tisch. Dann suchte sie Johannes Blick. »Hat Bahne noch etwas zu seinem Treffen mit Hermann gesagt?«

Johanne war bis hierhin ruhig geblieben. Nun rutschte sie nervös auf ihrem Stuhl nach vorn. »Nichts Besonderes. Er war wegen der Bürgerinitiative bei ihm, aber sie haben sich wohl recht nett unterhalten. Gegen achtzehn Uhr dreißig ist Bahne dann gegangen.«

»Eine Viertelstunde bevor ich mit den Hunden zurückgekommen bin …« Edith Brodersen fasste sich an ihre Halskette und umschloss mit den Fingern den Anhänger.

Marlene musterte die Frau. Davon, dass Bahne von Hansen zur erneuten Befragung ins Kommissariat einbestellt worden war, schien sie nichts zu wissen.

Auf einmal ertönte ein helles Geräusch, das Marlene nicht einzuordnen wusste. Die Hunde in ihren Körben setzten sich auf. »Platz!«, rief Edith Brodersen. »Entschuldigung, da ist jemand an der Haustür.« Sie stand auf und verschwand in der Diele.

Marlene hörte etwas, was nach einer menschlichen Stimme klang. Sie sah Johanne fragend an, doch die zuckte nur unwissend mit den Schultern.

Kurz darauf kam Edith Brodersen in die Küche zurück. In der Hand hielt sie einen Strauß weißer Lilien. »Das war Annelene.« Sie blickte zu Marlene. »Frau Osnabrügge. Sie wollte mir ihr Beileid aussprechen.«

»Und dann stören wir dich«, sagte Johanne.

Edith Brodersen winkte ab. »Nein, nein, schon gut. Sie hatte sowieso keine Zeit.« Sie schaute sich suchend um. »Ich muss die

Blumen ins Wasser stellen.« Umständlich suchte sie im Schrank nach einer passenden Vase.

Marlene und Johanne wechselten einen Blick. Vielleicht sollten sie allmählich aufbrechen. Doch eine Frage hatte Marlene noch.

Nachdem Edith Brodersen die Blumen versorgt hatte, sagte Marlene: »Einen letzten Punkt möchte ich noch ansprechen.«

Erneut wurden sie durch das Geräusch der Türklingel unterbrochen. Mit einer um Entschuldigung bittenden Miene verließ Edith Brodersen die Küche und kehrte diesmal gemeinsam mit dem Besucher zurück. »Das ist Herr Go… vom Bestattungsunternehmen. Frau Seehusen, Frau Louven.«

Der Mann im schwarzen Anzug und mit einer Aktentasche in der Hand grüßte höflich.

»Nun stören wir dich aber wirklich nicht mehr länger.« Johanne und Marlene standen auf. Edith Brodersen begleitete sie zur Haustür.

»Frau Louven, können Sie mir noch sagen, wann …?« Sie stockte und strich mit den Händen ihre Hose glatt. Dann fuhr sie fort: »Wann ich meinen Mann beisetzen kann?«

»Dazu wenden Sie sich bitte an die Kollegen in der Dienststelle in Heide, die können Ihnen nähere Auskünfte geben.« Marlene räusperte sich. »Noch einmal zu meiner allerletzten Frage: Bei unserem ersten Besuch haben wir über Frau Sommer und das Café-Projekt gesprochen. Kann es sein, dass Frau Sommer Ihren Mann auch aus einem anderen Grund besuchen wollte?« Sie machte eine Pause. »Vielleicht aus rein privatem Interesse?«

»Worauf wollen Sie hinaus?« Eine steile Falte bildete sich auf Edith Brodersens Stirn.

»Man erzählt sich, Frau Sommer sei den Männern … nun ja, zugetan. Vielleicht hatte sie ein Auge auf Ihren Mann geworfen?«

»Auf meinen Mann? Sie meinen, sie hatte ein Verhältnis mit ihm? Hermann und diese Frau? Wollen Sie das sagen?« Edith

Brodersen lachte auf. Es klang hell und blechern in Marlenes Ohren.

Sie öffnete die Haustür. »Nein, das hatte sie ganz bestimmt nicht«, sagte sie mit einer Entschlossenheit und Überzeugung in ihrer Stimme, die selbst Marlene heraushören konnte.

22

Marlene fuhr in ihrem Bus auf der Bundesstraße in Richtung Heide. Auf dem Beifahrersitz lag eine Tüte Lakritzschnecken, die sie an der Tankstelle in Oesterdeichstrich gekauft hatte. Ihr Inhalt war schon nach wenigen Minuten Fahrzeit deutlich dezimiert.

Johanne war nach ihrem Besuch bei Edith Brodersen zu Hause geblieben, um da zu sein, wenn Bahne von seinem Termin bei der Kriminalpolizei zurückkehrte. Marlene jedoch wollte keine Zeit verschwenden, sie musste mit ihren Nachforschungen vorankommen. Die Aufregung um Bahne tat ihr für ihre Schwester leid, aber sie glaubte nach wie vor, dass er sich nur ungeschickt angestellt und nichts mit dem Verbrechen zu tun hatte. Sie schaute auf die Uhr auf dem Armaturenbrett. Wahrscheinlich hatte er seine Befragung mittlerweile hinter sich.

Zunächst war Marlene zum Haus von Frithjof Braack in der Norderdeichstraße gefahren. Da sie dort niemanden antraf, hatte sie sich entschieden, es in seinem Büro im Kreishaus, dem Sitz der Kreisverwaltung in Heide, zu versuchen. So konnte sie das Gespräch mit Braack mit einem Besuch auf der Dienststelle der Kriminalpolizei verbinden. Sie wollte Hansen sprechen. Über SMS hatte er ihr bestätigt, dass er noch bis mittags dort zu erreichen sei.

Marlene pulte die nächste Lakritzschnecke aus der Tüte, löste die Schnur mit den Zähnen ab und ließ sie Stück für Stück in ihrem Mund verschwinden. Sie hatte das Gefühl, den Fall noch nicht richtig zu fassen zu bekommen. Es zeigte sich ihr bisher nur ein unscharfes Bild. Viele einzelne Puzzleteile lagen vor ihr ausgebreitet, verstreut und durcheinander, doch die Verbindungsstücke fehlten. Sie brauchte mehr Fakten, eindeutige Spuren. Hoffentlich wusste Hansen schon wieder mehr.

Marlene setzte den Blinker und überholte einen Lastwagen. Das Autofahren fühlte sich gut an. Ihre Gedanken wanderten zurück zu ihrem Besuch bei Edith Brodersen. Die Frau hatte unnahbar gewirkt, kontrolliert und abgeklärt. Hart. Beinahe noch ausgeprägter als schon bei ihrem ersten Besuch. Einzig die Frage nach Sabine Sommer und der Beziehung, in der sie zu ihrem Ehemann gestanden hatte, hatte Edith Brodersen aus der Reserve gelockt. War die Ehe der Brodersens womöglich gar nicht so gut und heil gewesen, wie alle glaubten? Und wollte auch Edith das nicht wahrhaben? Im Sinne von: Was nicht sein darf, das kann auch nicht sein? Oder hatte sie gar von einem außerehelichen Verhältnis gewusst und wollte diese Tatsache geheim halten? Dann würde auch sie zum Kreis der Personen gehören, die ein Motiv hätten. Doch Edith Brodersen hatte für die Tatzeit ein Alibi. Und hätte sich in diesem Fall nicht auch Sabine Sommer Marlene gegenüber offen zu einer Beziehung mit Brodersen bekannt? Wenn sie gewusst oder zumindest geahnt hätte, dass die Ehefrau Bescheid wusste und dass es vielleicht deshalb zu einer Auseinandersetzung, zu einem Streit gekommen sein könnte?

Marlene stöhnte. Alles nur Spekulationen. Puzzleteile, von denen sie noch nicht einmal wusste, ob sie überhaupt zum Bild dazugehörten.

Bald hatte sie Heide erreicht. Die Durchfahrtsstraße führte sie am größten Marktplatz Deutschlands vorbei und anschließend über eine Eisenbahnbrücke. Von dort sah Marlene bereits ein mehrstöckiges Gebäude mit einer auffälligen Fassade in die Höhe ragen. Vier halbkreisförmige Gebäudeabschnitte stießen ähnlich der Form einer Raute aufeinander. Die Fenster waren beschichtet, sodass sie selbst im grauen Nieselregen, der sich an diesem Tag über die Westküste gelegt hatte und das fahle Licht der Sonne trübte, golden schimmerten. Das musste das Kreishaus sein.

Marlene stellte den Bus auf dem angrenzenden Parkplatz ab. Die Tüte Lakritz hatte sie zur Hälfte geleert. Sie stieg aus und steckte sich im Gehen eine Zigarette an. Auf einem der für Mitarbeiter reservierten Plätze nahe dem Eingang meinte sie den Wagen zu sehen, in dem Braack tags zuvor auf den Parkplatz vor Sabine Sommers Café gefahren war. Es war ein Oldtimer, sehr gepflegt, sehr edel. Marlene sah auf das Kennzeichen. HEI-FB 100. Dann hatte sie wohl Glück, und Braack war im Hause.

Sie betrat die Eingangshalle. Um diese Uhrzeit, kurz vor elf, hielten sich zahlreiche Menschen im kreisrunden Wartebereich unter der Glaskuppel auf, die auf einen Termin bei den Sachbearbeitern oder bei der Kfz-Zulassungsstelle warteten. Überall Stimmengewirr, Radiomusik im Hintergrund, Signaltöne von den Bildschirmen, an denen die Zimmernummern für die Wartenden bekannt gegeben wurden. Unangenehm.

Marlene wappnete sich innerlich und steuerte auf den Empfangstresen zu. In den Fußboden war ein übergroßer Reiter mit gezücktem Schwert auf rotem Grund eingelassen, das Wappen des Kreises Dithmarschen. Wie passend, dachte sie sich, als sie darüberschritt, auf in den Kampf.

Am Tresen nannte sie der Dame ihren Namen und bat um ein Gespräch mit dem Landrat. Die Antwort war, wie von Marlene erwartet, ernüchternd: Das sei ohne vorherige Anmeldung gar nicht möglich, was sie sich denn vorstelle, sie müsse natürlich zunächst einen Termin bei der zuständigen Sekretärin machen. Die Dame schüttelte missbilligend den Kopf. Marlene konnte sie gerade so eben noch verstehen, die Hintergrundgeräusche störten sehr. Sie zückte ihren Dienstausweis. Dieses Mal hatte sie daran gedacht, ihn mitzunehmen.

Augenblicklich erschien ein Gespräch nicht mehr ganz so unmöglich. Dr. Braack gebe zwar gerade einen Empfang im Rahmen der Dithmarscher Kohltage, die seien ihr doch sicherlich bekannt, und er sei eigentlich unabkömmlich, aber sie werde sehen, was sich machen lasse, versprechen könne sie allerdings nichts, hieß es nun.

Mit dem Fahrstuhl geleitete die Dame Marlene in den dritten

Stock. Sie gingen einen langen Flur entlang, der sich am Ende zu einem offenen Kreisrund erweiterte. Marlene sah festlich gekleidete Menschen aus den Türen eines Sitzungssaals strömen. Plaudernd und lachend verteilten sie sich in kleinen Grüppchen um Stehtische, die mit weißen Tischdecken und Blumenschmuck dekoriert bereitstanden. Getränke und Fingerfood wurden gereicht.

Das Stimmengewirr war noch lauter als unten. Marlene fasste sich instinktiv an ihre CIs, rechts, links. Dann atmete sie tief durch und straffte die Schultern. Das Ziehen in ihrem Magen versuchte sie zu ignorieren.

Die Dame vom Tresen bedeutete Marlene zu warten. Sie bahnte sich einen Weg durch die Menschenmenge bis zu einem Herrn, den Marlene als den Landrat erkannte. Sie wechselten einige Worte, Braack nickte, sein Gesichtsausdruck irritiert, fragend. Er drehte seinen Kopf in Marlenes Richtung, ihre Blicke trafen sich. Braack setzte ein Lächeln auf und kam auf sie zu, sein Gang selbstbewusst, die Kleidung makellos. Anzug, Weste, Manschettenknöpfe.

»Dr. Frithjof Braack, guten Tag. Sie wollten mich …?« Er gab Marlene die Hand. Seine Finger waren ungewöhnlich schlank und lang, so wie seine ganze Statur, sein Gesicht und sein Hals lang gestreckt und dünn waren.

»Kriminalhauptkommissarin Marlene Louven. Entschuldigen Sie bitte, dass ich Sie hier störe, aber ich habe im Zuge von Ermittlungen einige Fragen an Sie, die sich nicht aufschieben lassen.«

»Wie Sie sehen … Moment … nicht gerade günstig … ja kurz machen. Worum geht …?«

Oh Gott, sie verstand in dieser Geräuschkulisse von allem nur die Hälfte! Wenn überhaupt. Marlene sah sich um. Sie mussten woanders weitersprechen. »Ich komme wegen des Tötungsdeliktes an Hermann Brodersen. Können wir unsere Unterhaltung bitte an einem ruhigeren Ort fortsetzen?«

»… Sie bitte mit.« Braack ging zu einem freien Tisch, der am

Rande des Geschehens stand. »Schlimme Sache mit Brodersen ... nicht Hansen die Ermittlungen?« Er musterte Marlene. »... Sie gestern im Café in Theresienkoog gesehen?«

Verdammt, hier war es auch nicht viel besser. Marlene musste all ihre Konzentration zusammennehmen. »Ich habe einige Fragen an Sie als Anwohner von Theresienkoog und einige, die Ihre Funktion als Landrat betreffen.«

Braack fuhr sich mit der Hand über den kahl rasierten Kopf. »Ich weiß zwar nicht ... weiterhelfen kann ... natürlich gern zur Verfügung. Falls es nicht zu lange ... sehen ja, was hier los ist.« Er drehte den Kopf zur Seite und grüßte, während er weitersprach, mit einem Kopfnicken eine Runde Männer, die sich an den Nachbartisch gestellt hatten. »... dieses Verbrechens interessiert.«

»Wie bitte?«

Braack schaute Marlene wieder an. »Ich sagte, ich als Landrat bin natürlich an der schnellen Aufklärung dieses Verbrechens interessiert.« Mit besorgter Miene fuhr er fort: »Die Gewalt macht ... ländlichen ... nicht halt ... bemühen ... Jahren um einen Stellenausbau bei der Polizei. Aber leider klappt nicht alles so, wie man es sich wünscht ... Hände gebunden.«

Der Mann war Politiker. Was redete er da? Marlene wurde klar, dass sie das Gespräch nicht lange durchhalten würde. Sie musste zügig auf den Punkt kommen. »Wie gut kannten Sie Hermann Brodersen?«

»Brodersen war in der Politik aktiv, so wie ... richtigen Partei ...« Die Männer am Nachbartisch lachten laut. »... miteinander zu tun, privat eher nicht.«

»In welcher Partei?« Konzentriere dich!

»In derselben wie ich. CDU.«

»Und privat hatten Sie keinen Kontakt?«

Braack zog die Augenbrauen zusammen. »... ich eben sagte.«

»Was wissen Sie über den geplanten Windkraftausbau in Theresienkoog?«

»Brodersen hat angestrebt, dass seine Flächen als Vorranggebiete … werden.« Braack rückte seine Krawatte zurecht. »Aber um die Details dieser Verfahren kümmern …« Irgendwo schlug eine Tür zu.

»Wer kümmert sich?«

»Meine Mitarbeiter.« Er sah Marlene eindringlich an. »Sagen Sie, können Sie mich schwer verstehen? Sie … Cochlea-Implantate, nicht? Ich … einen Bericht im Fernsehen gesehen. Und hier in Heide haben wir … für Hörgeschädigte.«

»Es geht schon, aber vielleicht könnten wir in Ihr Büro gehen, wo weniger Unruhe herrscht?«

»Mein Büro ist im sechsten Stock, und so viel Zeit …«, er machte eine ausholende Geste, die alle Anwesenden einschloss, »… nicht. Können Sie nicht … Lautstärke hoch…?«

Die Lautstärke hochdrehen? Wenn es so einfach wäre. Der Mann hatte keine Ahnung. Marlene spürte, wie Ärger in ihr aufstieg. Und Verzweiflung. Das Gespräch drohte aus dem Ruder zu laufen. Doch sie sagte: »Alles in Ordnung.« So schnell würde sie sich nicht geschlagen geben.

»Welche Fragen haben Sie denn …?« Braack schien ungeduldig zu werden.

»Sie kennen sicherlich auch Jürgen Osnabrügge. Er hat die gleichen Windkraftambitionen wie Brodersen, ist das richtig?«

»… ich weiß, ja.« Braack lockerte den Krawattenknoten.

»Welche Chance rechnen Sie den beiden aus?« Während sie das fragte, hörte Marlene einen Piepton in ihrem rechten Ohr. Sie brauchte einen Augenblick, bis sie realisierte, was das bedeutete. Scheiße, das Warnsignal des Akkus! Wie war das möglich? Hatte sie einen Fehler beim Aufladen gemacht? Oder hatte das CI heute schon so viel Strom verbraucht, dass die Akkuleistung aufgebraucht war? Aber sie hatte es doch noch gar nicht so lange eingeschaltet! Sie fasste an das Gerät. Hoffentlich hielt es noch durch!

»… nicht sagen.«

Mist, das war ihr nun völlig entgangen. »Wie bitte?«

»Ich kann nicht sagen, welche Gebiete als Vorranggebiete …

und wer von beiden … Zuschlag erhalten wird. Das … läuft noch. Aber … Mord zu tun haben?«

»Haben Sie als Landrat einen Einfluss auf den Ausgang dieses Verfahrens?«

»… bei der Flächenplanung … einbezogen, aber die letzte Entscheidung liegt beim Land. War es das jetzt?« Braack stützte die Hände auf den Tisch.

»Noch nicht ganz …« Marlene stockte irritiert. Der Ton auf dem rechten Ohr war weg. Verdammt, jetzt wurde es noch schwieriger. Doch sie wollte ihre letzten Fragen unbedingt noch loswerden.

»Also bitte?«

»Ich habe Sie gestern im Café von Frau Sommer gesehen.« Marlene wandte Braack ihr linkes Ohr zu, damit sie ihn besser verstehen konnte.

»Das … wir … Beginn unseres Gespräches …« Eine junge Frau kam mit einem Tablett Schnittchen an den Tisch. Braack lehnte mit einer barschen Handbewegung ab.

»Sind Sie häufig bei Frau Sommer zu Gast?«

»… Frage mit … Tod von Brodersen zu tun?«

Marlene wartete ab.

Braack griff nach der Blumenvase, die am Rand des Tisches stand, und schob sie in die Mitte. »… regelmäßig das Café … Vorliebe für Espresso … Dithmarschen … selten … unterstützen.«

Jetzt konnte Marlene nur noch Fragmente des Gesprächs verstehen. Ihre Verzweiflung wuchs. Streng dich an, ermahnte sie sich stumm. »Pflegen Sie auch privaten Kontakt zu Frau Sommer?«

Braack schaute Marlene an. Sein Blick bekam etwas Lauerndes. Seine hellen Augen und die lange spitze Nase erinnerten sie an einen Raubvogel. »… gesagt … gern … Gast … Café.«

»Auf mich haben Sie sehr vertraut miteinander gewirkt.«

»… keine weiteren Fragen … Mordfall.« Braack sah auf seine Armbanduhr. »… leider entschuldigen.«

»Wo waren Sie am Sonntagabend?«

»Ich? Sonntagabend?« Der Raubvogelblick wurde bohrend. »… Sonntagabend … Brodersen ermordet … wahr? Tut … gehen … Stück zu weit.«

Marlene bemühte sich, ein Lächeln aufzusetzen. »Tut mir leid, aber solche Fragen gehören routinemäßig dazu.«

»Ich … viel beschäftigter Mann … Terminkalender … oder fragen … Sekretärin.«

»Wie bitte?«

Braack winkte genervt ab. »Egal. Wenn … Grund … kommen … wieder. Aber jetzt … Wichtigeres zu tun.« Er strich sich über das Revers seines Sakkos. »Dass … solch einer Behinderung … Kripo arbeiten … nicht gedacht … nächstes Mal, falls … geben sollte, besser … Kollegen mitbringen. Dann ist … Konversation für … Gegenüber … nicht … solche Zumutung.«

23

Marlene stürzte hinaus, durch das Treppenhaus, die Eingangshalle, über den Parkplatz. Ihr Gesicht brannte.

Zumutung.

Sie riss die Bustür auf und warf das außer Gefecht gesetzte CI
auf den Beifahrersitz. Mit aufheulendem Motor fuhr sie los.
Irgendwohin. Hauptsache, weg.

Sie war gescheitert. Krachend. So vieles hatte sie nicht verstehen können von dem, was Braack gesagt hatte. Wie ungeschickt
sie sich angestellt hatte! Wie stümperhaft! Doch es waren seine
letzten Worte gewesen, die sie bis ins Mark getroffen hatten.

Behinderung, Kripo.

Die Konversation eine Zumutung.

Was bildete sich dieser Kerl ein? Wie verletzend das war, wie
demütigend! Und das Schlimmste daran: Womöglich hatte er
recht?

Nur verschwommen nahm Marlene die Straße und den
Verkehr war. Irgendwie gelangte sie nach Büsum. Sie stellte
den Bus auf dem Parkplatz am Fischerkai ab und lief los. Die
Hafenbecken ließ sie rechts liegen und erklomm auf Höhe der
Kläranlage den Deich. Hier, abseits vom Zentrum und vom
Hauptstrand des kleinen Seebades, waren nur wenige Men-
schen unterwegs. Das war gut so, denn Marlene wollte allein
sein.

Sie rannte den Deich entlang, die Hände in den Taschen vergraben und die Kapuze tief ins Gesicht gezogen. Ihre Wangen
waren feucht, und das lag nicht allein an dem feinen Nieselregen, der Land und Meer mit seinem eintönigen Grau in Grau
überzog.

Das Gespräch mit Braack hatte Marlene schmerzlich aufgezeigt, wo derzeit ihre Grenzen lagen. Wie sollte sie als er-
mittelnde Kommissarin arbeiten können, wenn sie noch nicht

einmal in der Lage war, eine Befragung allein und verlässlich durchzuführen? Wenn schon eine laute Hintergrundkulisse genügte, um sie aus der Bahn zu werfen? Gar nicht zu denken an gefährliche Situationen, in denen sie sich auf ihr Gehör verlassen und schnell reagieren musste. Wenn sie jemanden verfolgte oder gar ihre Schusswaffe einsetzen musste.

Marlene war abhängig geworden. Abhängig von der Technik, die sie am Kopf trug, und abhängig von ihren Mitmenschen. Davon, wie sie sich ihr gegenüber in einem Gespräch verhielten, wie kooperativ und verständnisvoll sie sich zeigten.

Sie hatte so viel mehr verloren als nur ihr Gehör. Sie fühlte sich nicht mehr autark. Sie fühlte sich fremdbestimmt.

Wie sie das hasste.

In der Jackentasche ertastete Marlene die Kastanie, die sie auf dem Hof von Brodersen gefunden hatte. Sie umschloss sie mit den Fingern, ballte die Hand zur Faust.

Gewiss, der Ausfall des Akkus war unglücklich gewesen, dem hätte sie vorbeugen können. Und sie hätte darauf bestehen müssen, das Gespräch mit Braack an einem anderen Ort fortzuführen. Es gab viele Dinge, die sie im Umgang mit den Cochlea-Implantaten noch lernen musste, und nicht alle waren zwischenmenschlicher Natur. Sie hatte längst noch nicht alle technischen Möglichkeiten, die ihr die Geräte boten, ausgeschöpft. Dunkel erinnerte sie sich an Informationen über Zusatzgeräte, welche die Kommunikation erleichterten. Es war also noch Luft nach oben. Sie brauchte mehr Erfahrung, mehr Sicherheit. Mehr Souveränität. Dann würde so etwas wie eben nicht wieder passieren. Und natürlich wusste Marlene, dass letztendlich sie selbst dafür verantwortlich war. Sie allein musste für sich sorgen. Aber würde es jemals genügen?

Sie streckte das Gesicht gen Himmel und schloss für einen kurzen Moment die Augen, spürte, wie sich der Nieselregen auf ihre Haut legte.

Sie hatte so viel gegeben für diesen Beruf, hatte so viel geopfert, vor allem wertvolle Zeit mit Nils und Mats. Was blieb jetzt noch übrig? Für sie? Und von ihr?

Marlene lief weit, rannte an Büsumer Deichhausen und Warwerort vorbei. Irgendwo auf Höhe des Speicherkoogs kehrte sie um und verlangsamte ihren Schritt. Die feuchte Kälte kroch durch alle Ritzen ihrer Kleidung. Fröstelnd zog sie die Schultern hoch. Ihr Kopf schmerzte, ihr Magen fühlte sich flau an. Die Lakritzschnecken waren seit dem Frühstück das Einzige, was sie zu sich genommen hatte. Und selbst das war über drei Stunden her. Sie brauchte dringend etwas zu essen. Und einen starken Kaffee. Sie kramte die Zigarettenpackung aus der Jackentasche. Leer.

Zurück am Büsumer Hafen ging Marlene den Fischerkai entlang bis zum alten Museumshafen. Die Fischerboote, Krabbenkutter und Ausflugschiffe dümpelten träge an ihren Tauen im nieselgrauen Wasser. Hinter dem Becken des Museumshafens wurde ein großer Gebäudekomplex abgerissen. Das Knattern und Krachen riesiger Presslufthammer und einstürzender Mauern dröhnte durch die Luft. Rasch bog Marlene in die Fußgängerzone ein. Dort wurde es wieder ruhiger.

Beim Blick auf eine Uhr im Schaufenster eines Juweliergeschäftes fiel ihr ein, dass Hansen womöglich auf sie wartete. Marlene schrieb ihm eine SMS, dass sie es heute nicht mehr auf die Dienststelle schaffen würde, und schickte auch Johanne eine Nachricht. Sobald sie sich gestärkt hatte, würde sie sich auf den Rückweg zum Hof machen, bevor auch noch das linke CI seinen Dienst einstellte.

Als sie aus der Tür der Bäckerei trat, in der sie sich einen Cappuccino und ein Croissant gekauft hatte, wäre sie beinahe mit Sabine Sommer zusammengestoßen. Gerade so eben konnte sie verhindern, dass sich der Cappuccino über ihre Jacke und auf die Straße ergoss.

Sabine Sommer begrüßte Marlene überschwänglich. Ob es denn schon neue Erkenntnisse bei den Ermittlungen gebe, der ganze Koog warte darauf, dass der Mörder endlich gefasst werde, irgendetwas in der Art faselte sie aufgedreht vor sich hin.

Marlene tat, als hörte sie aufmerksam zu, um dann bei der erstbesten Gelegenheit mit dem Hinweis, dass sie im Moment leider gar keine Zeit habe und nun auch wirklich weitermüsse, zügig das Gespräch zu beenden. Allerdings hatte sie bemerkt, dass Sabine Sommer während ihres Redeschwalls auf ihre Armbanduhr geschaut und sich wiederholt umgeblickt hatte. War sie mit jemandem verabredet? Könnte das für die Ermittlungen von Bedeutung sein?

Die Polizistin in Marlene siegte über ihre Niedergeschlagenheit. Deshalb blieb sie, nachdem sie sich voneinander verabschiedet hatten und in verschiedene Richtungen davongegangen waren, zwischen den Kleidungsständern eines Modegeschäftes stehen und gab vor, die Shirts und Jacken zu begutachten. Als Sabine Sommer weit genug entfernt war, folgte sie ihr in sicherem Abstand.

Sabine Sommer machte halt an einem Fischladen, danach verschwand sie in einer Bank. Marlene schaute auf ihr Handy. Erst nach elf Minuten kam Sabine Sommer wieder heraus. Dann bog sie in eine kleine Stichstraße ein, die von der Fußgängerzone abging. Gerade noch rechtzeitig sah Marlene, wie sie in ein Auto einstieg, das am Straßenrand parkte, und davonfuhr.

Marlene hatte falschgelegen mit ihrer Vermutung. Kein Treffen. Sie sollte sich endlich auf den Weg nach Theresienkoog machen. Sie trank den letzten Schluck Cappuccino und warf den Becher in einen Mülleimer. Über die Hafenstraße gelangte sie zurück zum Fischerkai.

Als sie den Bus erreicht hatte und in ihren Jackentaschen nach dem Schlüssel suchte, sah Marlene eine weiße Mercedes S-Klasse den Kai herauffahren. Hinter dem Steuer erkannte sie Edith Brodersen. Kurz vor der Einfahrt zum Parkplatz bog sie nach rechts in eine kopfsteingepflasterte Straße ab, die durch ein Tor im parallel zum Fischerkai verlaufenden Deich führte, der das Zentrum von Büsum schützte.

Erst Sabine Sommer und nun auch noch Edith Brodersen? Marlene rannte dem Wagen kurz entschlossen ein paar Schritte hinterher, bis sie die Straße überblicken konnte. Sie konnte sehen, wie Edith Brodersen den Mercedes in einer Parkbucht abstellte und in einem roten Backsteinhaus mit weißen Sprossenfenstern verschwand.

Marlene durchquerte das Deichtor. Im Vorgarten vor dem Haus stand ein Schild, auf dem die hier ansässigen Unternehmen aufgelistet waren: eine Physiotherapiepraxis, ein Versicherungsmakler und der Büsumer Ortsverein des LandFrauenverbandes e.V.

Sie drehte sich um und ging zurück zum Parkplatz. Es war wie bei Sabine Sommer. Alles unspektakulär. Unnütz. Der ganze Tag ein Reinfall. Sie war ein Reinfall.

Marlene setzte sich in den Bus und fuhr los.

Auf der Bundesstraße kam ihr Dr. Frithjof Braack in seinem Oldtimer entgegen.

Zurück auf dem Hof wurde Marlene von ihrer Schwester mit frisch gebackenen Waffeln und Kaffee empfangen. Kochen und Backen war Johannes Allheilmittel gegen Ärger und gegen Stress, gegen Traurigkeit, gegen alles.

Johanne wirkte gelöst. Die Polizei hatte zwar die Ortung von Bahnes Handy für den fraglichen Zeitraum beantragt, trotz seiner Versicherung, dass er das Handy häufig ausschaltete, wie auch an diesem Abend. Er war kein Mensch, der dauernd erreichbar sein wollte, und stand der permanenten Strahlungseinwirkung kritisch gegenüber. Doch ansonsten hatten die Kripobeamten nichts Neues vorgebracht und allem Anschein nach auch nichts gegen ihn in der Hand.

Auch Bahne meinte Marlene eine Erleichterung anzumerken. Gemeinsam mit den Kindern verspeisten sie die Waffeln. Danach verabschiedete er sich für den restlichen Abend erneut zum Lauftraining.

Von Hansen hatte Marlene eine SMS erhalten, er wolle heute

pünktlich Schluss machen, sein Enkelkind habe seinen ersten Geburtstag, und er würde sich gern morgen mit ihr treffen.

Morgen klang gut.

Marlene machte es sich mit Morten und Levke im Wohnzimmer vor dem Kaminofen bequem. Draußen war es dunkel, der Schein der Flammen spiegelte sich in den Fenstern zur Terrasse. Sie saßen auf dem Teppich, spielten Karten, Senta lag neben ihnen und schlief, während Johanne in der Küche das Abendessen vorbereitete.

Marlene genoss diesen Augenblick in ihrem kleinen heilen Kosmos, abgeschnitten von der Welt dort draußen, von Tätern, Opfern und Verdächtigen, von Selbstzweifeln und Zukunftsängsten. Hier und jetzt war sie nur Tante und Schwester. Musste niemandem etwas beweisen, nichts erkämpfen. Eine wohlige Wärme und Müdigkeit breitete sich in ihr aus.

Von dem Drama, dass sich zur selben Zeit nur einige hundert Meter Luftlinie von ihr entfernt abspielte, ahnte sie nichts.

24

»Er ist tot. Vermutlich erschlagen.«

Marlene sah die Bestürzung in Johannes Augen. Ihre Schwester hatte sich entsetzt die Hand vor den Mund geschlagen. Ein weiterer Mord im Koog! Und in ihrem Gesichtsausdruck der unausgesprochene Gedanke, der sich bedrohlich wie ein dunkler Schatten über ihnen auftürmte: Bahne war nicht zu Hause.

»Ich brauche dich jetzt.« Hansen schaute Marlene eindringlich an.

»Wo ist Grimm?«, entgegnete Marlene. Sie standen im Flur. Es war kurz nach neun gewesen, als Hansen geklingelt hatte. Zum Glück schliefen die Kinder schon.

»Im Bett. Mit über neununddreißig Grad Fieber.«

Marlene zögerte. Sie wollte nicht erneut versagen. Sie blickte zu Johanne, dann zu Hansen. »Also gut, ich komme mit. Nur einen Moment noch.« Sie rannte die Treppe nach oben und kontrollierte mit der Fernbedienung den Ladezustand der Akkus. Sie wollte auf Nummer sicher gehen, um ein weiteres Desaster unter allen Umständen zu vermeiden.

Minuten später saß Marlene neben Hansen im Auto. Sie fuhren auf der Koogchaussee in Richtung Meer und bogen auf der Höhe von Sabine Sommers Café nach rechts in die Norderdeichstraße ab. Schon von Weitem sahen sie das flackernde Blaulicht des Streifenwagens in der Dunkelheit. Über einen Stichweg näherten sie sich dem Haus. Ein Rettungswagen war vor Ort und parkte neben dem Dienstauto der Polizei vor der Auffahrt. Es hatten sich bereits einige Schaulustige eingefunden, sie steckten tuschelnd die Köpfe zusammen, als Marlene mit Hansen aus dem Wagen stieg und durch den Vorgarten ging.

Das Haus war neueren Datums, groß, gepflegt, das Reetdach

noch hell. Vor der Eingangstür wurden sie von einem Schutzpolizisten in Uniform empfangen. Er und Hansen schienen
sich zu kennen. Sie begrüßten sich, und ohne die sonst übliche
Prüfung der Ausweise setzte der Polizist Hansen und Marlene
von den wesentlichen Punkten in Kenntnis: Der Tote liege im
Flur, seine Ehefrau habe ihn gefunden, sie werde von der Kollegin und den Rettungsassistenten im Wohnzimmer betreut, der
Arzt sei noch nicht erreicht worden, aber es werde weiterhin
versucht, ihn zu informieren.

Hansen bedankte sich und öffnete die Haustür. Marlene
folgte ihm.

Da lag er. Falls es ein nächstes Mal gebe, solle sie einen Kollegen mitbringen, so etwas in der Art hatte er Marlene vor wenigen Stunden beim Abschied gesagt. Aber so hatte er sich das
sicherlich nicht vorgestellt. Marlene starrte betroffen auf den
Leichnam. Sie hatte dem Landrat vorhin in ihrer Verzweiflung
und Wut so einiges an den Hals gewünscht, aber das mit Sicherheit nicht. Verdammt.

Braack lag auf dem Bauch, das Gesicht zum Boden, den Kopf
leicht nach links in Richtung Haustür gedreht. Der linke Arm
war seitlich abgespreizt und verdreht, der rechte wurde zum
Großteil vom Oberkörper verdeckt. Der Hinterkopf und die
linke Schläfe waren zertrümmert, der Schädel, der Hals, der
Nacken, alles blutüberströmt. Vom Gesicht war kaum etwas
zu erkennen.

Hansen murmelte etwas in seinen Bart, das nach einem Fluch
klang, und sah sich um. Auch Marlene ließ ihren Blick durch
den Raum gleiten. Garderobe, Kommode, eine Bodenvase mit
Gladiolen, in der Ecke eine Tasche mit Golfschlägern. Sie trat
näher, musterte die Tasche. Ein Golfschläger könnte als Tatwaffe in Frage kommen, doch auf den ersten Blick konnte sie
nichts Auffälliges entdecken. Die Kriminaltechniker würden
das später überprüfen.

Von dem lang gestreckten Flur gingen mehrere Räume ab,
eine Treppe aus Holz führte in das obere Stockwerk. Hansen

ging auf eine Tür zu, die nur angelehnt war, und bedeutete Marlene, hinterherzukommen. Sie betraten das Wohnzimmer.

Der Raum war hell erleuchtet. Eine Frau saß auf einem Relaxsessel vor einer breiten Fensterfront, die Rückenlehne nach hinten gestellt, die Füße hochgelegt. Sie hatte die Augen geschlossen und den Handrücken auf die Stirn gelegt. Auf dem Sessel neben ihr hatte die Polizistin Platz genommen, während die beiden Rettungssanitäter vor der Ledergarnitur in der Ecke ihre Ausrüstung zusammenpackten. Als Hansen in die Runde grüßte, schreckte die Frau hoch.

»Sind Sie von der Kripo? Na endlich.« Sie erhob sich und strich sich mit der rechten Hand die langen blonden Haare aus dem Gesicht. In der anderen Hand hielt sie ein zusammengeknülltes Taschentuch. »Ich muss hier raus, aber die lassen mich nicht!«

»Frau Braack?« Hansen gab ihr die Hand, stellte sich und Marlene vor und sprach ihr sein Beileid aus. Marlene schloss sich ihm an und blieb dann so stehen, dass sie beide Gesichter, das von Hansen und das von der Frau des Landrats, gut sehen konnte.

»Viola Braack. Ich kann hier nicht bleiben. Ich gehe ins Hotel.« Sie tupfte sich mit dem Taschentuch die Wangen und die Nase. Sie war stark geschminkt und auffällig schlank. Ihre Haut hatte eine unnatürliche Bräune wie aus einem Solarium.

»Sie können gleich gehen«, sagte Hansen, »aber zunächst haben wir noch einige Fragen an Sie.«

»Mein Mann ist tot!« Viola Braack schluchzte auf.

»Deshalb sind wir hier. Wie haben Sie Ihren Mann gefunden?«

»Ich bin nach Hause gekommen, nach meinem Yoga, habe die Haustür aufgeschlossen und dann ...« Sie begann erneut laut zu schluchzen. Es hatte etwas Theatralisches.

»Ich kann mir vorstellen, wie schlimm das alles für Sie sein muss. Aber versuchen Sie doch bitte, sich zu beruhigen«, sagte Hansen. »Wollen Sie sich nicht wieder setzen?«

»Nein. Ich will hier raus.«

»In Ordnung.« Hansen wechselte einen kurzen, bedeutungsschweren Blick mit Marlene. »Sie sagten, Sie hätten die Haustür aufgeschlossen. Und dann?«

»Dann habe ich ihn da liegen sehen. Das ganze Blut ...« Viola Braack knetete das Taschentuch in ihren Händen. »Da, da bin ich einfach rausgerannt. Vielleicht war der Mörder ja noch im Haus! Sie müssen etwas tun!«

»Sie können sich auf uns verlassen.« Marlene sah, dass Hansen tief durchatmete. »Sie sind rausgerannt. In den Garten? Auf die Straße? Und haben dann den Notruf gewählt?«

»Ja, ich bin ins Auto, habe mich eingeschlossen. Ich hatte solche Angst! Und dann kamen die Polizisten.«

»Um welche Uhrzeit sind Sie nach Hause gekommen?«

»So genau kann ich das nicht sagen.«

»Nicht exakt auf die Minute. Sie sagten, sie kamen vom Yoga?«

»Ja, da bin ich jeden Mittwochabend. Der Kurs ist in Büsum, immer bis zwanzig Uhr. Normalerweise gehe ich anschließend in die Sauna. Nur heute war ich etwas unpässlich. Ich habe den Eindruck, eine Erkältung bahnt sich an.« Demonstrativ fasste sich Viola Braack an den Hals.

»Ist Ihnen irgendetwas aufgefallen, als Sie nach Hause gekommen sind? War etwas anders als sonst?«

Sie schüttelte den Kopf.

»Haben Sie jemanden auf dem Stichweg oder vorn an der Straße gesehen? Einen Spaziergänger? Oder ein Auto?«, bohrte Hansen weiter.

»Nein.«

»Hatte Ihr Mann eine Verabredung?«

»Mein Mann ist Landrat. Ich kenne nicht alle seine Termine.«

»War in den letzten Tagen etwas ungewöhnlich? Hatte Ihr Mann vielleicht –?«

»Hören Sie, machen Sie Ihre Arbeit, aber lassen Sie mich

jetzt in Ruhe«, fiel Viola Braack Hansen ins Wort und fasste sich an die Stirn. »Ich kann nicht mehr.«

Hansen nickte. »In welches Hotel werden Sie gehen?«

»In den Friesenhof nach Büsum.«

»Die Kollegin wird Sie begleiten. Können Sie bitte über die Terrasse das Haus verlassen?«

Konsterniert sah Viola Braack Hansen an. »Aber ich brauche doch noch meine Sachen. Kosmetika, Nachtwäsche, wie soll ich ohne …«

»Solange Sie keine Medikamente benötigen, müssen Sie heute Nacht bitte mit dem vorliebnehmen, was Ihnen das Hotel zur Verfügung stellt. Ihr Haus muss kriminaltechnisch untersucht werden, und so lange sollte alles möglichst unverändert bleiben. Morgen im Laufe des Tages können Sie dann sicher zurückkommen, ich werde mich bei Ihnen melden.«

Viola Braack nickte zögernd, dann verließ sie zusammen mit der Polizistin über die Terrassentür das Haus.

Marlene und Hansen gingen zurück in den Flur. Da wurde von außen die Haustür geöffnet, und ein Schwall kalter Luft wehte herein. Es war Petersen, der Arzt, den Marlene schon bei Brodersen gesehen hatte.

»Moin«, grüßte er. »'tschuldigt bitte, dass es so lange gedauert hat. Ich war bei einem Hausbesuch, und der Anruf auf dem Handy hat mich nicht erreicht. Scheiß-Funklöcher.« Er blickte auf den Toten zu seinen Füßen und schüttelte still den Kopf, als wollte er es nicht wahrhaben. Dann sah er wieder auf. »Was ist hier los im Koog, Hansen?«

Marlenes Kollege zuckte entschuldigend mit den Schultern und zog ein Paar Plastikhandschuhe aus seiner Jackentasche hervor. »Wollen wir?«

Gemeinsam nahmen Hansen und Petersen die äußere Leichenschau vor. Auch Marlene ließ sich Handschuhe geben und begann, die übrigen Zimmer des Hauses zu inspizieren. Im Wohnzimmer war ihr auf den ersten Blick nichts Ungewöhnliches aufgefallen. Dasselbe galt für die Küche, Esszimmer, Abstellraum, Gäste-WC. Alle Räume waren großzügig geschnitten und modern eingerichtet. Kühl, sauber, steril.

Sie ging hinauf in das obere Stockwerk. Hier war alles dunkel. Marlene schaltete das Licht ein. Die Türen zum Flur standen offen. Sie wandte sich nach rechts und blieb abrupt im Türrahmen des ersten Zimmers stehen. Der Raum war verwüstet. Es schien das Arbeitszimmer von Braack zu sein. Die Unterlagen auf dem Schreibtisch lagen wild durcheinander, die Schubladen waren aufgerissen und durchwühlt, ebenso einige Fächer in den Regalen. Bücher und Akten waren scheinbar wahllos herausgezogen und über den Fußboden verstreut worden.

Vorsichtig trat Marlene näher und sah sich um. In einem der Regale fielen ihr etliche Verpackungsdosen verschiedener Whiskysorten auf, alle fein säuberlich nebeneinander aufgereiht. In der Steckdose neben dem Regal hing ein herrenloses Ladekabel. Unter dem Schreibtisch entdeckte sie eine Laptop-Tragetasche, aber nirgends konnte sie einen Laptop oder ein Tablet finden.

Sie ging in die Hocke und griff nach der Tasche. Sie war leer. Hatte der Täter das Gerät mitgenommen?

Marlene verließ das Arbeitszimmer. Auch im angrenzenden Schlafzimmer waren die Schranktüren und Schubladen geöffnet, Kleidung lag auf dem Boden. Bei genauerer Betrachtung erkannte Marlene, dass es sich offenbar nur um die Seite des Schrankes handelte, die Braack benutzt hatte. Der Schrankteil seiner Frau war unangetastet geblieben. Ebenso schien der Täter nur einen der Nachttische durchsucht zu haben, und das Kopfkissen auf dieser Seite des Ehebettes lag auf dem Boden.

Im Badezimmer das gleiche Bild. Die Tür der Spiegelschrankhälfte, in der Braack sein Rasierzeug und seine Kosmetikartikel aufbewahrte, stand offen. Auf dem Fliesenboden war eine Flasche Rasierwasser zerschellt. Der intensive herbe Geruch erfüllte den Raum.

Das letzte Zimmer war eingerichtet wie ein kleines privates

Fitnessstudio. Ein Spinning-Fahrrad und ein Laufband, eine Sprossenwand, davor eine Gymnastikmatte. Hier schien nichts angerührt worden zu sein.

Der Täter hatte etwas gesucht. Nicht irgendetwas, sondern allem Anschein nach etwas, was mit Braack persönlich in Verbindung stand. Marlene schloss für einen kurzen Moment die Augen, massierte sich den Nacken. Sie mussten gleich morgen früh mit Viola Braack sprechen, um festzustellen, ob etwas fehlte.

Marlene horchte auf. Hatte sie Stimmen gehört? Sie mussten von unten kommen. Sie trat an die Treppe und sah Menschen in weißen Schutzanzügen durch den Flur gehen. Die Kriminaltechniker waren endlich eingetroffen.

Sie ging hinunter und begrüßte die Kollegen. Sie bat die Beamten, die Golftasche genauestens zu untersuchen, und setzte sie über die Situation in den oberen Zimmern ins Bild.

Hansen und Petersen hatten inzwischen die Leichenschau abgeschlossen und teilten Marlene ihre Ergebnisse mit. Dann trafen die Bestatter ein und machten sich daran, den Toten abzutransportieren.

Marlene trat zur Seite. Sie lehnte sich gegen die Wand, die Arme vor der Brust verschränkt. Mit den Fingern zupfte sie an ihrer Unterlippe und betrachtete nachdenklich das Geschehen.

Zwei Morde innerhalb von drei Tagen. Beide Opfer von hinten erschlagen. Hingen die Taten zusammen? Marlene glaubte nicht an Zufälle. Doch hätten sie Braacks Tod verhindern können? Hatten sie etwas Entscheidendes übersehen?

Wie Brodersen schien auch Braack seinen Mörder gekannt zu haben. Es waren keine Abwehrspuren am Leichnam zu erkennen gewesen. Braack schien ihm arglos den Rücken zugedreht zu haben. Zudem gab es keine Hinweise auf einen Einbruch. Wahrscheinlich hatte der Täter also erst, nachdem er Braack getötet hatte, die Zimmer durchsucht, und das nicht heimlich und unauffällig, sondern mit großer Hast und Eile. Hatte Braack etwas gegen ihn in der Hand gehabt? War es zu einem Streit gekommen? Hatte Braack seinem späteren Mörder vielleicht gedroht? War Erpressung im Spiel?

Falls sie es mit demselben Täter wie bei Brodersen zu tun haben sollten, so war er beim zweiten Mal brutaler vorgegangen. Er hatte mindestens zweimal zugeschlagen. Mit äußerster Wucht. Steigerte sich das Gewaltpotenzial?

Würde Braack das letzte Opfer sein?

Und wo war Bahne?

25

Nach einer unruhigen Nacht brach Marlene am nächsten Morgen früh auf. Sie stieg in den Bus und ließ sich auf den Fahrersitz fallen. Im Rückspiegel sah sie Bahne mit weit ausholenden Schritten über den Hof eilen. Er verschwand im Laden, ohne einen Blick in ihre Richtung zu werfen. Marlene legte die Hände auf das Lenkrad. Es war kalt. Ihr war kalt. Irgendetwas stimmte hier nicht mehr.

Ein zweiter Mord war im Koog geschehen. Und Bahne war wieder laufen gewesen. Allein. Johanne hatte gestern, gleich nachdem Marlene mit Hansen zum Tatort aufgebrochen war, versucht, ihn zu erreichen. Immer wieder hatte sie es probiert, doch wie so oft hatte er sein Handy ausgeschaltet. Sie hatte sich an den Gedanken geklammert, dass er diesmal vielleicht in Gesellschaft trainierte und alle Sorge unbegründet war. Jedoch vergebens.

Marlene hatte erst spätabends mit Bahne sprechen können. Es war zu einem heftigen Wortwechsel zwischen ihnen gekommen. Natürlich hatte Bahne vehement abgestritten, auch nur im Ansatz etwas mit den Verbrechen zu tun zu haben. Er war kein Mörder! Doch er hatte auf Marlene nicht nur überrascht und entsetzt, sondern gleichzeitig auch verunsichert gewirkt. Unruhig. Ihr Instinkt sagte ihr, dass er etwas verheimlichte. Doch sie kam nicht an ihn ran.

Sollte es doch eine Verflechtung zwischen Bahne und den beiden Morden geben? Irgendetwas in Marlene sträubte sich mit aller Macht gegen diesen Gedanken. Wo sollte das Motiv liegen? Töten, um den Windkraftausbau zu verhindern? Das war nicht plausibel, nicht überzeugend, nicht stark genug. Es musste mehr dahinterstecken. Oder ging es um Einflussnahme, um Bestechung?

Sie holte tief Luft und schlug mit den Händen auf das Lenkrad. Genug der Mutmaßungen, zurück zu den Fakten. Anders als bei Brodersen war im Fall Braack das Haus durchwühlt worden. Es würden sicherlich Spuren des Täters zu finden sein, zumindest irgendein Hinweis, der sie weiterbringen würde. Sie startete den Motor.

Über Nacht hatte sich eine Decke aus zähem Hochnebel über den Koog gelegt. Von den Windrädern waren nur noch die unteren Teile der Masten zu sehen. Ab und zu kam der dunkle Schlag eines Rotorblattes wie aus dem Nichts herabgefahren, um gleich darauf wieder im grauen Dunst zu verschwinden.

Marlene hatte Hansen von ihrem Gespräch mit Braack im Kreishaus berichtet. Trotz aller Widrigkeiten war ihr Braacks Körpersprache nicht entgangen, die Unruhe und Abwehr, als sie auf das Thema Windkraft zu sprechen gekommen war, und sein Unwille, als sie ihn nach Sabine Sommer gefragt hatte. Lagen hier die Verbindungen zum Fall Brodersen?

Sie bog von der Norderdeichstraße nach links in den Stichweg ein, der auf das einsame, direkt am Deich gelegene Haus des Landrates zuführte. Der weiße Van der Kriminaltechniker parkte noch immer vor der Auffahrt. Hansens Wagen hingegen konnte Marlene nirgends entdecken. Er hatte angekündigt, Viola Braack aus dem Hotel abzuholen und anschließend gemeinsam mit ihr zum Tatort zu kommen. Stattdessen standen ein Übertragungswagen des NDR und ein Dienstfahrzeug der »Dithmarscher Landeszeitung« am Straßenrand. Kaum hatte Marlene den Bus vor dem Haus abgestellt, kamen die Journalisten auf sie zugelaufen.

Marlene hob abwehrend die Hand. »Alles wie immer erst auf der Pressekonferenz«, sagte sie und bückte sich unter dem rot-weißen Flatterband hindurch, mit dem das gesamte Grundstück abgesperrt war. Schnellen Schrittes ging sie auf den Eingang des Hauses zu.

Im Flur stieß sie auf zwei Kriminaltechniker, die gerade ihre Ausrüstung zusammenpackten.

»Das nenne ich mal 'ne Punktlandung. Moin«, begrüßte sie der eine. »Wir sind gerade fertig. War echt 'ne kurze Nacht.«

»Moin.« Marlene gab den Männern die Hand. »Und? Habt ihr was für uns?«

»Viel Kleinkram, Haare, Fingerabdrücke, das Übliche. Aber zwei Volltreffer.« Er grinste so breit, dass sein Schnauzbart wackelte.

»Mach's nicht so spannend«, sagte sein Kollege. Er war auffallend groß und hatte ein breites Kreuz. »Hier.« Er reichte Marlene eine Plastiktüte, in der ein Smartphone steckte. »Prepaid. War gut versteckt im Arbeitszimmer in einer von zahlreichen Verpackungsdosen für Whiskyflaschen.«

»Die sind mir gestern auch schon aufgefallen.«

»Braack scheint eine Vorliebe für ausgefallene Whiskys gehabt zu haben. Alles edle Tropfen.«

»… kosten ein Vermögen«, fiel der Schnauzbärtige seinem Kollegen ins Wort. »Wer's braucht.«

»Zwei der Dosen waren leer. In dieser hier befand sich das Handy.« Der Hüne zeigte Marlene die Verpackungsbox. »Wir haben Fingerabdrücke genommen, müssen sie aber noch mit denen von Braack abgleichen.«

»›Glenfiddich Single Malt Scotch Whisky‹«, las Marlene. »Und in der zweiten?«

Der Schnauzbart präsentierte Marlene eine weitere Tüte, in der sie einen Schlüssel erkannte. Sie nahm die Tüte in die Hand. »Wisst ihr schon, wozu der gehört? Gibt es einen Tresor im Haus?«

»Nein. Es ist ein Schließfachschlüssel, wahrscheinlich für ein Bankschließfach.«

»Das nenne ich wirklich mal einen Volltreffer. Und sonst? Gibt es noch ein zweites Handy? Braack wird doch sicherlich nicht das Handy, das er tagtäglich benutzt, in einer leeren Whiskydose ablegen.«

»Wir haben nur ein Ladekabel, das nicht zu diesem Gerät passt, gefunden, sonst nichts.«

»Und einen Computer? Einen Laptop oder ein Tablet?«

»Wieder nur ein Ladekabel, vermutlich von einem Laptop. Genaues wie immer im Bericht.«

»Was ist mit der Tatwaffe? Ist es einer der Golfschläger?«

»Nein, Fehlanzeige. Wir haben die Tasche und die Schläger komplett untersucht. Keine Blutspuren, keine Haare. Aber es könnte natürlich ein Schläger fehlen. Die Fingerabdrücke sind gesichert.« Er bückte sich und nahm seine Koffer. »Hast du sonst noch Fragen?«

»Fürs Erste reicht es, vielen Dank euch.«

Der Hüne und der Schnauzbart nickten. »Erst mal.«

Kaum waren die beiden Beamten gegangen, traf Hansen mit der Witwe des Landrates ein. Nach einer kurzen Begrüßung informierte Marlene ihn über die Ergebnisse der Spurensicherung. Er trat zur Seite, um telefonisch einen Beamten anzufordern, der die Suche nach dem Bankschließfach übernehmen sollte.

Marlene zeigte Viola Braack das sichergestellte Smartphone.

»Das ist nicht das Handy meines Mannes.« Sie strich sich das blondierte Haar aus dem Gesicht. Auch an diesem Morgen war sie wieder stark geschminkt, was ihr ein jüngeres Aussehen verlieh, doch ihre Hände verrieten ihr wahres Alter.

»Wir haben es in seinem Arbeitszimmer gefunden«, entgegnete Marlene.

»Mein Mann hatte ein iPhone, ein iPhone 8.«

»Wissen Sie, wo es sein könnte?«

»Er hatte es immer bei sich.«

Marlene nickte. »Bei welcher Bank sind Sie?«

»Warum wollen Sie das wissen?«

»Haben Sie oder Ihr Mann ein Bankschließfach?«

Viola Braack sah Marlene irritiert an. »Wir sind bei der Deutschen Bank. In Heide. Aber wir haben kein Schließfach.«

»Schauen Sie sich bitte hier im Flur genau um. Fehlt irgendetwas? Vielleicht ein Gegenstand auf der Kommode? Oder aus der Garderobe?«

Viola Braack blickte sich zögerlich um. »Wieso …?«

»Wir suchen nach der Tatwaffe.«

Bei dem Wort zuckte Viola Braack zusammen. »Ich kann nichts finden«, sagte sie schließlich.

Marlene zeigte auf die Golftasche. »Gehört die Tasche Ihnen oder Ihrem Mann?«

»Meinem Mann. Er spielt Golf.« Sie fasste sich an die Schläfe, schloss für einen kurzen Moment die Augen. »Er hat Golf gespielt.«

»Können Sie mir sagen, ob alle Schläger noch da sind oder ob einer fehlt?«

»Sie meinen …« Sie starrte auf die Tasche, die Schläger. »Da kann ich Ihnen nicht weiterhelfen, ich habe keine Ahnung.«

Hansen war zu ihnen getreten und fragte: »Hatte Ihr Mann einen Computer oder einen Laptop?«

»Sicher, einen Laptop. Wenn er ihn nicht mit zur Arbeit genommen hat, müsste er in seinem Arbeitszimmer liegen.«

»Wir konnten ihn bisher nicht finden.«

Viola Braack fasste sich erneut an die Schläfe. »Hören Sie, ich muss mich setzen. Der Kreislauf.« Ihr Blick glitt über den Fußboden vor der Kommode, über die eingetrockneten Blutflecken. »Da hat mein Mann gelegen. Das ist alles zu viel für mich.«

»Natürlich. Kommen Sie.« Hansen und Marlene begleiteten Viola Braack ins Wohnzimmer. Sie ließen sich auf der Ledergarnitur nieder, und Hansen zückte sein blaues Notizbuch. »Lassen Sie uns bitte noch einmal über den gestrigen Tag sprechen. Wann haben Sie Ihren Mann das letzte Mal lebend gesehen?«

»Wie das klingt! Ich konnte doch nicht ahnen, dass ich ihn nie wieder–« Sie brach ab, senkte den Kopf, sah wieder auf.

»Wann war das?«

»Nach dem Frühstück.«

»Um welche Uhrzeit?«

Viola Braack schien nachzudenken. »Gegen halb neun. Mein Mann ist ins Kreishaus gefahren, er hatte einen Empfang. Normalerweise begleite ich ihn bei seinen repräsentativen Aufgaben, aber gestern war ich leider unpässlich. Das hatte ich Ihnen ja schon gesagt.«

»Nach halb neun hatten Sie keinen Kontakt mehr zu Ihrem Mann? Auch nicht telefonisch? Oder über SMS, WhatsApp?«

»Nein. Mein Mann war viel beschäftigt.«

»Obwohl Sie gesundheitlich angeschlagen waren, sind Sie abends zum Yoga gegangen?«, schaltete sich Marlene ein.

»Haben Sie jemals Yoga gemacht? Gerade dann tut es gut.« Viola Braack reckte den Hals und schob das Kinn vor.

»Denken Sie bitte einmal genau nach: War in der letzten Zeit irgendetwas anders als sonst? Ist etwas Ungewöhnliches passiert, oder hat sich Ihr Mann auffällig verhalten?«, fragte Marlene weiter.

»Nein, nichts.«

»Hatte Ihr Mann Streit mit jemandem?«

»Als Landrat musste er sich mit vielen Menschen herumstreiten. Aber er hat zu Hause nie viel davon erzählt.«

»Ist einmal der Name Hermann Brodersen gefallen?«, fragte Hansen.

»Natürlich. Sein Tod stand ja groß in der Zeitung.« Viola Braack runzelte die Stirn und sah ihn verstört an. »Glauben Sie, dass die Taten zusammenhängen? Dass hier ein Serienmör–«

»Nein, nein«, wehrte Hansen ab, »wir ermitteln nur in alle Richtungen.«

»Kannten Sie Hermann Brodersen näher?«, fragte Marlene.

»Er ist der Bürgermeister von Theresienkoog, mehr kann ich nicht sagen. Ich pflege keine Kontakte im Dorf.«

Marlene und Hansen wechselten einen Blick, Hansen nickte und klappte sein Notizbuch zu. »Haben Sie vielen Dank, Frau Braack, Sie haben uns sehr geholfen. Ich würde mit Ihnen nun gern durch das Haus gehen, um zu überprüfen, ob Gegenstände fehlen. Danach können Sie ein paar Sachen zusammenpacken.«

Die beiden standen auf und ließen Marlene allein zurück. Sie beugte sich vor und nahm das Smartphone in die Hand, das sie in der Tüte vor sich auf dem Tisch abgelegt hatte. Wozu hatte Braack es genutzt? Warum hatte er es gut versteckt und vor seiner Frau verschwiegen? Sollte er tatsächlich ein heimliches Verhältnis gehabt haben? Kam hier Sabine Sommer ins Spiel?

Marlene schaltete das Smartphone ein. Es war über einen sechsstelligen Code gesichert. Unwahrscheinlich, dass Marlene die richtige Ziffernkombination herausfand. Aber sie konnte es zumindest versuchen.

Sie probierte zunächst den Klassiker, die Ziffernfolge von eins bis sechs. Danach die senkrechte Ziffernabfolge: 1-4-7-2-5-8. Beides Fehlanzeige. Es wäre auch zu einfach gewesen.

Marlene dachte nach, versuchte, sich in Braack hineinzuversetzen. Welchen Code hätte sie an seiner Stelle gewählt, wenn sie einmal davon ausging, dass das Smartphone als heimliche Verbindung zu Sabine Sommer gedient hatte?

Marlene gab die Ziffern für den Namen Sabine ein: 7-2-2-4-6-3. Leider falsch.

Und Bine? Das war zu kurz.

Bine67? Wieder kein Erfolg. Auch das Wort Sommer funktionierte nicht.

Das Smartphone wurde für dreißig Sekunden gesperrt, doch so schnell wollte Marlene sich nicht geschlagen geben. Ihr Sohn Mats hatte die Angewohnheit, seinen Code durch ein Muster festzulegen, das er über die Ziffern legte. Sie probierte es aus.

S wie Sabine und Sommer. Beginnend bei der Zwei oder Drei. Beides nicht richtig.

Ein Herz, angefangen von jeder der möglichen Ziffern. Alle falsch. Wäre auch sehr kitschig gewesen.

Das Smartphone wurde erneut gesperrt. Mist. Wahrscheinlich würde Marlene die Entschlüsselung des Codes doch den Profis von der KTU überlassen müssen. Aber das kostete wertvolle Zeit. Sie starrte auf das Display, auf die Ziffern, die Buchstaben, als wenn sie ihr die Lösung verraten würden. Und dann hatte sie eine letzte Idee.

Als Kind hatte sie mit ihrer Schwester eine Geheimschrift

benutzt, bei der jedem Buchstaben entsprechend seiner Stellung im Alphabet eine Zahl zugeordnet war. Sie spielte die Möglichkeiten durch. Bine war erneut zu kurz, Sabine zu lang, weil das N und das S zweistellig wurden. Das S. Wenn sie nur die Initialen benutzte? S-S. 19-19. Das reichte auch noch nicht. Sie könnte es um Braacks Anfangsbuchstaben erweitern. F-B. 6-2. Sie gab die Ziffern ein: 1-9-1-9-6-2. Wieder kein Treffer.

Sie versuchte es noch ein letztes Mal und stellte Braacks Initialen an den Anfang. 6-2-1-9-1-9.

Marlene ballte die Faust. Sie hatte es.

Hansen kehrte zusammen mit Viola Braack ins Wohnzimmer zurück. »Geld, Schmuck, alles da. Außer dem iPhone und dem Laptop scheint nichts zu fehlen. Frau Braack möchte jetzt zurück ins Hotel fahren.«

Marlene erhob sich. »Bevor Sie gehen, habe ich noch eine Frage an Sie. Kennen Sie eine Frau namens Sabine Sommer?«

Viola Braack zog fragend die Augenbrauen in die Höhe. »Ist das nicht die Frau aus dem Café in der Koogchaussee? Wie ich schon sagte, ich interessiere mich nicht für das Dorfleben. Warum wollen Sie das wissen?«

»Wie würden Sie Ihre Ehe beschreiben?«

»Was hat das jetzt damit zu tun?« Viola Braack sah Marlene misstrauisch an.

»Könnte es sein, dass Ihr Mann ein Verhältnis mit einer anderen Frau hatte? Mit Sabine Sommer?«

»Was denken Sie!« Marlene konnte hören, wie Viola Braacks Stimme lauter wurde. »Mein Mann und ich, wir waren sehr glücklich, sehr. Und mein Mann war Landrat. Da steht so etwas außer Frage. Falls Sie also keine vernünftigen Fragen mehr haben«, sie strich sich ihre Haare zurück, »werde ich jetzt gehen. Auf Wiedersehen.« Energisch drehte sie sich um und verließ das Zimmer.

Hansen sah Marlene an. »Hast du den Code geknackt?«

Marlene grinste. »Wir lagen richtig mit unserer Vermutung.«

Sie zeigte Hansen die Fotos und Nachrichten auf dem Smartphone. Alle waren mehr als eindeutig. Die letzte Nachricht an Braack war am Vortag um fünfzehn Uhr dreiundfünfzig eingegangen: »Doktor, wo bleibst du? Mein Herz tanzt und kann es nicht mehr erwarten.«

26

»Na, früher Vogel fängt den Wurm. Was verschafft mir die Ehre um diese Uhrzeit?« Sabine Sommer stand lächelnd in der Tür. Sie wischte sich die mehligen Hände an einer Schürze ab. »Wollt ihr euch jetzt beide zu einem Kurs bei mir anmelden?« Sie warf Marlene einen verschwörerischen Blick zu. »Auf Kaffee und Kuchen müsst ihr allerdings verzichten, das Café ist noch geschlossen.«

Sie weiß es noch nicht, dachte Marlene.

»Wir müssen mit Ihnen reden. Dürfen wir hereinkommen?«, fragte Hansen.

»Ja, sicher, ich muss nur schnell meinen Hefeteig fertig machen, sonst wird er nichts. Kommt einfach mit durch.«

Marlene und Hansen durchquerten den Gastraum des Cafés und folgten Sabine Sommer in die Küche. Dort war es angenehm warm. Es duftete nach frisch gebackenem Kuchen.

»Ich backe Hefezöpfe, die ersten sind schon drin«, erklärte Sabine Sommer mit einem Kopfnicken in Richtung Backofen. Sie trat an einen wuchtigen Arbeitstisch, der in der Mitte des Raumes stand, und begann, mit den Händen einen großen Klumpen Teig zu kneten. »Und was kann ich nun für euch tun? Gibt es Neuigkeiten?«

Marlene stellte sich an die Längsseite des Tisches, Sabine Sommer zu ihrer Rechten, Hansen zu ihrer Linken. So konnte sie beide Gesichter gut erkennen.

Hansen sagte: »Eine traurige Neuigkeit, um genau zu sein. Dr. Braack ist tot.«

Der Aufschrei war kurz und spitz. Sabine Sommer erstarrte in ihrer Bewegung, die Hände tief im Teig vergraben.

»Er wurde gestern Abend leblos in seinem Haus aufgefunden.«

Sabine Sommer schüttelte den Kopf, langsam. Sie sah von

einem zum anderen. Ihre Augen schimmerten feucht. »Ich habe immer gesagt, er hat zu viel Stress. Viel zu viel. Wie oft habe ich ihm zugeredet, du musst kürzertreten, du musst mehr auf dich achten.« Wie ferngesteuert fuhren ihre Hände fort, den Teig zu kneten. »Ich hätte besser aufpassen müssen, viel besser aufpassen –«

»Herr Braack ist nicht auf natürliche Weise ums Leben gekommen. Er wurde ermordet.«

»Nein!« Dieser Aufschrei war lauter als der erste. Durchdringend. Sabine Sommer schlug sich die Hände vor das Gesicht, gegen die Schläfen, den Kopf. Teig verfing sich in ihren Haaren, klebte auf der Stirn, zwischen den Fingern. Sie begann am ganzen Körper zu zittern.

Marlene war sofort bei ihr. Sie griff nach einem Stuhl und half ihr, sich zu setzen. »Das tut uns alles sehr leid.« Sie legte Sabine Sommer eine Hand auf die Schulter. Spürte, wie der Rücken bebte. Der ganze Körper wurde von einem heftigen Weinkrampf geschüttelt.

Marlene wartete. Es kam ihr vor wie eine halbe Ewigkeit. »Du hast Braack gut gekannt, nicht wahr? Ihr standet euch nahe?«

»…kannt?« Tränenüberströmt blickte Sabine Sommer auf. Auch an ihren Wangen klebte Teig. »Ich habe Frithjof geliebt!«

»Sie hatten ein Verhältnis mit Herrn Braack?«, fragte Hansen.

»Wir hatten kein Verhältnis, wir hatten eine Beziehung! Eine Liebesbeziehung! Oh Gott …« Sie schluchzte erneut laut auf.

Marlene reichte ihr ein Stück Papier von einer Küchenrolle. Sabine Sommer schnäuzte sich geräuschvoll. Erst auf eine Geste von Marlene hin schien sie zu bemerken, dass sie überall mit Teig beschmiert war. Flüchtig tupfte sie sich über das Gesicht, wischte sich die Finger ab. »Wie ist er gestorben?«

»Das dürfen wir Ihnen aus ermittlungstechnischen Gründen leider nicht sagen«, antwortete Hansen.

»Und wer? Wer hat ihm das an–?« Sie putzte sich wieder die Nase. »Ist es etwa derselbe Mörder wie bei Hermann?«

»Wir wissen es noch nicht, Frau Sommer.« Hansen nahm

sein Notizbuch aus der Jackentasche. »Haben Sie Herrn Braack gestern getroffen?«

»Ja, gestern Nachmittag, in Westerdeichstrich. Ich habe ihm extra noch ein Fischbrötchen mitgebracht. Er isst so gern Fisch. Brathering oder Makrele. Manchmal auch Lachs. Aber gestern habe ich –«

»Gab es ein besonderes Anliegen für ihr Treffen?«, unterbrach Hansen ihren Redefluss. »Hat Herr Braack sich anders verhalten als sonst?«

Sabine Sommer sah ihn aus glasigen Augen an. Sie wirkten unnatürlich groß. »Er hatte gemeint, wir sollten etwas vorsichtiger sein, während die Ermittlungen wegen Hermann laufen. Er wollte nicht, dass unsere Beziehung öffentlich gemacht wird. Es war, es *ist* die große Liebe, aber solange Frithjof noch Landrat war, mussten wir uns zurückhalten. Ihr wisst ja, wie das hier auf dem Land so ist, spießig, konservativ. Mit modernen Lebensformen können die Provinzler nichts anfangen. Eine außereheliche Liebesbeziehung hätte ihn den Kopf gekostet.«

Moderne Lebensformen, dachte Marlene, interessant. Andere nennen das Ehebruch. »Wie lange wart ihr schon ein Paar?«

»Seit über acht Monaten.«

»Wusste seine Frau davon?«

Sabine Sommer schüttelte vehement den Kopf. »Nie im Leben. Die interessiert sich nur für ihr Training, für ihre Wellness. Sie ist nichts als eine leere Hülle.«

Marlene hielt inne. Was war das für ein helles Geräusch? Sie sah Hansen an seiner Jackentasche fummeln. Alles klar, sein Handy. Mit einer entschuldigenden Geste ging er hinaus.

Sabine Sommer war aufgestanden und fing von Neuem an, den Hefeteig zu bearbeiten. Wie in Trance kneteten ihre Hände, drückten, quetschten, pressten.

»Um wie viel Uhr habt ihr euch gestern getrennt?«, fragte Marlene.

»Frithjof ist um Viertel nach vier gekommen. Vielleicht nach einer halben Stunde? Gegen Viertel vor fünf?«

Braack war also auf dem Weg zu dem Treffen gewesen, als er Marlene auf der Rückfahrt von Büsum in seinem Wagen entgegengekommen war. »Hat er gesagt, was er danach vorhatte? War er noch mit jemandem verabredet?«

»Er wollte nach Hause. Einfach nur nach Hause.« Sie hob den Teichklumpen hoch und warf ihn mit Wucht auf den Tisch. Das Mehl auf der Tischplatte stob in die Luft.

»Was hast du dann gemacht?«

»Ich? Ich war einkaufen.«

»Wo?«

Sabine Sommer schlug mit der Faust in den Teig. »Im Supermarkt in Büsum. Danach bin ich nach Hause. Wir hatten noch Kundschaft, einen sechzigsten Geburtstag. Und als die weg waren«, die zweite Faust fuhr nieder, »da habe ich noch die Abrechnung mit meiner Mitarbeiterin gemacht. Ich konnte doch nicht ahnen …« Sie schlug weiter auf den Teig ein, wieder und wieder, bis sie plötzlich abrupt erstarrte. Ihr Kopf, ihr Hals, ihr ganzer Oberkörper sackten nach vorn, ihre Schultern zitterten. Tränen tropften in den Teig.

Marlene legte ihr eine Hand auf den Arm.

Hansen kam von seinem Telefonat zurück. Er sah Marlene an. »Wir müssen los.« Mit einem Blick auf den Backofen fragte er: »Riecht ihr das nicht?«

Sabine Sommer riss den Kopf hoch. Sie rannte zum Ofen und öffnete die Klappe. Dichter Qualm kam ihr entgegen. »Jetzt ist alles hin.«

»Zwanzigtausend Euro. Bar im Schließfach.« Marlene zog scharf die Luft ein. Sie standen auf dem Parkplatz vor dem Café. »Bestechung? Oder Erpressung?«

»Ist beides denkbar. Immerhin hat seine Frau nichts von dem Schließfach gewusst.« Hansen setzte seine Häkelmütze auf und schlang fröstelnd die Arme um den Oberkörper. Der nasskalte Nebel hatte den Koog noch immer fest im Griff.

»Also doch das Thema Windkraft? Ist das die Verbindung zu

Brodersen? Haben wir denselben Täter?«, überlegte Marlene laut. »Vielleicht ist Brodersen hinter die Bestechung gekommen und musste deshalb sterben?« Sie schaute Hansen in die Augen. »Osnabrügge?«

Hansen nickte. »Ich habe die Überprüfung seiner Bankkonten beantragen lassen, Eilantrag. Ich hoffe, es geht diesmal schnell.« Er machte eine kurze Pause. »Und die der Konten deines Schwagers.«

»Ist klar.« Marlene fasste sich in den Nacken, knetete die Muskulatur. Dann zog sie das Band an ihrem Haarknoten fester. »Wir müssen das Alibi von Viola Braack abklopfen. Sabine Sommers Angaben bezüglich der Geburtstagsfeier im Café und ihre Reaktionen eben wirkten auf mich recht glaubwürdig. Aber vielleicht hat die Ehefrau mehr von dem Verhältnis ihres Mannes gewusst, als sie zugegeben hat. Wir haben bei Braack eine Lücke von …«, sie überschlug die Zeit, »von gut dreieinhalb Stunden, beginnend mit dem Abschied von Sabine Sommer bis zum Auffinden seiner Leiche.«

»Was das angeht, können uns die Ergebnisse der Obduktion und der KTU vielleicht bald weiterhelfen. Und hoffentlich tauchen Braacks Handy und sein Laptop irgendwo auf. Ich habe zwei Kollegen auf sein Büro im Kreishaus angesetzt.«

Marlene hörte Hansens Smartphone klingeln. Dieses Mal erkannte sie die Klingeltöne sofort.

Hansen presste das Telefon an sein Ohr. Seine Miene wurde ernst und mit jeder Sekunde etwas angespannter. »Gehen Sie nicht aus dem Haus. Wir sind sofort bei Ihnen.«

27

Jürgen Osnabrügge war am Fenster zu sehen, als sie die baumgesäumte Straße zum Hof hinauffuhren. Hansen hatte den Motor noch nicht ausgeschaltet, da wurde die Haustür aufgerissen, und Osnabrügge kam, gefolgt von seiner Ehefrau, auf sie zugeeilt.

»Die drohen mir! Ich soll das nächste Opfer sein!«, rief er aufgebracht. In den Händen hielt er einen faustgroßen Stein und ein zerknittertes Blatt Papier und streckte beides vorwurfsvoll Marlene und Hansen entgegen. »Stellen Sie sich vor, die haben unsere Scheibe eingeschmissen! Tun Sie etwas!«

Hansen hob beruhigend die Hände. »Lassen Sie uns das drinnen besprechen.« Er schob das Ehepaar zurück ins Haus. In der Diele zog er sich Handschuhe über, bevor er das Papier entgegennahm. Er strich den Bogen glatt und hielt ihn so, dass auch Marlene die Aufschrift lesen konnte. »Du bist der Nächste!«, stand dort in großen, gedruckten Lettern.

»Wo haben Sie das Blatt gefunden?«, fragte Marlene.

»Im Wohnzimmer. Es war um den Stein gewickelt. Diese Schweine!« Osnabrügges Gesicht war rot angelaufen. »Sehen Sie sich die Sauerei an!«

Marlene und Hansen folgten Osnabrügge in das Zimmer. Hier drinnen war es kühl. Die Scheibe der Terrassentür war zerschlagen, Glassplitter lagen auf dem Boden.

»Erst Brodersen, dann Braack und jetzt soll ich dran sein«, wetterte Osnabrügge. »Das sind die Spinner vom ›Proteststurm‹! Jetzt haben Sie endlich einen Beweis gegen diese …«

»… gehen über Leichen!«, fuhr Annelene Osnabrügge dazwischen. Völlig außer sich redeten nun beide auf Hansen ein.

Da war es wieder. Verdammt. Marlene konnte dem Durcheinander nur schwer folgen. Sie könnte jetzt dazwischengehen, die Osnabrügges bitten, langsamer und nacheinander zu sprechen, doch irgendetwas daran widerstrebte ihr. Sie wollte sich vor diesen Menschen keine Blöße geben. Und immerhin war sie dieses Mal nicht allein, Hansen würde auch so klarkommen. Später konnte sie ihn nach den wichtigen Details des Gesprächs fragen. Marlene holte tief Luft. Anstatt den Wortbrocken hinterherzuhecheln, beschloss sie, sich auf die Mimik und Gestik ihrer beiden Gegenüber zu konzentrieren.

Jürgen Osnabrügge schwitzte stark. Er wischte sich mit einem Stofftaschentuch über die Halbglatze. Auf seinem Hemd hatten sich unter den Achseln dunkle Schweißflecke gebildet. Er zog seine Hose am Gürtel hoch, rückte die Brille zurecht.

Seine Frau stand eng an seiner Seite. Sie zitterte an den Händen und fasste ihren Mann am Arm, als ob er sie stützen müsste. Ihr Gesicht war eine einzige Empörung, die Augenbrauen und die Stirn zusammengezogen, die Lippen geschürzt. Ihre kleinen Schweinsaugen hatte sie mit einem dramatischen Blick auf Hansen gerichtet. Sie schienen jede seiner Bewegungen zu verfolgen.

Hansen drehte sich um und kehrte den Osnabrügges den Rücken zu, um die zerstörte Fensterscheibe und die Lage der Glasscherben genauer zu untersuchen. Marlene hatte den Eindruck, dass sich Annelene Osnabrügges Miene umgehend entspannte. Und täuschte sie sich, oder waren ihre Hände plötzlich ruhig?

Als die Frau bemerkte, dass Marlene sie beobachtete, verzog sie den Mund zu einem kurzen, ungelenken Lächeln. Ihr Gesicht nahm augenblicklich denselben Ausdruck an wie zuvor. Ihre Hände zitterten.

Marlene wurde wachsam. Irgendetwas stimmte hier nicht.

Hansen hatte seine Begutachtung abgeschlossen. Er gab Marlene ein Zeichen, dass er telefonieren müsse, und zog sich in eine Ecke des Zimmers zurück.

Marlene räusperte sich. Jetzt musste sie übernehmen. Sie fragte Osnabrügge: »Wo waren Sie, als der Stein durch die Scheibe flog?«

»Das habe ich Ihrem Kollegen doch gerade gesagt«, schnauzte er.

»In der Küche, wir saßen in der Küche«, antwortete seine Frau beschwichtigend. »Wir haben einen Tee getrunken. Wir waren noch ganz erschüttert von der Nachricht, dass der Landrat ermordet wurde, und plötzlich war da dieser laute Knall.« Sie zuckte zusammen, als erlebte sie es von Neuem. »Oh Gott, was war das für ein Schreck! Und dann der Zettel. Die wollen meinen Mann umbringen!«

»Woher wussten Sie von dem Mord an Herrn Braack?«

»So was spricht sich rum.« Osnabrügge fummelte an seinem Hosengürtel.

»Lütje«, sagte Annelene Osnabrügge, »Uwe Lütje hat die Polizei und die Presse vor Braacks Haus gesehen.«

»Und wo waren Sie gestern Abend? Ab siebzehn Uhr?«

Osnabrügge machte einen Schritt auf Marlene zu. »Sie wollen mir doch nicht unterstellen …?«

Seine Frau legte ihm die Hand auf den Arm. »Wir waren den ganzen Abend zusammen zu Hause.«

Hansen trat wieder zu ihnen. »Die Kollegen von der Kriminaltechnik sind unterwegs. Bitte fassen Sie hier nichts mehr an und lassen Sie uns das Gespräch an anderer Stelle fortsetzen.«

Annelene Osnabrügge führte sie zurück in die Diele, als Hansens Telefon erneut klingelte. »Darf ich?« Er verschwand in der Küche. Kurz darauf winkte er Marlene zu sich. Sein Gesicht war noch ernster als vorhin. In seinem Blick meinte Marlene zudem noch etwas anderes zu erkennen. Betroffenheit? Sie zog die Tür hinter sich ins Schloss.

»Osnabrügges Konto ist sauber.« Hansen schloss für einen kurzen Moment die Augen, bevor er fortfuhr: »Aber das deines Schwagers nicht.«

Marlene presste den Kopf gegen die Nackenstütze und starrte aus dem Autofenster. Fünfundzwanzigtausend Euro! So viel Geld hatte Bahne innerhalb der letzten sechs Wochen von seinem Konto bei der Sydbank in Flensburg abgehoben, aufgeteilt in mehrere Fünftausenderportionen.

Scheiße, fluchte Marlene innerlich, verdammte Scheiße! Das sind zu viele Zufälle.

Sie hatte unrecht gehabt, Bahne hing in dem Fall mit drin. Bestenfalls in einem Bestechungsskandal. Oder er war, was entsetzlich viel schlimmer wäre, doch auf irgendeine Weise in die Mordfälle verwickelt.

Der Wagen ruckelte über das Kopfsteinpflaster. Marlenes Magen zog sich zu einem dicken, heißen Knoten zusammen. Sie mochte noch nicht einmal im Ansatz daran denken, was das für Johanne und die Kinder bedeuten würde. Ihr wurde schlecht.

Hansen parkte den Wagen auf dem Hofplatz. Als sie ausstiegen, kam ihnen Levke entgegengelaufen. »Hallo, Leni!«, rief sie. »Die letzte Stunde ist heute bei uns aus–«

»Levke«, unterbrach Marlene ihre Nichte und schlug die Autotür zu, »kannst du mir sagen, wo dein Papa ist?«

Levke zog die Stirn kraus. »Nee, der ist nicht da.«

»Und deine Mama?«

»Die ist noch im Laden. Soll ich sie holen?«

»Nein danke, mein Kollege und ich, wir müssen etwas mit ihr besprechen, das nur für große Ohren bestimmt ist.« Marlene bemühte sich um ein lockeres Lächeln. »Und jetzt ab mit dir, zurück ins Haus. Sonst erfrierst du noch!« Sie rubbelte Levke über die zarten Arme, die in einem dünnen Sweatshirt steckten. Etwas widerwillig, aber ohne Protest trottete Levke von dannen.

Marlene und Hansen betraten den Hofladen. Johanne reichte gerade einer Kundin einen großen Weißkohl über den Verkaufstresen. Sie lächelte, als sie die beiden erblickte, und kam hinter dem Tresen hervor, nachdem sie die Frau rasch verabschiedet hatte. Sie stutzte, als sie die ernsten Gesichter registrierte. »Was ist –?« Johanne brach ab, ihr Blick glitt fragend von einem zum anderen.

»Frau Seehusen, wir müssen dringend Ihren Mann sprechen«, sagte Hansen.

»Er ist nicht da«, antwortete Johanne zögernd. »Kann ich weiterhelfen?«

»Wo können wir ihn finden?«

»Er wollte nach Büsum, er ist bestimmt bald zurück. Aber worum geht es denn?«

»Haben Sie ein Konto bei der Sydbank in Flensburg?«

Johanne schüttelte irritiert den Kopf. »Nein. Wir haben unsere Konten bei der Sparkasse in Heide. Aber wieso fragen Sie das? Wie kommen Sie darauf?«

»Bei der Sydbank wird ein Konto auf den Namen Ihres Mannes geführt, von dem in letzter Zeit größere Summen Geld abgehoben wurden.«

»Was?« Johannes Miene wurde immer besorgter. »Davon weiß ich nichts. Mein Mann kümmert sich um die Bankgeschäfte, das ist sein Job. Ich mache andere Dinge.« Sie schob sich die Haare hinter die Ohren. »Aber warum sollte er für sich ein Extrakonto angelegt haben? Das hätte er mir gesagt.« Verzweifelt suchte sie Marlenes Blick: »Leni, was soll das alles? Was ist mit Bahne? Und was ist mit diesem Konto?«

»Ich erkläre dir das später. Kannst du jetzt bitte versuchen, Bahne auf seinem Handy zu erreichen? Er soll sofort nach Hause kommen, wir müssen ihn wirklich dringend sprechen.«

»Also gut.« Johanne nahm ihr Smartphone vom Tresen. Marlene bemerkte, wie ihre Finger beim Tippen auf das Display zitterten. »Bahne, ich bin's. Wo steckst du denn?« Johanne lauschte in den Hörer. »Herr Hansen von der Kripo ist hier, er will dich sprechen. – Ja, jetzt gleich. – Es geht um irgendwelches Geld. Haben wir ein Konto in Flensburg? – Bahne? – Bahne!«

Sie ließ die Hand sinken und sah Marlene und Hansen mit großen Augen an. »Er hat aufgelegt.«

28

Sie war raus. Hansen hatte keine andere Wahl gehabt. Mit dem Moment, da er Bahne zur Fahndung ausgeschrieben hatte, war Hansen nichts anderes übrig geblieben, als Marlene mit sofortiger Wirkung von den offiziellen Ermittlungen auszuschließen. Sie war von nun an zum Zuschauen und Abwarten verdammt. Alles, was sie in dieser Situation noch tun konnte, war, ihre Schwester zu unterstützen.

Bahne war wie vom Erdboden verschluckt. Johanne hatte wieder und wieder probiert, ihn über sein Handy zu erreichen, doch ohne Erfolg. Es war und blieb ausgeschaltet. Sie hatte Freunde und Bekannte durchtelefoniert, hatte sogar bei Bahnes Bruder im Rheinland nachgefragt und in dem Altenheim, in dem seine Mutter lebte, doch nichts. Niemand hatte Bahne gesehen, getroffen oder auf andere Weise mit ihm Kontakt gehabt.

Marlene und Johanne hatten den Bus geholt, der seit dem Morgen vor Braacks Haus gestanden hatte, und waren die Schafsweiden abgefahren. Sie hatten die Unterstände kontrolliert, immer in der Hoffnung, irgendeine Spur von Bahne zu finden, auch wenn sie wussten, dass dieser Aktionismus eher der eigenen Beruhigung diente, als dass er ein sinnhaftes Unterfangen darstellte. Zurück am Hof hatten sie per Computer nachgeforscht. Johanne hatte Zugang zu Bahnes E-Mail-Account, aber auch dort fanden sie keine Hinweise darauf, wo Bahne sich aufhalten könnte oder warum er hinter Johannes Rücken ein geheimes Konto angelegt hatte, auf das er die Rücklagen des Hofes Stück für Stück verschoben hatte.

Marlene hatte richtiggelegen, ihr Instinkt hatte sie nicht getäuscht. Bahne hatte ihnen etwas verheimlicht. Doch welches Spiel spielte er? Und was tat er seiner Familie, was tat er Johanne und den Kindern damit an! Diese quälende Unsicherheit.

Die Angst. Die Wut. Und die tausend Fragen. Es war kaum auszuhalten.

Gleichzeitig ging Marlene der Gedanke nicht aus dem Kopf, dass das entscheidende Puzzleteil noch immer fehlte. Wenn ihre Annahme zutraf, dass das Bargeld im Bankschließfach von Braack tatsächlich von einer Bestechung oder Erpressung stammte, dann glaubte Marlene nicht, dass Braack sich nicht abgesichert hatte. So dumm war er nicht. Und wahrscheinlich hatte der Täter von dieser Rückversicherung gewusst. Womöglich hatte Braack ihm damit gedroht. Jedenfalls musste der Täter Braacks Sachen deshalb durchwühlt und den Laptop und das Smartphone mitgenommen haben. Vielleicht hatte er damit auch schon gefunden, was er gesucht hatte. Doch Marlene konnte sich nicht vorstellen, dass Braack Informationen zu etwaigen kriminellen Machenschaften auf den Geräten gespeichert hatte, die er tagtäglich beruflich wie auch privat nutzte. Das wäre viel zu riskant gewesen. Immerhin hatte Braack sowohl das Zweithandy, mit dem er geheimen Kontakt zu Sabine Sommer gehalten hatte, als auch den Schließfachschlüssel gut versteckt.

Vielleicht gab es also irgendwo noch einen ergänzenden Hinweis, ein Verbindungsstück, das sie noch nicht gefunden hatten. Würde dieses Bindeglied unweigerlich zu Bahne führen? Oder konnte es ihn im umgekehrten Fall sogar entlasten? Zumindest von den allerschlimmsten Verdächtigungen?

»Leni, du bist dran.«

Marlene zuckte zusammen. Morten hatte sie am Arm gezupft. Er saß neben ihr auf dem Bett und guckte sie vorwurfsvoll an. »Hast du mir gar nicht zugehört?«

»Doch, doch«, antwortete sie hastig, »hier muss ich weiterlesen, oder?« Marlene nahm das Buch in die Hand und zeigte auf die erste Zeile der linken Seite.

»Nein, das habe ich doch gerade vorgelesen. Wir sind schon hier!« Sein kleiner Zeigefinger tippte entrüstet auf die Mitte der folgenden Buchseite. »Du hast doch nicht zugehört.«

»Ich bin nur ein bisschen durcheinandergekommen. Komm her.« Marlene legte den Arm um ihren Neffen und zog ihn näher zu sich heran. Sie hatten es sich in Mortens Bett bequem gemacht. Die Nachttischlampe brannte, die Gardinen vor den Fenstern waren zugezogen. Marlene spürte, wie Mortens Kopf an ihre Schulter sank. Unter seinen Arm hatte er sich sein Lieblingsstofftier, einen über die Jahre platt gekuschelten Esel, geklemmt. »Okay, also von hier an weiter.« Marlene begann zu lesen. Und während ihre Lippen mechanisch die Wörter formten, schweiften ihre Gedanken erneut ab.

Bahne steckte tief im Schlamassel, das war nicht mehr zu leugnen, doch gleichzeitig wurde Marlene das Gefühl nicht los, dass das noch nicht die ganze Geschichte war. Auch bei den Osnabrügges stimmte irgendetwas nicht.

Jürgen Osnabrügge hatte eine Morddrohung erhalten. Und alles, was Marlene bei ihm und seiner Frau gesehen hatte, war Ärger, Wut, Aufregung, Entsetzen. Entrüstung. Aber Sorge und Angst? Verzweiflung? Jemand hatte gedroht, Jürgen Osnabrügge umzubringen. Wo war die Angst? Marlene bekam das auffällige Verhalten von Annelene Osnabrügge nicht aus dem Kopf. Als ob sie von ihrem Mann ablenken, ihn vor etwas beschützen wollte. Waren ihre Empörung und ihr Entsetzen wirklich echt gewesen? Oder war alles nur gespielt? Theater? Und womöglich sogar die Morddrohung, das zerbrochene Fenster, alles nur Fake?

Marlene starrte auf das Buch in ihrem Schoß. Die Buchstaben begannen, vor ihren Augen zu verschwimmen. Es hatte keinen Zweck. Sie musste etwas tun.

Sie beendete den Absatz und klappte das Buch zu. »Den Rest des Kapitels lesen wir morgen zu Ende.«

»Och, ist wirklich schon Schluss? Das war viel zu kurz! Eine Seite noch!«

Sie stand auf und legte das Buch auf den Nachttisch. »Es ist schon spät. Und morgen musst du wieder früh aufstehen.«

»Och nö …« Morten gähnte.

Marlene nahm die Decke und kuschelte ihren Neffen darin ein. »Gute Nacht, mein Großer.«

»Gute Nacht.« Morten drückte seinen Esel fest an sich. »Und, Leni«, fragte er zögernd und rieb eines der langen Ohren zwischen seinen Fingern, »wann kommt Papa?«

Marlene spürte einen Stich in ihrer Brust. Sie setzte sich auf die Bettkante und strich ihrem Neffen das Haar aus der Stirn. »Vielleicht trainiert er heute besonders lang. Dein Papa will doch fit sein für den Marathon.« Sie rang sich ein Lächeln ab. »Er ist bestimmt bald zu Hause.«

»Sagst du ihm dann, dass er noch mal nach mir sehen soll?«

»Na klar.« Marlene beugte sich vor und gab Morten einen Kuss auf die Stirn. »Und jetzt schlaf schön.«

Sie verließ das Zimmer und zog die Tür leise ran.

Unten im Wohnzimmer fand Marlene ihre Schwester. Johanne saß auf dem Sofa und starrte auf das Display ihres Smartphones, das sie in den Händen hielt. Vor ihr auf dem Tisch lag das Mobilteil des Festnetztelefons. Als sie Marlene kommen hörte, sah sie auf.

»Immer noch nichts.« Johannes Wangen waren fleckig, ihre Augen rot geädert.

»Morten wird hoffentlich gleich schlafen«, sagte Marlene. »Und ich bin noch einmal kurz weg. Wird aber nicht lange dauern.«

Johanne nickte geistesabwesend.

Das Haus lag verlassen in der Finsternis. Alle Fenster waren dunkel. Nur der Schein einer einsamen Straßenlaterne warf einen matten Lichtkreis auf die Auffahrt. Im Hintergrund erhob sich der Deich bedrohlich im Nebel wie eine düstere Wand.

Marlene parkte den Bus am Straßenrand und stieg aus. Gespenstische Stille empfing sie. Langsam schritt sie auf das Haus zu. Sie sah sich um. Niemand da. Sie war allein. Einzig die rot blinkenden Augen der Windräder schienen sie zu beobachten.

Wo sollte sie mit ihrer Suche beginnen? Das Haus hatten die

Kriminaltechniker schon auf den Kopf gestellt. Marlenes Blick fiel auf Braacks Oldtimer, der auf der Auffahrt vor der reetgedeckten Doppelgarage stand. Das geheime Handy und den Schließfachschlüssel hatte Braack in den Verpackungsdosen von exquisiten Whiskyflaschen versteckt. Sie waren Ausdruck seines extravaganten und kostspieligen Lebensstils gewesen. Sollte sie es in seinem Oldtimer versuchen?

Marlene probierte, die Fahrertür zu öffnen, doch sie war verschlossen. Das Gleiche galt für den Kofferraum und die übrigen Türen. Wäre auch zu schön gewesen, dachte sie und sah sich um. Sie wollte sich die Garage vornehmen, aber auch diese beiden Tore waren verriegelt. Marlene ging um das Gebäude herum und fand eine Seitentür. Dort hatte sie Glück, die Tür ließ sich öffnen.

Sie tastete nach dem Lichtschalter. Eine Neonröhre flackerte auf. Marlene kniff die Augen zusammen. Sie benötigte einen kurzen Augenblick, um sich an das grelle Licht zu gewöhnen.

In der Garage stand ein zweiter Oldtimer, ein anderes Modell, daneben ein weiterer Wagen, der mit einer Plane abgedeckt war. Braacks Vorliebe für alte, edle Autos war unverkennbar.

Die Türen des Oldtimers waren nicht verschlossen. Marlene durchsuchte den Innenraum, das Handschuhfach, die Seitenablagen, sie sah unter den Sitzen und den Fußmatten nach, doch nichts. Keine CD, kein USB-Stick, kein Briefumschlag mit geheimen Notizen, Fotos oder was auch immer. Vielleicht war ihre Idee doch zu abwegig.

Marlene ging um den Wagen herum, ließ den Blick über die Plane des zweiten Fahrzeuges gleiten. Und da fiel es ihr auf. Ihr Herz schlug schneller.

Die Plane war von einer Staubschicht bedeckt. Doch auf Höhe der Beifahrertür war diese Schicht nicht intakt. Die Plane musste bewegt worden sein.

Vorsichtig schlug Marlene die Abdeckung zurück. Sie fasste nach dem Türgriff. Die Tür ging auf.

Marlene beugte sich in das Wageninnere und zog an der

Klappe des Handschuhfachs. Mist. Sie klemmte. Erst nach dem dritten Versuch sprang sie endlich auf.

Marlene schob die Hand hinein, ihre Finger tasteten das Fach ab.

Bingo.

Sie hatte das Puzzlestück gefunden.

Marlene richtete sich auf. In der Hand hielt sie einen USB-Stick. Sie musste ihn sofort zu Hansen bringen, damit er überprüft werden konnte.

Die leisen Schritte hatte sie nicht gehört. Sie registrierte einen Schatten, doch da war es bereits zu spät. Sie wurde von hinten gepackt. Zwei Arme pressten sich mit aller Kraft um ihren Oberkörper, während eine Hand versuchte, ihr den Stick zu entreißen.

Marlene schrie auf. Sie wehrte sich, versuchte, sich aus der Umklammerung zu befreien, doch der Täter hatte den Überraschungseffekt auf seiner Seite. Er bekam den Stick zu fassen und stieß Marlene mit Wucht von sich. Sie stolperte, verlor das Gleichgewicht und krachte mit dem Kopf gegen die Autotür. Das rechte CI flog auf den Boden.

Marlene schrie erneut, diesmal vor Schmerz. Für einen kurzen Augenblick war sie benommen. Sie blinzelte, musste sich abstützen. Sie konnte gerade noch erkennen, wie eine dunkel gekleidete Person mit Mütze, dem Anschein nach ein Mann, gebückt um den Oldtimer herumhastete und auf die Tür zusteuerte.

»Halt! Polizei! Bleiben Sie stehen!«, rief Marlene.

Doch der Mann war schon verschwunden.

Marlene stöhnte. Sie fasste sich an den Kopf. Verdammt, sie hatte ein CI verloren. Aber egal, das konnte sie später suchen. Sie musste hinterher, sonst war alles umsonst. Sie stolperte los.

Draußen auf der Auffahrt blickte sie sich hektisch um. Im Garten und auf der Straße war niemand zu sehen. War sie zu spät? Sie drehte sich einmal im Kreis. Da sah sie oben auf der

Deichkrone einen dunklen Schatten entlanghuschen. Marlene erklomm den Deich und nahm die Verfolgung auf.

Der Mann flüchtete in Richtung Badestelle. Dort war der Deich beleuchtet. Kurz darauf hatte er die erste Laterne erreicht. Er drehte sich nach seiner Verfolgerin um. Marlene konnte das Gesicht nicht erkennen, aber sie meinte die Gläser einer Brille aufblitzen zu sehen. War es Osnabrügge?

Marlene rannte schneller. Ihr Kopf fühlte sich an, als würde er gleich zerspringen.

Auf einmal schlug der Mann einen Haken und lief den Deich hinunter in Richtung Wasserkante. Marlene blieb ihm auf den Fersen. Was hatte er vor? Das Loch im Gras sah sie nicht. Sie trat hinein, geriet ins Straucheln, konnte sich gerade noch fangen. Zu spät bemerkte sie, dass das zweite CI abgerutscht war. Sie stoppte abrupt, tastete ihre Jacke und ihren Schal ab, starrte auf den Boden. Nichts zu finden. Marlene fluchte. Wie konnte das sein! Sie musste sich entscheiden. Jetzt. Noch hatte sie den Mann im Blick. Aber gleich würde er die Wasserkante erreicht haben und von der Dunkelheit und dem Nebel verschluckt werden. Sie hatte keine Zeit mehr zu verlieren. Hastig drehte sie sich noch einmal zur Deichkrone um. Sie befand sich auf Höhe der zweiten Laterne, das konnte sie sich merken. So würde sie das CI wiederfinden. Sie hetzte dem Mann hinterher.

Marlenes Herz raste. Ihr Kopf schmerzte so stark, dass ihr übel wurde. Und wenn die Implantate durch den Stoß gegen die Autotür beschädigt wurden?, fragte sie sich. Darüber sollte sie in dieser Situation eigentlich überhaupt nicht nachdenken. Sie versuchte, sich wieder auf den Flüchtenden zu konzentrieren.

Allmählich schloss sie auf. Der Mann drehte sich ein weiteres Mal zu ihr um. Dann änderte er erneut die Richtung.

Ist er verrückt? Marlene blieb an den Steinen, die den Deich zur Seeseite hin abgrenzten, stehen. Sie keuchte und stützte sich mit den Händen auf den Oberschenkeln ab. Sie war völlig außer Atem. Scheiß-Rauchen, dachte sie und starrte dem Mann entgeistert hinterher. Er war ins Watt gelaufen.

Ihr blieb keine Zeit, sich darüber Gedanken zu machen. Der Vorsprung des Mannes wurde wieder größer. Nur noch schemenhaft konnte sie seine Gestalt erkennen. Marlene wusste, dass das Watt gefährlich war. Im Dunkeln allemal. Und ohne Gehör. Sie kannte auch die Tidenzeiten nicht. Doch der Wattboden lag frei. Sie würde in der Nähe des Ufers bleiben. Und sie konnte sich an den Lahnungen, die senkrecht ins Watt hineinreichten, orientieren. Gleich würde der Mann im Nebel verschwunden sein. Sie lief los.

Ihre Füße klatschten lautlos über den nassen Sand. Der Nebel wurde immer dichter, aber noch hatte Marlene den Mann nicht aus den Augen verloren. Sie hielt sich in Sichtweite zu den Holzpflöcken einer Lahnung, so konnte ihr nichts passieren. Wie weit war sie schon draußen? Sie blickte zurück. Das Ufer war bereits vom Nebel verschluckt worden.

Marlene brüllte: »Bleiben Sie stehen! Es hat doch alles keinen Sinn mehr!«

Aber der Mann rannte unbeirrt weiter. Wie weit wollte er noch hinaus? Wollte er den Stick im Watt versenken? Sodass alle Beweise auf immer und ewig von der Nordsee verschlungen wurden?

Das Laufen über den Wattboden kostete Kraft. Der Schmerz in Marlenes Kopf und die Übelkeit wurden immer unerträglicher. Sie musste ihr Tempo drosseln. Schließlich hielt sie an. Es hatte keinen Sinn. Sie würde den Mann nicht mehr einholen. Außerdem wurde es allmählich zu riskant. Die Lahnung endete hier, und mit jedem Meter, den sie sich weiter vom Ufer entfernte, nahm die Gefahr, die Orientierung zu verlieren und nicht mehr rechtzeitig vor der Flut an Land zu kommen, zu. Sie war schon viel zu weit gelaufen. Marlene war risikobreit, aber nicht lebensmüde. Widerstrebend gab sie sich geschlagen und kehrte um. Vielleicht hatte sie eine Chance, den Mann auf seinem Rückweg abzufangen. Schließlich musste auch er irgendwo zurück an Land gehen.

Parallel zur Lahnung lief sie zurück. Das Ufer konnte sie noch nicht sehen. Ihre Schuhe waren durchnässt, die Beine schwer, ihr Kopf ein einziger dröhnender Schmerz. Sie atmete angestrengt. Auf einmal begann sich alles um sie herum zu drehen. Vor ihre Augen senkte sich ein dunkler Schleier. Jetzt bloß nicht ohnmächtig werden, das ist das Letzte, was dir hier passieren darf, dachte Marlene noch, ehe sie in sich zusammensackte und auf dem Meeresboden aufschlug.

29

»Der gewünschte Gesprächsteilnehmer ist zurzeit nicht erreichbar.«

Johanne ließ das Handy sinken. Immer noch keine Antwort von Bahne. Sie stand in der Küche, erschöpft und mitgenommen, und wusste nicht, wohin mit sich und den widerstrebenden Gefühlen, die in ihrem Innern tobten. Warum kam Bahne nicht nach Hause? Sie würde ihn am liebsten anschreien, ihn am Kragen packen und rütteln. Was hast du gemacht? Warum lügst du mich an? Warum haust du einfach ab und sprichst nicht mit mir? Gleichzeitig verging sie beinahe vor Sorge. Hatte Bahne etwas Schreckliches getan? Etwas in ihr weigerte sich noch immer mit aller Entschlossenheit, das zu glauben. Ihr Mann war kein Mörder! Doch was, wenn er sich selbst etwas Schreckliches antat? Oder längst angetan hatte? Johanne versuchte, die vor ihrem inneren Auge aufblitzenden Bilder von einem zerstörten Unfallwagen in einem Straßengraben oder einem schwankenden Seil an einem Baum aus ihrem Kopf zu verbannen.

Sie legte das Handy zur Seite und begann, die dreckigen Töpfe abzuwaschen, die vom Mittagessen übrig geblieben waren. Verbissen bearbeitete sie mit der Bürste die festgeklebten Essenreste. Sie nahm ein Geschirrtuch vom Haken. Dabei fiel ihr Blick auf das Foto an der Pinnwand. Es war ein Selfie, aufgenommen im letzten Sommerurlaub. Bahne, die Kinder und sie am Strand von Amrum. Strahlend und unbeschwert. Eine Familie. Glücklich.

Hatte er das alles zerstört?

Johanne knüllte das Geschirrhandtuch in ihren Händen zusammen und feuerte es in die Spüle.

Alles zerstört.

Wütend drehte sie sich um. Sie hielt die Ungewissheit bald

nicht mehr aus. Sie tigerte durch die Küche, wischte hier den Tisch ab, schob da die Stühle zurecht, stellte die Brotdosen der Kinder für den kommenden Morgen bereit. Was sollte sie nur tun?

Und wo war überhaupt Marlene? Hatte sie ihr vorhin mitgeteilt, wo sie hinwollte? Was sie vorhatte? War ihr womöglich noch eine Idee gekommen, wo Bahne sich aufhalten könnte? Johanne hatte ihrer Schwester nicht richtig zugehört, als sie sich verabschiedet hatte, so abgelenkt und gefangen war sie von der Sorge um Bahne gewesen. Sie hätte noch nicht einmal sagen können, um welche Uhrzeit Marlene aufgebrochen war. War sie schon lange fort?

Johanne blickte aus dem Fenster. Marlenes Bus war nicht da. Wo war sie hingefahren?

Senta kam in die Küche getrottet. Johanne ging in die Hocke, nahm den Kopf ihrer Hündin zwischen beide Hände und kraulte sie hinter den Ohren. »Dich hat sie auch nicht mitgenommen«, murmelte sie leise.

Sie erhob sich wieder und sah sich suchend nach ihrem Handy um. Zumindest konnte sie Marlene eine Nachricht schreiben. Johanne tippte eine kurze Mitteilung bei WhatsApp ein und schickte sie ab. An den Häkchen erkannte sie, dass die Nachricht eingegangen war. Aber sie wurde nicht gelesen. Und es kam keine Antwort.

Vielleicht hatte Marlene das Signal nicht gehört. Sollte sie es ein weiteres Mal versuchen?

Unentschlossen setzte sich Johanne auf die Eckbank, Senta ließ sich zu ihren Füßen nieder. Sie wartete. Doch die Häkchen wurden nicht blau.

Oder sollte sie es doch mit einem Anruf probieren? Auch auf die Gefahr hin, dass Marlene sie am Telefon nicht richtig verstehen konnte? Aber vielleicht konnte Marlene wenigstens sagen, wo sie war, oder sie würde dadurch zumindest bemerken, dass Johanne ihr eine Nachricht gesendet hatte.

Johanne suchte nach der Nummer und drückte auf »Verbinden«. Das Freizeichen ertönte. Senta hob den Kopf und spitzte die Ohren. Dann sprang sie auf und rannte in den Flur.

Was hat sie gehört?, fragte sich Johanne erstaunt. Mit dem Telefon am Ohr ging sie ihr nach.

Im Flur erkannte auch Johanne das Geräusch. Es war der Klingelton eines Handys. Er kam von oben, aus einem der Zimmer. Als Johanne die Treppe hochstieg, ahnte sie es schon. Sie öffnete die Tür zu Levkes Zimmer. Auf dem Nachttisch lag Marlenes Smartphone und klingelte laut vor sich hin. Johanne seufzte und beendete den Anruf. Auch Marlene war nicht zu erreichen.

30

War es die Kälte, die sie wieder zu sich kommen ließ?

Marlene lag auf der Seite. Die Schuhe, die Hose und die Jacke, ihre Haare und ihr Gesicht, alles war nass und dreckverschmiert. Ihr Kopf fühlte sich an wie ein Fremdkörper, der seinen eigenen dumpfen Pulsschlag besaß. Eins, zwei, drei, gnadenlos hämmerte es von innen gegen die Schädeldecke. Still halten, nur nicht bewegen, sonst wird es noch schlimmer, schien eine Stimme ihr zu sagen. Jeder andere Gedanke wurde von dem schmerzvollen Rhythmus in ihrem Kopf überdeckt. Und Marlene war kalt. So kalt.

Sie wurde von einem heftigen Würgereiz geschüttelt. Ihr Magen zog sich zusammen, ihr Oberkörper krümmte sich. Mit Mühe gelang es Marlene, sich aufzurichten. Sie stützte sich mit den Händen und Knien im Sand ab, musste erneut würgen, wieder und wieder, doch sie konnte sich nicht übergeben. Sie schnappte nach Luft.

Was machte sie hier?

Erst nach und nach schien ihr Kopf zu verarbeiten, was ihre Augen sahen und was ihre Hände und Finger, was ihre Knie fühlten.

Sie war mitten im Watt. In tiefer Nacht. Mutterseelenallein.

Schlagartig war Marlene hellwach. Sie musste weg von hier, sofort! Sie musste aufstehen!

So schnell es ging, rappelte sie sich auf und kam auf die Füße. Sie taumelte. Ihre Beine fühlten sich wackelig an, so als ob sie das Gewicht des Körpers nicht tragen könnten. Fahrig strich sie sich die feuchten Haare aus der Stirn und wischte sich den Dreck aus dem Gesicht. Sie musste zurück an Land. Doch der Boden schien zu wanken und zu schlingern, er begann sich zu drehen und kam auf sie zu.

Bitte nicht, flehte Marlene innerlich und schloss für einen

kurzen Moment die Augen. Sie durfte nicht erneut das Bewusstsein verlieren. Doch der Puls in ihrem Kopf schlug unerbittlich weiter und drohte den Schädel zu zersprengen. Marlene nahm all ihre Kraft zusammen, um die Schmerzen und den Schwindel so gut es ging zu ignorieren. Sie hatte jetzt ein ganz anderes Problem.

Wie lange hatte sie hier schon gelegen? Wie kam sie zurück an Land? In welche Richtung musste sie laufen? Und wann kam das Wasser? Die Fragen stürzten in einem wirren Durcheinander auf sie ein.

Ruhig, ganz ruhig, redete Marlene innerlich auf sich ein und versuchte, die aufsteigende Panik unter Kontrolle zu bekommen. Das Ufer kann nicht weit weg sein. Schalte deinen Verstand ein! Konzentriere dich!

Das Wasser. Sie drehte sich im Kreis, langsam, damit ihr nicht wieder schwindelig wurde, und ließ ihren Blick über den Wattboden gleiten, so weit, wie sie ihn überschauen konnte. Noch war von der Flut nichts zu sehen. Gut. Vielleicht hatte Marlene ja auch Glück, und es war erst ablaufendes Wasser.

Aber sie wusste, dass das Wasser zurückkam.

Sie sollte einen Notruf absetzen. Nur zur Sicherheit. Sie konnte am Telefon zumindest angeben, wo und in welcher Notlage sie sich befand, die Antwort der anderen Person musste sie ja nicht verstehen. Marlene tastete nach ihrem Handy, in der Jacke, in den Hosentaschen. Verdammt! Obwohl sie fror, lief ihr ein heißer Schauer über den Rücken. Das Handy hing am Ladekabel in der Steckdose in Levkes Zimmer. Sie könnte sich ohrfeigen! Was war sie nur für eine Idiotin!

Doch egal, jetzt war nicht die Zeit, sich darüber aufzuregen. Sie durfte nicht länger hier herumstehen und warten. Sie musste endlich los.

Aber in welcher Richtung lag das Ufer? Marlene konnte keine Küstenlinie erkennen, und sie konnte auch die Lichter der Badestelle nirgendwo leuchten sehen. Kein heller Punkt, kein Schimmern, nichts. Der Nebel hatte alles unter seinem grauen

Mantel begraben. Dabei hatte sie doch nur ihre Augen. Um sie herum war es so still, wie es nur still sein konnte.

Wenn sie nun in die falsche Richtung lief? Das war das Letzte, was sie tun durfte. Sie spürte, wie ihr der kalte Schweiß ausbrach. Reiß dich zusammen! Denk nach!

Die Lahnung. Sie war vorhin parallel in Sichtweite zu einer Lahnung gelaufen, damit sie die Orientierung nicht verlor. Sie musste also nur die Reihe von Holzpflöcken wiederfinden, dann hatte sie den rettenden Weg an Land sicher. Aber der Nebel war dichter geworden. Die Lahnung konnte überall sein.

Marlene kniff die Augen zusammen und versuchte, die Nebelwand mit ihrem Blick zu durchdringen. Sie ging ein paar Schritte vor und zurück. Bitte, lass irgendwo diese Scheiß-Holzpflöcke auftauchen! Der Schmerz in ihrem Kopf drohte sie von Neuem zu überrollen. Bitte.

Dann hielt sie inne. Sie sah etwas Dunkles im Nebel auftauchen, erst nur schemenhaft, dann immer deutlicher. Es sah aus wie ein schwarzes Band, das sich vom helleren Sandboden abzeichnete. Ihr Herz schlug schneller. Sie ging darauf zu. Sie hatte die Lahnung gefunden.

Marlene zitterte am ganzen Körper. Sie wusste nicht, ob vor Erleichterung oder vor Kälte, vor Kopfschmerz oder Übelkeit. Sie war gerettet. Doch musste sie nun nach rechts oder links schwenken? Ihr Gefühl sagte ihr, nach links. Aber war das richtig? Auf welcher Seite hatte sich die Lahnung befunden, als sie ins Watt gerannt war? Auf ihrer linken? Marlene schloss die Augen. Konzentriere dich! Erinnere dich! Ja, sie war sich sicher, die Holzpflöcke hatten linker Hand gelegen. Dann war sie umgedreht, und auf dem Rückweg hatte Marlene sie rechter Hand gesehen. Das bedeutete, sie musste nun nach links gehen.

Marlene stapfte los. Mit schwachen Beinen und pulsierendem Kopf, aber unendlich froh. Bis zum Ufer konnte es nicht mehr weit sein.

Johannes Unruhe wuchs. Noch immer kein Lebenszeichen von Bahne, und auch Marlene blieb verschwunden. Mechanisch räumten ihre Hände den Geschirrspüler aus. Sie musste etwas tun, sonst würde sie noch wahnsinnig werden vor Sorge.

Sie stellte die sauberen Teller in den Schrank. Bahne wurde von der Polizei gesucht. Sollte sie wegen Marlenes Fernbleiben auch die Polizei kontaktieren? Und Marlenes Kollegen Hansen anrufen? Oder war das völlig überzogen? Eine hysterische Überreaktion? Wahrscheinlich war Marlene einfach nur an den Deich gefahren, um nach diesem turbulenten Tag ein wenig zur Ruhe zu kommen, schließlich ging sie auch sonst gern raus, ans Meer allemal, sie brauchte Bewegung und frische Luft. Oder sie war auf dem Weg zu irgendeiner Tankstelle, um Zigaretten zu holen, vielleicht war ihr Vorrat erschöpft. Es gab eine Vielzahl von Gründen, warum Marlene so spät noch so lange unterwegs war, es gab bestimmt eine einfache, eine ganz harmlose Erklärung.

Aber ihr Gefühl sagte ihr etwas anderes.

Johanne sortierte die Messer und Gabeln in das Besteckfach, die Löffel, den Schneebesen, eine Suppenkelle. Mitten in der Bewegung hielt sie inne, starrte auf die Messer in ihren Händen.

Schluss mit der Zurückhaltung und mit den Spekulationen. Es waren zwei Menschen innerhalb kürzester Zeit ums Leben gekommen. Sie waren *umgebracht* worden. Und der oder die Täter liefen frei herum.

Entschieden schloss Johanne die Schublade, suchte Hansens Visitenkarte und wählte seine Nummer.

Eine halbe Stunde später stand Hansen vor der Tür. »Und Sie haben mit Ihrer Schwester nicht darüber gesprochen, wo sie hinwollte?«

Johanne schüttelte schuldbewusst den Kopf.

»Wann genau ist Marlene weggefahren?«

Auch diese Frage konnte Johanne nicht beantworten. Und die Tatsache, dass Hansen so dezidiert nachfragte, dass er Marlenes Verschwinden nicht auf die leichte Schulter, sondern ganz im Gegenteil, dass er es überaus ernst nahm, trug nicht dazu bei, dass sich Johannes Sorge verringerte. Warum nur hatte sie vorhin nicht besser hingehört? Und nachgefragt?

»Ich werde den Koog abfahren«, sagte Hansen und wandte sich zum Gehen.

»Halt!«, rief Johanne. »Ich komme mit.« Bevor Hansen ihr widersprechen konnte, fügte sie hinzu: »Ich kenne mich hier besser aus.«

»Na gut«, antwortete Hansen mit einem widerstrebenden Tonfall in seiner Stimme, aber er nickte.

Johanne holte ihre Jacke und kritzelte eilig eine Nachricht für die Kinder und, wie sie insgeheim hoffte, auch für Bahne auf einen Zettel, den sie auf den Küchentisch legte. Das musste reichen.

Sie fuhren zuerst zum Hof von Osnabrügge. Entlang der Auffahrt und auf dem Hofplatz parkte kein einziges Auto. Die Fenster im Erdgeschoss waren erleuchtet, irgendwo flackerte das Licht eines Fernsehers. Hansen wendete den Wagen und fuhr zurück zur Koogchaussee. Johanne meinte, seine Anspannung nahezu körperlich spüren zu können.

Sie kamen am Café von Sabine Sommer vorbei. Hansen ging vom Gas und spähte aus dem Autofenster. Im Café war die Nachtbeleuchtung eingeschaltet. Auf dem Parkplatz standen zwei Fahrzeuge, aber Marlenes Bus war nicht darunter.

Sie erreichten die Kreuzung zur Süder- und Norderdeichstraße. Hansen bog nach rechts ab. Er wollte als Nächstes zu Braack.

Als sie auf das Haus zufuhren, begann Johannes Puls sich zu beschleunigen. »Da steht ihr Bus!«, rief sie und zeigte mit ausgestrecktem Arm durch die Windschutzscheibe. Im schwachen Schein der Straßenlaterne hatte sie den Bus am Straßenrand entdeckt.

Hansen stellte seinen Wagen direkt dahinter ab. Sie stiegen aus und nahmen den Bus in Augenschein. Die Türen waren verriegelt, von Marlene keine Spur.

Johanne betrachtete das Haus und die Garage. Alles war dunkel. Was hatte Marlene hier gesucht? Sie folgte Hansen zur Auffahrt, als sie einen Lichtschein bemerkte, der seitlich aus der Garage auf den Weg und in den Garten fiel.

Auch Hansen schien er aufgefallen zu sein. Mit schnellen Schritten ging er um das Gebäude herum. Eine Seitentür stand offen, durch deren Spalt das Licht hinaus in die Dunkelheit drang. Vorsichtig zog Hansen die Tür auf. »Marlene?«

Johanne betrat nach Hansen die Garage. Sie war verlassen. Enttäuscht ließ sie ihren Blick über die zwei Oldtimer gleiten, über die Regale und Haken mit Gartengeräten an der Hinterwand.

Hansen umrundete das erste Fahrzeug. Seine Aufmerksamkeit schien von dem zweiten Wagen angezogen zu werden, der mit einer Plane abgedeckt war. Sie war an einer Stelle zurückgeschlagen.

Unvermittelt bückte Hansen sich. Als er sich wieder aufrichtete und Johanne zeigte, was er gefunden hatte, schrie sie auf. Marlenes CI! Wieso hatte Marlene das Gerät hier verloren? Und, was noch viel beunruhigender war, wieso hatte sie es einfach liegen lassen? Ihr würde doch nichts zugestoßen sein?

Hansen rief erneut nach Marlene, diesmal lauter. Doch es kam keine Antwort. Alles blieb still.

Sie eilten hinaus, liefen durch den Garten zum Haus hinüber, versuchten, die Eingangstür zu öffnen, aber sie war abgeschlossen. Sie rannten um das Haus herum, probierten es an den Terrassentüren, auch verschlossen. Sie liefen auf die Straße und riefen immer wieder laut Marlenes Namen. Aber sie fanden keinerlei Zeichen von ihr, keinen Anhaltspunkt, der ihnen verraten würde, was hier geschehen war.

Und wenn sie unser Rufen gar nicht hören kann?, dachte Johanne hilflos. Wenn Marlene hier irgendwo in der Finsternis liegt oder umherirrt, womöglich verletzt, niedergeschlagen, wie auch immer, und gar nicht registriert, dass wir sie suchen? Johanne wurde von Minute zu Minute verzweifelter. In einem letzten Versuch kletterte sie den Deich hinauf. Doch selbst von dort oben konnte sie in der nebligen Dunkelheit nicht sehr weit sehen.

»Marlene!«, schrie sie in die Nacht hinaus. Da schälte sich eine dunkle Gestalt aus dem Nebel und kam auf sie zu.

Marlene?

31

Sie schleppte sich dem rettenden Ufer entgegen. Mühsam setzte Marlene einen Fuß vor den anderen. Ihre Arme hatte sie fest um den Oberkörper geschlungen. Die feuchte Kälte saß in all ihren Gliedern, die Hosenbeine klebten nass auf ihrer Haut.

Immer wieder ging Marlenes Blick nach rechts zu den Holzpflöcken der Lahnung, die sich in einigen Metern Abstand durch das Watt zog und sie zurück an Land führte. Sie war auf dem richtigen Weg. Nur wann hatte sie endlich das Ufer erreicht? Sie hatte jegliches Zeitgefühl verloren, aber es konnte nicht mehr weit sein. Es *durfte* nicht mehr weit sein, denn ihre Kräfte ließen nach.

Angestrengt starrte sie geradeaus in die Dunkelheit. Wurde es dahinten heller? Ja, jetzt war sie sicher, dort schimmerten Lichter durch den Nebel, sie täuschte sich nicht, das musste die Badestelle sein. Ihr Herz machte einen Satz. Gleich hatte sie es geschafft.

Der linke Fuß sackte zuerst ein.

Reflexartig machte Marlene einen Schritt nach vorn und riss den Fuß hoch, doch sofort sank auch der andere Fuß ein.

Oh nein, nicht auch noch durch den Schlick, dachte sie verzweifelt. Ihr blieb heute auch nichts erspart.

Mit dem nächsten Schritt verschwand der linke Fuß bis zur Wade. Marlene verlagerte das Gewicht auf das rechte Bein. Es sank noch tiefer ein.

Sie würde doch nicht in ein Schlickloch …

Etwas in ihr sperrte sich dagegen, den Gedanken zu Ende zu führen, so ungeheuerlich war er. Sie musste sich konzentrieren. Nur mit größter Anstrengung schaffte sie es, das linke Bein aus dem Schlick herauszuziehen. Doch sie kam nur ein winziges Stück voran, dann sackte das Bein erneut ein, diesmal bis zum Oberschenkel. Hektisch versuchte Marlene, das rechte Bein anzuheben, es irgendwie zu bewegen, aus dem kalten, zähen Matsch herauszubekommen, doch vergebens. Sie steckte fest.

Marlene versuchte, sich mit den Händen, mit dem Oberköper abzustützen oder irgendwo festzukrallen, aber der weiche Boden bot keinen Halt. Sie ruckelte mit dem Gesäß hin und her, verlor beinahe das Gleichgewicht, ruderte panisch mit den Armen. Sie spannte all ihre Muskeln an, versuchte, ihre Beine, ihren Körper mit den Füßen hochzudrücken, aber nichts half. Nichts konnte ihre Beine befreien.

Schlimmer noch. Sie sanken tiefer ein.

Bis zur Hüfte steckte Marlene im Schlick.

Sie war gefangen.

»Sören! Mensch, hast du mich erschreckt! Was machst du hier?« Johanne sah Sörens Hund aus dem Nebel auftauchen und fragte, ohne eine Antwort abzuwarten: »Hast du Marlene irgendwo gesehen?«

Sören schüttelte den Kopf. »Ich habe Marlenes Horchi gefunden. Gefunden.«

»Du hast was?«

Sören streckte Johanne die geöffnete Hand entgegen. Sie starrte auf das Gerät in seiner Handfläche. Ihr Mund fühlte sich plötzlich staubtrocken an. Sie war unfähig, auch nur ein Wort zu sagen.

»Wo haben Sie das gefunden?«, fragte Hansen, der zu ihnen geeilt war.

»Dahinten. Hinten«, antwortete Sören und deutete mit einer unbestimmten Armbewegung in den Nebel.

»Können Sie uns die Stelle zeigen?«

Sören nickte und drehte sich um. Johanne, Hansen und der Hund folgten ihm.

Sie erreichten die erste Laterne der Badestelle. An der zweiten blieb Sören stehen und zeigte den Abhang hinunter. »Da unten. Bruno hat es gefunden. Gefunden.«

Johanne lief hinter Hansen den Deich hinunter. Sie trat in

ein Loch und wäre beinah hingeschlagen. Sie kam zum Stehen, drehte sich im Kreis, versuchte, mit ihren Augen den Nebel zu durchdringen. Sie rief Marlenes Namen. Doch Johanne sah nichts und hörte nichts. Es herrschte absolute Stille.

Bruno lief an ihr vorbei, die Nase schnüffelnd über dem Boden. Dann stoppte er, hob den Kopf und spitzte die Ohren.

Johanne betrachtete ihn irritiert. Der Hund streckte die Schnauze vor, als hätte er eine Witterung aufgenommen. »Bruno, was –?«

Jetzt schlug er an und lief bellend in Richtung Watt.

»Bruno, was hast du?« Aufgeregt rannte Johanne dem Hund hinterher. Ihre Gedanken waren langsam und zäh. Hat er etwa …? Aber sie wird doch nicht …?

Bruno war an den Steinen, die an der Wasserkante lagen, angekommen. Er lief unruhig hin und her. Sein lautes Kläffen verlor sich in der Dunkelheit über dem Wattenmeer.

»Bruno!«, rief Sören von hinten. »Bruno, aus! Aus.«

Da hörte Johanne es. Leise und zart schwebten die Töne durch die Luft und drohten sich sogleich wieder zu verflüchtigen. Hatten ihre Ohren ihr einen Streich gespielt? Marlene konnte unmöglich …

Doch nein, da war es wieder, fast noch leiser als zuvor. Jemand war dort draußen und rief um Hilfe.

»Marlene!« Johannes Schrei kam aus der Tiefe ihrer Seele. Ihr Oberkörper krümmte sich nach vorn, als könnte sie dem Wort dadurch eine zusätzliche Wucht verleihen, die es noch weiter über das Watt tragen würde. Sie brüllte den Namen ihrer Schwester, durchdringend und aus voller Kehle, obwohl sie wusste, dass Marlene sie nicht hören konnte.

32

Marlene kämpfte. Doch es war aussichtslos. Sie steckte fest.
Bis zur Hüfte war sie vom Schlick eingeschlossen, ihre Beine
steif und kalt, die Füße kaum noch zu spüren. Wieder und wieder
schlug sie mit den Händen, mit den Armen auf den matschigen
Boden ein, versuchte, sich abzudrücken, den Körper
hochzustemmen, doch vergebens. Der Untergrund gab nach,
auch die Hände und Arme sanken ein. Sie probierte, die Beine
freizuschaufeln, grub die Finger tief in den Schlick, aber der
weiche Matsch sackte sogleich wieder nach. Sie streckte sich
verzweifelt in Richtung der Lahnung, obwohl sie wusste, dass
diese Meter entfernt und unerreichbar war. Wenn sie doch nur
irgendwo einen Halt fände, an dem sie sich aus dem Schlick
herausziehen konnte!

Ein hässlicher Gedanke ließ sich nicht mehr länger zurückhalten.
Er schlich sich aus dem dunkelsten Winkel ihres
Gehirns in ihr Bewusstsein und schleuderte ihr ohne Gnade
grausam und eiskalt entgegen: Ohne Hilfe bist du verloren.

Marlene schrie. Zumindest fühlte es sich so an. Sie hörte keinen
einzigen Laut, aber ihr Kehlkopf und ihr Hals, ihre Brust,
ihr Kopf, ihr Mund, alles vibrierte. Ihr ganzer Körper war ein
einziger Schrei. Immer und immer wieder. Doch wer sollte
sie hören? Die Panik drohte Marlene wie eine Woge zu überschwemmen
und mit sich fortzureißen. Sie raubte ihr schier
den Atem.

Das Wasser würde kommen.

Wie weit war sie vom Ufer entfernt? Sie erahnte immer noch
die Lichter der Badestelle im Nebel, so weit draußen konnte sie
also nicht sein. Aber wie hoch würde das Wasser an dieser Stelle
steigen? Hatte sie ausreichend Spielraum? Sie sah an sich hinab,
schätzte ihre Größe von der Hüfte an aufwärts. Ein Meter?
Nein, wahrscheinlich war es weniger. Und die Nase? Es ging

um den Mund und die Nase. Da war der Abstand zum Boden noch geringer.

Würden ihre Beine nicht feststecken, so hätten sie jetzt, im Angesicht dieser ausweglosen Situation, nachgegeben.

Es würde niemals ausreichen. Sie würde ertrinken.

Der Gedanke zersprang klirrend in ihrem Kopf und hinterließ eine dröhnende Leere. Marlene spürte ein Stechen in der Brust, dann verkrampfte sich ihr Magen, und sie musste erneut würgen. Sie hustete, keuchte, dann begann sie von Neuem zu schreien. Vielleicht würde der Mann, den sie verfolgt hatte, ihre Rufe hören. Womöglich Osnabrügge? Ganz gleich, wer auch immer das war, hoffentlich hatte er ein Einsehen und kam zurück. War das ihre einzige, ihre letzte Chance?

Sie starrte in Richtung Ufer. Die Rettung lag so nah. Irgendwer musste sie doch hören! Scheiße, hätte sie jetzt nur ihr Handy dabei!

Panisch blickte Marlene sich um, versuchte, den Nebel und die Dunkelheit über der offenen Nordsee zu durchdringen. Kam das Wasser schon? Wie viel Zeit hatte sie noch? Sechs Stunden Ebbe, sechs Stunden Flut. Sie hatte keine Ahnung, wie viele Stunden seit ihrem Weg ins Watt vergangen waren. Und ob zu diesem Zeitpunkt das Wasser noch zurückgegangen war oder ob es schon wieder aufzulaufen begonnen hatte. Sie wusste nur, dass ihr nicht mehr viel Zeit blieb. Wenn sie Glück hatte, vielleicht sechs Stunden. Sechs Stunden! Oder weniger.

Tränen schossen ihr in die Augen. Sie wollte nicht sterben. Nicht hier. Nicht jetzt. Sie sah Mats vor sich, auf dem Bahnsteig in Schleswig, er drehte sich noch einmal nach ihr um und winkte, lächelte, seine Haare vom Wind zerzaust, dann verschwand er im Zug, die Türen schlossen sich hinter ihm. In Marlenes Kopf rauschte es. Sie sah Nils. Ihre Finger suchten den Ring, krallten sich an ihm fest, drückten ihn tief in das Fleisch. Sie sah jedes Detail seines Gesichts, die ersten Falten an den Augen, das Grübchen am Kinn, seinen warmen und gleichzeitig etwas herausfordernden Blick. Den Blick, der ihr stets sagte: »Marlu, geh weiter, das Leben ist für dich noch nicht zu Ende. Und es ist gut.«

Nein, Nils, es ist nichts mehr gut. Diesmal nicht.

Wieder schob sich Mats vor ihr inneres Auge, dann Johanne und die Kinder, ihre Eltern und immer wieder Mats. Doch halt. Stopp! Sie war dabei, sich zu verabschieden. Das durfte sie nicht zulassen. Sie durfte sich nicht aufgeben!

In einem letzten hilflosen Aufbäumen nahm Marlene all ihre Kraft zusammen. Sie ruckelte mit der Hüfte vor und zurück, nach rechts und nach links. Dann warf sie sich mit dem Oberkörper auf den Wattboden. Krallte die Hände in den Matsch. Versuchte, ihren Körper nach vorn zu ziehen. Schlick quoll zwischen ihren Fingern hervor, klebte an ihren Haaren, in ihrem Gesicht. Aber ihre Beine bewegten sich nicht. Keinen Zentimeter. Marlene war geschlagen.

Irgendetwas in ihrem Kopf explodierte. Die Tränen kamen mit aller Macht.

Wann sie das blaue Licht bemerkt hatte, konnte Marlene später nicht sagen. Das erste Aufflackern, schwach und so weit weg, zog scheinbar bedeutungslos an ihr vorüber. Erst als es nicht aufhörte und zu einem regelmäßigen diffusen Blinken wurde, drang das Flackern in Marlenes Bewusstsein vor. War das der Schein eines Blaulichts? Polizei, Feuerwehr, Rettungswagen? Suchte man nach ihr?

Ein Zittern ging durch Marlenes Körper. Oh Gott, vielleicht suchte man sie! Am Ufer mussten Menschen sein!

Sie holte so tief Luft, wie sie konnte. Aus voller Kehle begann sie erneut zu schreien. Sie hatte wieder eine Chance! »Hilfe! Hier bin ich! Ich stecke fest! Hilfe!« Sie betete, dass jemand sie hörte, dass ihre Stimme ausreichte, dass sie laut genug war und dass sie weit genug getragen wurde.

Nur eine Antwort konnte sie nicht hören.

Aber Marlene gab nicht auf. Den Blick starr auf das flackernde Blaulicht geheftet, rief sie weiter um Hilfe, in einem gleichbleibenden Rhythmus, in der Hoffnung, dass man sie dadurch finden würde, finden *musste*.

Dann sah sie endlich einen hellen Lichtstrahl in der Dunkelheit aufleuchten. Marlene fing hysterisch an zu lachen. »Hier bin ich! Hier!«

Drei Gestalten kamen aus dem Nebel auf sie zu.

»Hier.« Marlene fuchtelte wild mit den Armen. Der Schein der Lampe traf sie ins Gesicht. Sie hob schützend einen Arm und musste für einen Moment die Augen zusammenkneifen. Dann erst erkannte sie die Personen. Es waren zwei Männer von der Feuerwehr und Hansen. Alle drei hatten Seile um ihre Oberkörper geschlungen, deren Spur sich in Richtung Ufer verlor. Der erste Feuerwehrmann trug einen merkwürdigen Ganzkörperanzug, der zweite zog etwas hinter sich her. Eine Trage?

Die Tränen kamen wieder. Diesmal vor Freude. Marlene war gerettet.

»Hansen.« Mehr brachte sie nicht heraus. Sie schluchzte, heulte, wischte sich mit den schlickverschmierten Händen über die Wangen und über die Haare, zuckte entschuldigend mit den Schultern. Und lachte.

Dann hielt sie jäh inne. Warum blieben die Männer stehen? Warum kamen sie nicht näher? Nun kommt doch endlich!

Erst jetzt registrierte Marlene den besorgten Ausdruck in den Gesichtern ihrer Retter. Der Mann in dem Anzug deutete auf den Wattboden und machte ein paar schwankende Bewegungen, der andere Feuerwehrmann zeigte auf das offene Meer hinter ihr und hob den Unterarm, so als schaute er auf eine Armbanduhr. Sie hatten nicht mehr viel Zeit. Aber dann kommt doch!

Da hielt der erste Feuerwehrmann ein zusätzliches Seil in die Höhe, tippte auf die große Schlaufe an dessen Ende, dann auf seinen Bauch und wieder auf die Schlaufe. Er tat so, als zöge er an dem Seil. Marlene hatte verstanden.

Mit dem Seil in der Hand legte sich der Mann auf den Boden und robbte Stück für Stück näher an Marlene heran. Sein Kollege sicherte ihn. In etwa vier Meter Entfernung hielt der Mann an. Er richtete den Oberkörper so weit wie möglich auf und schwang das Seil.

Der erste Wurf ging daneben. Marlene bekam die Leine nicht zu fassen. Beim zweiten Mal packten ihre Hände fest zu.

33

Der Tee schmeckte fürchterlich. Nach Kamille und Kranksein. Marlene quälte sich einige Schlucke davon die Kehle hinunter, doch das heiße Getränk konnte das flaue Gefühl in ihrem Magen nicht vertreiben. Sie stellte die Tasse auf dem Nachttisch neben dem Bett, in dem sie saß, ab und ließ den Blick durch das Zimmer gleiten. Seit Nils hasste sie Krankenhäuser. Die kalte Funktionalität und der Geruch nach Sterillium waren für Marlene unauslöschlich mit Angst und Verfall verbunden. Und mit Abschied. Hoffentlich kam Johanne bald und erlöste sie. Vorhin bei der Visite hatten die Ärzte Marlene mitgeteilt, dass sie gehen könne. Doch sie brauchte frische Kleidung, bevor sie die Klinik verlassen konnte. Und bald neue Akkus.

Marlene fasste sich ans rechte Ohr, strich mit dem Zeigefinger über das CI. Die Geräte hatten sie im Stich gelassen. Und ihr gleichzeitig das Leben gerettet. Sie ließ ihren Kopf in das Kissen sinken.

Nach ihrer spektakulären Rettung aus dem Watt war Marlene mit dem Rettungswagen in das Westküstenklinikum nach Heide gebracht worden. Dort hatte sie die Nacht zur Überwachung verbringen müssen. Sie war unterkühlt gewesen und hatte eine leichte Gehirnerschütterung davongetragen. Die Implantate im Innern ihres Kopfes hatten beim Sturz gegen die Autotür glücklicherweise keinen Schaden genommen. Auch die beiden abnehmbaren Geräte funktionierten noch. Den Aufprall auf den Garagenboden wie auch die Feuchtigkeit im Gras hatten sie unbeschädigt überstanden.

Marlene sah durch das Fenster in einen blank geputzten Himmel. Die Nacht und der Nebel waren von der Oktobersonne vertrieben worden. Seit sie heute früh aus einem kurzen, aber tiefen Schlaf erwacht war, kreisten ihre Gedanken unaufhörlich um den vergangenen Abend. Wer hatte sie niedergeschlagen? Wen hatte sie dort draußen im Watt verfolgt? War es tatsächlich Osnabrügge gewesen? Hatte Hansen ihn inzwischen stellen können? Und wo war Bahne? War er endlich nach Hause gekommen?

Aus dem Augenwinkel bemerkte Marlene, dass die Zimmertür geöffnet wurde. Hansen kam herein. Als sie sein Gesicht sah, kamen die Tränen. Sie hätte tot sein können. Es hatte nicht viel gefehlt. Hastig fuhr Marlene sich über die Wangen, bemüht, die Fassung wiederzuerlangen. Sie richtete sich auf.

»Marlene.« Hansen grinste schief und blieb unsicher am Fußende des Bettes stehen. »Du siehst schon viel besser aus als gestern.« Er ließ seinen Blick für einen Moment auf ihr ruhen. »Einfach kann jeder.« Mit einer tadelnden Miene, die zugleich große Erleichterung ausdrückte, schüttelte er den Kopf. »Gegen ein bisschen weniger Dramatik hätte ich beim nächsten Mal nichts einzuwenden.«

Marlene lächelte entschuldigend. »Keine weiteren Vorwürfe?«

»Keine Vorwürfe.« Hansen nahm seine Häkelmütze ab und steckte sie in die Jackentasche. »Alles in Ordnung mit deinem Kopf?«

»Alles okay.« Marlene strich eine Falte auf dem Bettbezug glatt und räusperte sich. »Hansen«, sie sah ihm gerade in die Augen, »danke.«

Hansen winkte ab. »Das hatten wir ja schon.« Er stützte sich mit den Armen auf das Bettgestell. »Du hast mal wieder den richtigen Instinkt gehabt. Wir haben ihn.«

»Es war Osnabrügge?«

Hansen nickte.

Erleichtert ließ sich Marlene zurück ins Kissen fallen. Ihr fiel ein Stein vom Herzen. Auch wenn sie noch immer nicht wusste, wo Bahne steckte und welches Spiel er spielte, so war eins nun wenigstens sicher: Er war kein Mörder.

»Wir mussten ihn ziemlich in die Mangel nehmen, aber er hat gestanden. Wir sind noch mitten in der Nacht zu ihm. Seine matschigen Schuhe standen im Schuppen. Den Stick hat er im Watt versenkt, aber dafür haben wir etwas anderes bei ihm gefunden: Braacks Handy und Laptop. Die Auswertung läuft. Außerdem stimmen Osnabrügges Fingerabdrücke mit denen auf der Golftasche überein.«

»Bingo. Und die Tatwaffe?«

»Einer der Golfschläger. Osnabrügge hat angegeben, ihn nördlich von Schafstedt in den Nord-Ostsee-Kanal geworfen zu haben. Die Taucher versuchen bereits, ihn zu finden.«

»Also Bestechung und Erpressung?«

Hansen nickte erneut. »Osnabrügge hat Braack ein nettes Sümmchen bezahlt, damit sein Grund und Boden als Vorranggebiet für den Bau von Windkraftanlagen ausgewiesen wird. Nach dem Mord an Brodersen, unserem Erscheinen im Koog und den unbequemen Fragen sah sich Braack jedoch einem größeren Risiko ausgesetzt. Das wollte er sich vergüten lassen und forderte noch mehr Geld von Osnabrügge. Darüber ist es zum Streit gekommen.«

»Die gute alte Gier …«

»… hat Braack das Leben gekostet.« Hansen richtete sich auf.

»Woher hatte Osnabrügge das Geld?«

»Schwarzgeld. Er hat Landmaschinen unter der Hand weiterverkauft.«

»Und die Morddrohung gegen ihn war gefakt. Ein Ablenkungsmanöver«, stellte Marlene fest. Sie hatte mit ihren Beobachtungen bei den Osnabrügges richtiggelegen.

»Genau. Die KTU überprüft, ob das Drohschreiben von Osnabrügges Drucker stammt«, antwortete Hansen. »Ein unschönes Detail gibt es allerdings noch: Er sagt, es war Notwehr.«

Marlene fuhr hoch. »Bullshit!«

»Braack habe ihn mit dem Golfschläger angegriffen. Da habe er sich wehren müssen und Braack den Schläger aus der Hand gerissen«, entgegnete Hansen.

»Na klar. Deshalb hat er Braack auch von hinten erschlagen,

ohne Abwehrspuren beim Opfer. Und Fingerabdrücke auf der Tasche hinterlassen«, erwiderte Marlene trocken.

»Er wird damit nicht durchkommen, die Beweislage ist ausreichend. Aber ärgerlich ist es trotzdem.« Hansen gähnte. »Allmählich könnte ich etwas Schlaf vertragen.«

»Und Brodersen?«

Hansen strich sich über den lichten Bart. »Diese Tat streitet Osnabrügge nach wie vor vehement ab. Aber er kann kein anderes Alibi anbieten, als dass er mit seiner Frau zusammen zu Hause gewesen sein will.«

»Die ja nun auch mit drinhängt. Glaubst du ihm?«

Hansen zuckte mit den Schultern. »Um ehrlich zu sein: Ich weiß es nicht. Er hätte nur dann ein Motiv, wenn Brodersen hinter seine korrupten Machenschaften gekommen wäre. Aber dafür haben wir bisher keinerlei Anhaltspunkte finden können.«

»Was ist mit Braack?«, hakte Marlene nach. »Er könnte Brodersen aus dem gleichen Motiv getötet haben.«

»Das wäre durchaus denkbar, wir überprüfen nun auch sein Alibi. Deshalb haben wir Sabine Sommer heute Morgen ein zweites Mal zum Tatabend befragt. Jetzt, da ihr Verhältnis zu Braack ans Tageslicht gekommen ist, gibt sie an, zur Tatzeit mit ihm zusammen gewesen zu sein. Wir prüfen noch, ob die Daten auf Braacks Handy diese Aussage eventuell bestätigen.«

»Dann hat Sabine Sommer also auch gelogen.« Marlene zog die Bettdecke ein wenig höher. »Und nun sag bitte, was ist mit meinem Schwager? Weißt du etwas Neues? Ist er wieder aufgetaucht?«

»Er hat sich heute früh bei uns gemeldet. Was die Mordfälle angeht, ist er entlastet. Sein Problem ist jetzt ein ganz –« Hansen verstummte und drehte den Kopf zur Seite. Marlene folgte seinem Blick. Jemand hatte die Tür geöffnet. Es war Johanne. »Aber den Rest kann dir deine Schwester am besten selbst erzählen. Ich geh dann mal.« Er setzte die Mütze auf und klopfte zum Abschied mit der Hand auf das Bettgestell. »Erhol dich gut, Marlene.«

Nachdem er Johanne begrüßt hatte, drehte er sich noch einmal um. »Und keine Alleingänge mehr.«

Marlene grinste. »Niemals.«

Dann fiel die Tür ins Schloss.

Sobald sie allein waren, brach Johanne in Tränen aus. Sie brachte kein Wort heraus. Stattdessen setzte sie sich auf die Bettkante und ließ sich in Marlenes Arm fallen. Johannes Körper zitterte, ihre Finger krallten sich in den dünnen Stoff des Klinikhemdchens. Und Marlene hielt sie, eine gefühlte Ewigkeit lang.

Irgendwann löste sich Marlene aus der Umarmung und schob Johanne sachte von sich. »Hey, meine kleine Schwester«, sagte sie sanft und strich ihr die Haare aus der Stirn.

»Du hättest tot sein können!«, brach es aus Johanne hervor. Ihre Augen waren tränenverquollen, die Haut rot und fleckig.

»Aber ich bin hier.« Marlene sah Johanne eindringlich an. »Und du hast mir das Leben gerettet. Ich bin dir so dankbar, dass du nach mir gesucht hast!«

»Von wegen dankbar! Ich bin schuld!« Sie wischte sich mit dem Ärmel über das Gesicht. »Ich habe dich da reingetrieben. *Ich* wollte, dass du etwas tust, dass du ermittelst. Und jetzt wärst du fast dabei draufgegangen!«

»Es war ganz allein meine Entscheidung«, versuchte Marlene ihre Schwester zu beruhigen.

»Weil ich nicht abwarten konnte. Und der Kripo nicht vertraut habe.« Johanne fummelte ein Taschentuch aus ihrer Hosentasche und schnäuzte sich. »Und alles nur, weil Bahne nicht geredet hat.«

»Was ist passiert, Johanne?« Marlene legte ihr die Hand auf den Arm.

Ihre Schwester ließ den Kopf sinken, starrte auf ihren Schoß, auf das Taschentuch in ihren Händen. Dann hob sie den Blick. »Er ist heute Morgen zurückgekommen. Um halb fünf. Er hat irgendwo im Auto geschlafen.« Sie hielt inne. Marlene wartete, bis sie weitersprach. »Er war an den fraglichen Abenden nicht laufen. Sondern in Flensburg. In einem Spielcasino. Er hat sich verspekuliert. Hat in irgendwelche Aktien, die ökologisch wertvoll und nachhaltig sein sollten, investiert. Und damit eine Menge Geld verloren. Über zwanzigtausend Euro! Und nun wollte er das Geld wieder reinholen. Wollte alles wiedergutmachen. Aber das ist wohl nach hinten losgegangen.« Johanne schaute aus dem Fenster, dann wieder zu Marlene. »Weißt du, dass einem ein solcher Fehler passiert, das ist bitter und ärgerlich, aber es ist nicht das Schlimmste. Davor ist keiner gefeit. Aber dass er mir nichts erzählt hat, dass er mir etwas vorgespielt hat – er hat sich auf dem Rückweg jedes Mal extra die Laufsachen angezogen! –, das macht mich traurig.«

Marlene ließ Johannes Arm los. Sie wusste nicht, ob sie lachen oder weinen sollte. Bahne hatte mit den Mordfällen nichts zu tun, das war die gute Nachricht. Aber er hatte sie alle angelogen, hatte falsche Tatsachen vorgetäuscht und bei der Polizei sogar eine Falschaussage gemacht. Er hatte sie wiederholt auflaufen lassen, nur um seinen Misserfolg, sein eigenes Versagen zu vertuschen.

»Er sagt, er wollte mich und die Kinder nur schützen.«

Das Allerschlimmste aber war: Johanne fing schon wieder an, sein Verhalten zu entschuldigen.

»Aber Johanne, er hat dich hintergangen! Von wegen nichts *erzählen* – er hat dich belogen, Johanne! Von vorn bis hinten! Dich, die Kinder. Und auch mich. Und die Polizei. Er hat uns alle verarscht!«

»Er hat keinen anderen Ausweg gesehen.«

»Aber –« Marlene brach ab. Sie würde es nie verstehen.

»Er wollte mich nicht verletzen.«

Und sie würde es auch nicht ändern können.

»Schließlich hatte er ja wirklich nichts mit den Mordfällen zu tun.«

Marlene schloss die Augen und holte tief Luft. Es hatte keinen Sinn. Sie würde dieses Problem mit ihrer Schwester nicht lösen können, nicht hier und nicht jetzt. Vielleicht niemals.

Auch wenn sie ihre Ausflüchte nur schwer aushalten konnte. Doch sie hatte keine Kraft mehr. Als wenn ein Vorhang zur Seite gezogen worden wäre, offenbarte sich Marlene in diesem Augenblick das ganze Ausmaß ihrer Erschöpfung. Die Ereignisse der letzten Tage und der vergangenen Nacht forderten ihren Tribut. Sie fühlte sich müde und schwer, ausgehöhlt und leer. Sie wollte nach Hause.

»Lassen wir es gut sein«, sagte sie resigniert. »Irgendwie sind wir ja alle mit einem blauen Auge davongekommen.« Ihr Blick fiel auf die Tasche, die Johanne mitgebracht hatte. »Und nun gib mir bitte meine Klamotten. Ich will endlich aus diesem schrecklichen Flügelhemd raus. Und aus dieser Klinik.« Außerdem brauchte sie jetzt eine Zigarette, nötiger denn je. Aber das musste sie ja nicht laut sagen.

Sie fuhren zurück nach Theresienkoog. Johanne parkte den Wagen auf dem Hofplatz und stieg aus. Ihr Blick ging über die Felder, hinüber zu Brodersens Hof. »Und es war wirklich Osnabrügge?« Sie schüttelte den Kopf, als könnte sie es nicht glauben.

»Es sieht danach aus.« Marlene schlug die Autotür zu und steckte sich eine Zigarette an.

»Du hast eine Gehirnerschütterung. Willst du nicht wenigstens jetzt mal eine Pause damit machen?«

»Später.«

»Wenn du meinst.« Johanne schlang die Arme um ihren Oberkörper. »Der Wind hat ganz schön aufgefrischt. Für heute Abend haben sie Sturmböen angesagt. Komm, ich mach uns einen Kaffee.« Sie ging in Richtung Haustür.

»Johanne, ich werde mich auf den Weg machen.«

Johanne hielt inne und drehte sich um. »Wie?«

»Ich werde nach Hause fahren.«

»Warum willst du denn nicht mehr bleiben?«

»Ich brauche mal wieder etwas Zeit für mich. Du hast mich schon viel zu lange verwöhnt.« Marlene zog an der Zigarette.

»Außerdem ist der Fall geklärt, den Rest erledigen die Kollegen.«

»Ja, aber willst du Bahne gar nicht mehr sprechen?« Johanne sah sich um. »Sein Auto ist nicht da. Er wollte noch zu den Schafen. Willst du nicht wenigstens auf ihn warten? Die Kinder sind auch noch in der Schule.«

»Tut mir leid, Johanne, aber das ist jetzt ganz allein eine Sache zwischen euch, zwischen Bahne und dir. Und ich denke, es ist besser, wenn ich dabei nicht störe.«

»Aber du störst nicht.« Johanne sah ihre Schwester hilflos an. »Ach Leni, wie soll ich das alles hinkriegen?« Sie zuckte mit den Schultern.

»Du wirst das schaffen. Und sonst kommst du zu mir nach Schleswig.« Marlene versuchte ein schiefes Grinsen.

»Aber was ist mit deinem Kopf?«, setzte Johanne nach. »Mit deiner Gehirnerschütterung?«

»Es ist eine *leichte* Gehirnerschütterung.«

»Und damit willst du allein nach Schleswig fahren? Um allein in deiner Wohnung herumzusitzen? Ist es nicht besser, wenn du –?«

»Es geht schon«, fiel Marlene ihr ins Wort.

Johanne gab sich geschlagen. »Ich habe ja sowieso keine Chance«, sagte sie mit einem traurigen Lächeln und seufzte. »Aber einen Kaffee trinken wir noch.«

Eine halbe Stunde später saß Marlene in ihrem Bus und fuhr die Stichstraße zur Koogchaussee hinunter. Im Rückspiegel sah sie Johanne auf dem Hofplatz stehen. Ihre Schwester winkte noch ein letztes Mal, dann ging sie ins Haus und war verschwunden.

An der Kreuzung stoppte Marlene. Sie nahm nicht den direkten Weg nach Heide und Schleswig, sondern bog nach links ab. Eine Sache wollte sie noch erledigen, bevor sie den Koog verließ.

34

Der Hof der Lütjes lag still und verlassen da. Nur ein paar einsame Blätter wurden vom Wind über den Hofplatz getrieben. Marlene parkte den Bus, stieg aus und ging zum Wohnhaus hinüber. Sie klingelte. Nichts rührte sich. Sie sah sich um. In diesem Moment kam Bruno aus dem Kuhstall getrottet, dessen Tor weit offen stand. Als er Marlene entdeckte, fing er an zu bellen.

Augenblicklich erschien Uwe Lütje am Tor. Mit einem knappen Befehl brachte er den Hund zum Schweigen. »Frau Louven. Wollen Sie zu mir?«

»Moin, Herr Lütje«, sagte Marlene und reichte ihm zur Begrüßung die Hand. Sie strich sich die Haare, die ihr der Wind ins Gesicht wehte, nach hinten. »Nein, ich möchte kurz mit Sören sprechen. Ich bin auf dem Rückweg nach Schleswig und möchte mich von ihm verabschieden.«

»Er ist drinnen bei den Kühen«, antwortete Lütje und deutete mit dem Kopf nach hinten. Er musterte Marlene eindringlich. »Und Sie mussten gestern Nacht aus dem Watt gerettet werden?« Marlene meinte ein befremdliches Unverständnis in seinem Blick aufflackern zu sehen. »Da haben Sie aber noch mal Glück gehabt.«

Marlene winkte hastig ab: »War nicht gerade eine meiner besten Ideen. Aber Sören hat geholfen, mich zu finden – deshalb möchte ich mich bei ihm bedanken.«

»Stimmt es, dass es Osnabrügge war? Hat er die beiden Morde begangen?«

»Solange die Ermittlungen laufen, darf ich Ihnen dazu nichts sagen. Sören ist also im Stall?« Marlene ließ Lütje stehen und betrat den Kuhstall. Der Geruch nach Tier, Stroh und Mist hing schwer in der Luft. Staubkörner tanzten im Licht, das durch die lange Reihe von Seitenfenstern fiel. Marlene entdeckte Sören am hinteren Ende der Stallgasse. Er war dabei, mit einer

Forke frisches Heu für die Tiere in der Futterrinne zu verteilen.

»Hallo, Sören«, sagte sie und ging auf ihn zu.

Sören zuckte zusammen. Er hatte sie nicht bemerkt. Kurz schaute er hoch, dann setzte er seine Arbeit fort. »Hallo.«

»Sören, ich möchte mich bei dir bedanken. Du hast mein CI gefunden, mein Horchi. Dadurch konnten die Polizei und die Feuerwehr mich retten.«

Sören hielt inne und begann, von einem Bein auf das andere zu wippen.

»Du hast mir das Leben gerettet. Vielen –« Marlene brach ab. Sören hatte die Forke fallen gelassen. Seine Hand schnellte zum Mund, seine Zähne gruben sich in den Handrücken. Uwe Lütje, der Marlene gefolgt war, war sofort bei ihm. Behutsam, aber bestimmt nahm er Sörens Arm und befreite seine Hand. Er redete beruhigend auf ihn ein, während er sich nach der Forke bückte und sie Sören zurück in die Hand gab.

»Es ist alles zu viel für ihn«, sagte Lütje, als Sören sich wieder seiner Aufgabe zuwandte. »Diese ganze Sache hat ihn sehr verstört.«

»Ich werde dann wohl besser gehen«, sagte Marlene betreten.

Lütje nickte. »Aber trotzdem danke, dass Sie gekommen sind.«

Marlene verabschiedete sich und verließ den Hof. Sie fuhr die Süderdeichstraße entlang. Der Besuch hatte einen traurigen Nachgeschmack hinterlassen. Würde Sören den Mord an seinem Vater verarbeiten können? Wie würde er in seinem Leben zukünftig zurechtkommen? Würde es ihm jemals gelingen, einen Schlussstrich unter die Ereignisse der letzten Tage zu ziehen?

Marlene erreichte den Deich, der den Koog nach Süden hin begrenzte. Die Straße führte in engen Kurven darüber hinweg. Von der Deichkrone aus konnte Marlene den Koog ein letztes Mal überblicken, dann verschwanden die Felder, Häuser und Windräder aus ihrem Blickfeld.

Nach einer Weile erreichte Marlene die Bundesstraße und bog in Richtung Heide ab. In eineinhalb Stunden würde sie in Schleswig sein. Sie freute sich auf Dule, auf ihre Wohnung, auf ihr Zuhause. Doch in ihrem Kopf arbeitete es. Ihre Gedanken kehrten immer wieder zu den beiden Mordfällen und zu der einen Frage zurück: Hatten sie mit Jürgen Osnabrügge auch Hermann Brodersens Mörder gefunden? Und je mehr Marlene über diese Frage nachdachte, desto mehr sagten ihr das Gefühl und ihr Instinkt, dass sie mit dieser Vermutung falschlagen. Bisher gab es keine Hinweise darauf, dass Brodersen hinter Osnabrügges krumme Machenschaften mit Braack gekommen war. Somit fehlte ein ausreichendes Motiv. Außerdem hatte Osnabrügge bei Braack mindestens zweimal zugeschlagen. Bei Brodersen hingegen war es ein einziger Schlag gewesen. Der Täter hatte sofort innegehalten und von seinem Opfer abgelassen.

Alle weiteren bisherigen Verdächtigen waren entlastet: Bahne, allem Anschein nach auch Sabine Sommer und Braack, Dieter Mordhorst ebenso. Er hatte an dem fraglichen Abend Besuch von der Tierhilfe gehabt, das hatte die Mitarbeiterin bestätigt. Edith Brodersen hatte nicht nur ein Alibi, selbst ihr mutmaßliches Motiv hatte sich nun, nachdem herausgekommen war, dass Sabine Sommer ein Verhältnis mit Braack und nicht mit Brodersen gehabt hatte, in Luft aufgelöst.

Wer also dann, wenn nicht Osnabrügge?

Was hatten sie übersehen?

Marlene beschleunigte und überholte einen Kohltrecker, dann ging sie wieder vom Gas. Sie dachte an Brodersen, an diesen streitbaren Mann, versuchte, sich erneut ein Bild von ihm zu machen. Ihr kam eine Aussage von Bahne in den Sinn. Was hatte er noch gleich über Brodersen gesagt, als er von ihrem Zusammentreffen kurz vor dessen Tod berichtet hatte? Brodersen habe anders als sonst gewirkt, er sei netter zu ihm gewesen, freundlicher, so in etwa hatte er sich ausgedrückt. Hatte er nicht sogar das Wort »milde« benutzt? Was hatte diesen Gemütswandel veranlasst? War er nur ein unwichtiges

Detail am Rande, oder hatte er eine größere, eine weitreichendere Bedeutung?

Bald hatte Marlene Heide erreicht. Ein Schild wies auf die Autobahn in Richtung Süden hin. Itzehoe, Hamburg, las Marlene im Vorbeifahren.

Und wenn sie komplett falschgelegen hatten mit ihren Ermittlungsansätzen? Wenn der Täter gar nicht im Koog zu finden war? Sondern ganz woanders? Hatte Johanne nicht erzählt, dass Brodersen häufig unterwegs gewesen war? Unter anderem in Hamburg?

Sie passierte das nächste Hinweisschild. Itzehoe, Hamburg.

Brodersen hatte sich bei der Lebenshilfe-Nord in Hamburg engagiert, hatte viel Zeit und Herz in seine ehrenamtliche Tätigkeit gesteckt. Ein weiteres Puzzlestück, das zur Vervollständigung des Bildes von Brodersen beitrug. Aber brachte es sie auch weiter auf der Suche nach seinem Mörder? Obgleich Marlene noch keine Idee hatte, wo die Verbindung liegen sollte, ließ sie der Gedanke nicht los.

Vor dem nächsten Schild lag ein kleiner Parkplatz. Kurz entschlossen setzte Marlene den Blinker und fuhr von der Bundesstraße ab. In einer Parkbucht blieb sie stehen. Sie schaltete den Motor aus. Die Auffahrt zur Autobahn konnte sie von hier aus bereits sehen.

Sollte sie noch ein letztes Mal wegen Brodersen nachforschen? Und nach Hamburg fahren? Um sich bei der Lebenshilfe nach ihm zu erkundigen? Ein allerletztes Mal? Oder war die Idee völlig abwegig?

Marlenes Kopf lotste sie nach Schleswig. Ihr Bauch sagte Hamburg.

Sie nahm ihr Handy und suchte im Internet nach der Adresse des Vereins. Die Geschäftsstelle des Regionalverbandes hatte ihren Sitz im Norden der Stadt, ganz in der Nähe von Hagenbecks Tierpark. In einer Stunde könnte sie dort sein, vorausgesetzt, sie geriet nicht in einen Stau. Marlene klickte auf die Öffnungszeiten des Büros. Es war noch über drei Stunden besetzt.

In früheren Zeiten hätte sie zum Telefon gegriffen. Doch nun hatte sie keine Wahl. Sie musste sich entscheiden. Und folgte ihrem Bauchgefühl.

Aus dem Handschuhfach angelte sie einen Stadtplan von Hamburg hervor. Der Bus hatte kein eingebautes Navigationsgerät, und das Display ihres Smartphones war Marlene zu klein. Außerdem konnte sie die gesprochenen Ansagen während der Fahrt sowieso nicht richtig verstehen. Also musste ihr alter Faltplan herhalten.

Schnell hatte Marlene die Straße gefunden und versuchte, sich die Autobahnabfahrt und den anschließenden Weg einzuprägen. Ein dumpfer Schmerz begann sich von ihrer Schläfe aus in langsamen Wellen über den Kopf auszubreiten. Ihre Gehirnerschütterung meldete sich zurück.

Egal. Sie warf eine Schmerztablette ein und startete den Motor.

Die Geschäftsstelle der Lebenshilfe befand sich im ersten Stockwerk einer Ladenzeile und hatte einen barrierefreien Zugang über einen Fahrstuhl. Marlene drückte auf den Knopf und wartete. Ihre Muskeln im Nacken waren steinhart und schmerzten. Sie verrieten ihr, unter welcher Anspannung sie beim Autofahren gestanden haben musste. Aber sie war erfolgreich gewesen. Ohne Probleme hatte sie den Bus durch den Hamburger Verkehr manövriert und die gesuchte Adresse gefunden. Sie griff sich über die Schulter und knetete ihre Muskulatur.

Der Fahrstuhl kam und beförderte Marlene in den ersten Stock. Durch eine Glastür mit dem Emblem der Lebenshilfe betrat sie einen hellen Flur. An den Wänden hingen Plakate, die Angebote und Veranstaltungen des Vereins zeigten, neben abstrakten Acrylbildern in leuchtend bunten Farben. Am Ende des Flures befand sich eine Sitzgruppe aus Rattanmöbeln, auf dem Tisch lagen zahlreiche Flyer, daneben auf dem Fußboden gab es einen Spielteppich und eine Kiste mit Bauklötzen.

Linker Hand stand die Tür zu einem Büro offen. Mit einem Klopfen an den Türrahmen trat Marlene ein.

Die junge Frau hinter dem Schreibtisch schaute von der Computertastatur auf. »Guten Tag«, begrüßte sie Marlene mit einem freundlichen Lächeln, »wie kann ich Ihnen helfen?«

»Mein Name ist Louven, ich komme von der Kriminalpolizei.« Marlene zeigte ihren Ausweis vor. »Kennen Sie einen Mann namens Hermann Brodersen?«

Die junge Frau stutzte. »Ja, Herr Brodersen arbeitet hier bei uns. Ehrenamtlich. Wieso?«

»Herr Brodersen ist vor einigen Tagen tot aufgefunden worden. Er wurde ermordet.«

»Was?« Die Frau riss entsetzt die Augen auf.

»Gibt es jemanden in Ihrem Verein, der Herrn Brodersen besonders gut gekannt hat? Der vielleicht näher mit ihm zusammengearbeitet hat?«

Die junge Frau nickte. »Ja, natürlich ...« Sie drehte sich um und rief laut etwas in das benachbarte Zimmer, das hinter einer Verbindungstür lag, die ebenfalls offen stand.

Eine Frau mittleren Alters mit langen dunklen Haaren erschien in der Tür. »Guten Tag. Was gibt es so Dringendes?« Mit einem fragenden Gesichtsausdruck sah sie zu Marlene, dann zu der Mitarbeiterin am Schreibtisch. Die sagte: »Das ist Frau Louven von der Kripo. Hermann ist tot! Er wurde ermordet!«

»Wie?« Als hätte die Frau den Satz nicht verstanden, starrte sie ihre Kollegin ungläubig an.

»Hermann. Er wurde umgebracht.«

Die Frau schien zu schwanken, ihre Hand suchte Halt, fand den Türrahmen. »Aber er war doch noch letzte Woche ...« Ihr Gesicht verlor sämtliche Farbe. »Er kann doch unmöglich ...« Sie stockte. »Weiß Klaus es schon?«

Marlene stand vor einem mehrstöckigen Altbau in einer kleinen Seitenstraße in Hamburg-Ottensen. Das Gebäude aus der Gründerzeit machte den Eindruck, als sei es frisch restauriert worden, die Fassade in einem hellen Cremeton gestrichen, die schmiedeeisernen Geländer der Balkone glänzten im Licht der Nachmittagssonne. Marlene ging durch den schmalen Vorgarten. Unter den Messingschildern an der Haustür fand sie den Namen. Wittkowski. Sie musste richtig sein.

Klaus Wittkowski war bis vor Kurzem der Geschäftsführer der Lebenshilfe gewesen. Laut Auskunft der Damen im Büro hatte er häufig mit Brodersen zusammengearbeitet, gemeinsam mit ihm Veranstaltungen geleitet und Vorträge gehalten. Darüber hinaus habe die beiden Männer eine enge Freundschaft verbunden.

Marlene drückte auf den Klingelknopf. Eine Gegensprechanlage schaltete sich ein, aber bis auf ein undefinierbares Rauschen konnte Marlene nichts verstehen. Sie fluchte leise, dann sprach sie aufs Geratewohl in das Mikrofon: »Mein Name ist Louven, Kriminalpolizei. Ich möchte gern Herrn Wittkowski sprechen.«

Der Türöffner summte, und Marlene drückte die Eingangstür auf. Sie ging eine breite Holztreppe nach oben, die mit einem roten Teppich ausgelegt war. Im zweiten Stock wurde sie an einer Wohnungstür von einem Mann erwartet. Eine Katze saß zu seinen Füßen.

»Herr Klaus Wittkowski?«, fragte Marlene, als sie die letzte Treppenstufe erklommen hatte.

Der Mann nickte. Er war groß und auffallend schlank, nahezu mager. Die gepflegte Kleidung schlackerte um seinen Körper, als sei sie eine Nummer zu groß. Die lichten grauen Haare trug er kurz geschnitten. Mit einer Hand hielt er sich am Türgriff fest. »Sie wollen mich sprechen? Wie kann ich Ihnen behilflich sein?«

»Louven, Kriminalpolizei.« Marlene zückte ihren Ausweis.

»Ist schon wieder eingebrochen worden?«, fragte Wittkowski.

Marlene schüttelte den Kopf. »Ich komme von der Kriminalpolizei Schleswig-Holstein. Sie kennen Hermann Brodersen?«

Wittkowskis runzelte die Stirn. »Natürlich. Aber warum fragen Sie?«

»Können wir das bitte woanders als hier im Flur –«

Marlene wurde von Wittkowski unterbrochen. »Was ist mit ihm? Es ist ihm doch nichts zugestoßen? Ich kann ihn schon die ganze Zeit nicht erreichen, und er wollte heute kommen.« Er schob den Ärmel seines Pullovers hoch und sah auf seine Armbanduhr. Seine Hände zitterten. »Eigentlich müsste er schon längst da sein. Er kommt sonst immer pünktlich. Bitte sagen Sie nicht, dass er einen Unfall –« Er brach ab und schaute Marlene flehend an.

»Darf ich reinkommen?«

35

Marlene saß hinter dem Lenkrad und beobachtete durch die Windschutzscheibe, wie die Rettungssanitäter ihre Ausrüstung im Wagen verstauten und davonfuhren. Die Nachricht von Brodersens Tod hatte Wittkowski so sehr getroffen, dass Marlene den Rettungswagen hatte rufen müssen. Er war zusammengebrochen und hatte kaum noch Luft bekommen. Dann hatte Marlene gewartet, bis Wittkowskis Schwester eingetroffen war. Sie hätte den Mann in seinem Zustand nicht allein in der Wohnung zurücklassen können.

Trotz allem hatte er ihr seine Geschichte erzählt.

Sie hatte das Motiv gefunden.

Das sie zurück in den Koog führte.

Zu Edith.

Marlene ließ die Hände auf das Lenkrad sinken. Sie spürte, ja sie wusste, dass sie richtiglag. Edith. Die Puzzleteile fassten ineinander.

Einzig und allein die Tatzeit ließ sich nicht in das Bild einfügen. Wenn Edith Brodersen tatsächlich den Mord an ihrem Mann begangen haben sollte, so musste die Tat vor zwanzig Uhr geschehen sein. Lütje hatte ausgesagt, dass Edith um kurz nach acht auf den Hof gekommen war. Wenig später hatte seine Frau Edith und Sören durch das Fenster vor dem Fernseher sitzen sehen. Aber Brodersens Armbanduhr hatte zwanzig Uhr siebenundzwanzig angezeigt. War die Uhr falsch gegangen? In diesem Fall müsste es sich jedoch um eine Abweichung von mindestens vierzig, fünfundvierzig Minuten, wenn nicht sogar eher mehr handeln. Das schien nicht plausibel. Oder war die Uhr beim Aufprall auf den Boden derart beschädigt worden, dass die Zeiger zunächst weitergelaufen und erst später stehen geblieben waren?

Marlene starrte vor sich hin. Die Zeitangabe auf Brodersens

Uhr konnte nicht stimmen. Sie sah auf ihre Hände, auf ihre Armbanduhr, strich sich ein paar helle Haare von Wittkowskis Katze vom Ärmel, die am Stoff ihres Pullovers hängen geblieben waren. Dann hatte sie es.

Nur schleppend kam Marlene im dichten Berufsverkehr voran. Mit Hunderten von Pendlern quälte sie sich durch die Dauerbaustelle auf der A 7. Erst auf der Autobahn in Richtung Heide begann sich der Verkehr allmählich zu lichten, und sie konnte so schnell fahren, wie es der Motor ihres altersschwachen Busses erlaubte.

Hinter Heide hielt sie auf demselben Parkplatz an wie schon wenige Stunden zuvor, um Hansen eine SMS zu schicken. Sie konnte und wollte Edith nicht im Alleingang aufsuchen und festnehmen. Einen Moment lang wartete sie auf eine Antwort. Als diese ausblieb, setzte Marlene ihre Fahrt fort. Sie würde Hansen direkt an Brodersens Hof treffen.

Inzwischen war es dunkel geworden. Eine schwarze Wolkenwand war von der Nordsee her über das Land gezogen. Der Wind hatte sich zu einem Sturm ausgeweitet und rüttelte mit seinen Böen am Bus. Marlenes Finger umklammerten das Lenkrad. Sie musste sich noch stärker als ohnehin schon auf das Fahren konzentrieren. Sie spürte die Verspannungen im Nacken, fühlte, wie ihre Kopfschmerzen zurückkehrten. Die Wirkung der Tablette ließ allmählich nach.

Sie fuhr über die Koogchaussee nach Theresienkoog hinein. Sie blickte kurz nach links, hinüber zu Johannes Haus, sah das Licht in den Fenstern, dann konzentrierte sie sich auf Brodersens Hofstelle, die in ihrem Blickfeld vor ihr lag. Die roten Blinklichter der Windkraftanlagen begleiteten sie durch die Dunkelheit. Es schien, als würden sie jeden ihrer Schritte verfolgen.

Marlene bog in die Mittelstraße ein und schaltete einen Gang herunter. Im Schritttempo fuhr sie an Brodersens Hof vorbei. Hansens Wagen war nirgends zu sehen. Sie wendete und hielt am Straßenrand im Schutz einer Hecke an. Wo blieb er? Marlene sah auf ihr Handy. Keine Nachricht. Sie würde warten müssen.

Sie nahm eine Kopfschmerztablette und spülte sie mit einem Schluck Wasser hinunter. Ihr Magen knurrte. Seit ihrer Abfahrt aus dem Koog hatte sie nichts mehr gegessen. In der Hoffnung auf irgendetwas Essbares durchwühlte sie ihre Tasche, aber alles, was sie fand, waren ein paar spärliche Lakritzschnecken. Besser als nichts. Sie stopfte sich eine nach der anderen in den Mund. Nebenbei wechselte sie die Akkus an ihren CIs. Sie wollte auf Nummer sicher gehen.

Allmählich wurde Marlene unruhig. Hansen war noch immer nicht da. Was machte er? Warum meldete er sich nicht? Sie schrieb eine zweite Nachricht, wartete, starrte auf das Display. Nichts. Sie legte das Handy auf den Beifahrersitz und beugte sich vor. Durch die Hecke konnte sie nur Ausschnitte des Hofes und des Wohnhauses erkennen. Die Lampe über der Haustür brannte, in einem Zimmer war Licht. Der Rest des Hauses schien im Dunkeln zu liegen. Womöglich war Edith Brodersen gar nicht zu Hause?

Marlene stieg aus. Die Bustür wurde ihr durch eine Sturmböe beinahe aus der Hand gerissen. Mit beiden Händen musste sie zupacken, um die Tür wieder zu schließen. Sie drückte sich in den Windschatten des Busses und versuchte, sich eine Zigarette anzustecken. Sie probierte gerade zum dritten Mal, die Zigarette zum Glimmen zu bringen, als sie das Feuerzeug vor Schreck fallen ließ. Wie aus dem Nichts stand Edith Brodersen vor ihr.

»Frau Louven! Was machen Sie denn bei diesem Wetter hier draußen? Oh, Entschuldigung, habe ich Sie erschreckt?« Die beiden Labrador-Retriever tauchten hinter Edith auf. »Wollen Sie zu mir? Gibt es etwas Neues?«

Marlene sah sich um. Scheiße, Hansen, wo bleibst du?, fluchte sie innerlich. »Guten Abend, Frau Brodersen. Ja, ich wollte Sie sprechen, aber ich warte noch kurz auf meinen Kollegen«, sagte sie ausweichend und bückte sich nach dem Feuerzeug.

»So kommen Sie doch mit hinein, Sie können auch drinnen auf ihn warten. Hier draußen wird es ja immer ungemütlicher«, erwiderte Edith Brodersen. Ohne eine Antwort abzuwarten, wandte sie sich zum Gehen.

Marlene steckte die Zigarette unverrichteter Dinge wieder ein. Es half nichts. Sie schaute sich noch ein letztes Mal um. Dann holte sie das Handy aus dem Bus, steckte es in die Gesäßtasche ihrer Jeans und folgte Edith Brodersen auf den Hof.

Edith Brodersen hängte ihren Mantel an die Garderobe und schickte die Hunde mit einem knappen Befehl auf ihre Plätze. Sie richtete sich die Haare und strich ihren Rock glatt. Ihr Blick ging kurz in Richtung Küche, dann sagte sie entschuldigend: »Ich habe vor dem Spaziergang gekocht und bin noch nicht zum Aufräumen gekommen.« Sie zögerte einen Augenblick. »Wir sollten uns besser ins Wohnzimmer setzen. Kommen Sie bitte.« Mit einer einladenden Geste ging sie voraus. »Nehmen Sie Platz.« Edith Brodersen setzte sich auf einen Sessel, den Rücken gerade, die Beine geschlossen, die Hände im Schoß gefaltet. Sie sah Marlene fragend an. »Und warum wollen Sie mich nun sprechen?«

Marlene setzte sich Edith Brodersen gegenüber. Sie blickte ihr gerade in die Augen. »Ich war in Hamburg. Bei Klaus Wittkowski.«

36

»Bei ihm.«

Marlene nickte. »Frau Brodersen, was ist passiert an diesem Abend?«

»Das wissen Sie.« Sie presste die Hände fester zusammen. »Ich war bei meinem Sohn. Herr und Frau Lütje haben das bestätigt.«

»Das ist richtig«, sagte Marlene. »Aber die Tatzeit ist falsch.« Sie wartete auf eine Reaktion, doch Edith Brodersen hielt stumm Marlenes Blick stand. »Sie haben die Zeiger an der Armbanduhr Ihres Mannes vorgestellt. Dazu haben Sie den Ärmel Ihres Pullovers, Ihrer Strickjacke oder was Sie an diesem Abend getragen haben, über die Hand gezogen. So konnten wir keine Fingerabdrücke an der Uhr finden. Aber wir haben ein Hundehaar sichergestellt. Wahrscheinlich haftete es am Stoff Ihres Kleidungsstückes und ist dann am Armband der Uhr hängen geblieben.«

Edith Brodersens Augenlider zuckten. Dann sackte sie wie in Zeitlupe in sich zusammen. Der Kopf und der Hals, die Brust und die Schultern sanken nach vorn, als würden die Muskeln der zentnerschweren Schuld, die seit Tagen auf ihnen lastete, endlich nachgeben. »Ein Hundehaar«, sagte sie mit so leiser Stimme, dass Marlene es gerade noch verstehen konnte. »Hermann hat immer gesagt, dass die Haare stören.«

Sie sah auf. Ihre Augen waren leer, doch gleichzeitig meinte Marlene einen Anflug von Erleichterung darin zu entdecken. Und die Gewissheit, dass es keine Umkehr mehr gab. »Ich habe ihm die Uhr zum fünfzigsten Geburtstag geschenkt, damals, als ich es noch nicht wusste. Sie war teuer. Beim Sturz muss sie kaputtgegangen sein. Die schöne Uhr, habe ich gedacht. Es hat mich traurig gemacht. Absurd, nicht wahr? Aber das hat mich auf die Idee gebracht ...« Ihr Blick glitt geistesabwesend durch das Zimmer, über die Möbel, die Decke, die Fenster, dann blieb er auf dem Boden an der Stelle haften, an der Hermann Brodersen gelegen hatte. »Ich bin immer noch erstaunt, wie klar mein Verstand gewesen ist. Er hat einfach funktioniert.«

Marlene beugte sich vor. »Erzählen Sie mir, was geschehen ist.«

»Siebenundzwanzig Jahre. Einfach weggeworfen. Zerstört.« Sie drehte den Kopf und sah Marlene an. »Sind Sie verheiratet?«

Marlenes Finger umschlossen instinktiv den Ring.

»Was hat Ihr Mann Ihnen geschworen? Bis dass der Tod Sie scheidet?«

Marlene schluckte.

Edith Brodersen richtete ihren Oberkörper auf. »Wissen Sie, ich stamme aus, wie man heutzutage sagen würde, schwierigen Verhältnissen. Aber ich war hübsch, klug, ich hatte etwas Besseres verdient. Er schien mir dafür die beste Wahl. Er hat mir Ansehen und Wohlstand versprochen, Einfluss, Sicherheit, ein besseres Leben. Ich habe alles für ihn, für dieses Leben getan.« Sie holte tief Luft, straffte die Schultern. »Dann hat er mir dieses Kind gemacht. Geistig behindert. Oder Dorfdepp, Schnaggel, suchen Sie sich eine Bezeichnung aus. Und das Schlimmste: Er hat dieses Kind abgöttisch geliebt. Er hat *ihn* mir vorgezogen, er hat alles für ihn getan. Die Leute haben ihn dafür bewundert. Und ich? Ich war übrig.« Sie schloss für einen kurzen Moment die Augen, griff an ihre Halskette, rieb den Anhänger zwischen ihren Fingerkuppen. »Er –« Sie stockte, räusperte sich. »Es gab immer weniger Nähe, auch körperlich. Irgendwann hat er mich gar nicht mehr berührt. Zuerst dachte ich, es sei wegen des Jungen. Ich war sogar ganz froh darüber. Ich wollte nicht noch ein behindertes Kind. Aber gar keine Zärtlichkeit? Kennen Sie das? Wenn Ihr Mann Sie gar nicht sieht? Sie nicht als Frau wahrnimmt? Wissen Sie, wie sich das anfühlt?« Ohne eine Antwort abzuwarten, fuhr sie fort: »Aber ich habe ausgehalten. Ich habe alles getan für den Hof. Ich hatte die Hunde, die Landfrauen, ich war die Frau vom Bürgermeister. Ich habe mir etwas aufgebaut. Dann war er immer häufiger in Hamburg. Er sagte, es sei wegen seiner Arbeit bei der Lebenshilfe. Natürlich. Aber ich wurde misstrauisch. Am Anfang dachte ich, es gebe eine andere Frau.« Edith Brodersen lachte auf. Es klang schrill und blechern in Marlenes Ohren. Verzweifelt. »Doch dann habe ich das Handy gefunden.« Sie schüttelte den Kopf, als könnte sie es noch immer nicht glauben. »Schwul. Der eigene Mann. Ein Homosexueller. Haben Sie auch nur den Hauch einer Ahnung, was das bedeutet? Wie demütigend das ist? Wie erniedrigend? Schauen Sie mich an. Bin ich noch eine attraktive Frau?«

Sie streckte das Kinn vor und fixierte Marlene mit ihrem Blick. Hart, kalt und abgrundtief verletzt. Marlene spürte einen Schauer über ihren Rücken laufen.

»Neun Jahre hat er mich hintergangen. Er hat mich belogen und betrogen. Mit einem Mann! Und wissen Sie, was das hier heißt? Hier, im Koog? Die Leute hätten mit dem Finger auf uns gezeigt. Sie hätten sich die Mäuler zerrissen, über ihn, über mich. Der Ehemann schwul. Dann hat sie ihm wohl nicht gereicht.« Edith Brodersen presste die Lippen zusammen. Tiefe Falten zogen sich von den Nasenflügeln bis zu den Mundwinkeln. »Mein Ruf, mein Ansehen, alles, was ich mir aufgebaut hatte, wäre dahin gewesen, wenn die Wahrheit ans Licht gekommen wäre.« Sie verknotete die Finger ineinander. »Zunächst wollte er es beenden. Zumindest hatte er es mir versprochen. Aber auch das war eine Lüge. Er hat niemals aufgehört, ihn zu treffen. Schließlich haben wir uns arrangiert. Oder sollte ich besser sagen: Wir waren beide im selben Käfig gefangen? Aneinandergefesselt? Entweder weitermachen, das Spiel mitspielen oder gemeinsam untergehen. Was hätte ich auch tun sollen? Mir mein Leben von einem schwulen Ehemann und seinem dahergelaufenen Liebhaber zerstören lassen? Ich hatte keine Wahl. Ich habe nur dieses eine Leben hier.«

Sie hielt inne. Ihr Blick ging an Marlene vorbei, ausdruckslos, verloren. »Fünf Jahre habe ich das ausgehalten. Mich demütigen lassen. Benutzen lassen. Immer in der Angst, dass irgendjemand etwas bemerken könnte. Fünf Jahre.« Sie schloss die Augen. »Er hat alles mehr als mich geliebt. Ich war nur sein Alibi.«

Ein tiefes Schweigen senkte sich über die beiden Frauen, umhüllte sie wie eine Wolke aus dichtem Nebel. Schließlich fragte Marlene leise: »Und an diesem Abend?«

Edith Brodersen zuckte zusammen, als hätte Marlene sie aus dem Schlaf aufgeschreckt. Sie öffnete die Augen. »Dann will er einfach gehen. Einfach so. Nach all den Jahren. Für ihn.« Sie wandte ihr Gesicht Marlene zu. »Weil der Mann erkrankt ist. Weil er die Zeit, die diesem Mann noch bleibt, mit ihm verbringen will.« Sie zog die Luft ein und atmete langsam wieder aus. »Und weil er nicht länger eine Lüge leben will.« Ein bitteres Lächeln huschte über ihre Lippen. »Wie hätte ich das zulassen können?«

37

»Jetzt werden Sie mich mitnehmen.«

Marlene nickte.

»Was wird aus den Hunden?«

»Darum werden sich unsere Beamten kümmern.«

Edith Brodersen stand auf, strich den Rock glatt, richtete den Kragen der Bluse, die Frisur. Ihre Bewegungen waren ruhig, beinahe bedächtig. Die Gesichtszüge wirkten wie eingefroren. »Sollte Ihr Kollege nicht längst hier sein? Herr Hansen?«

Das frage ich mich auch, dachte Marlene und schielte auf ihr Handy. Immer noch keine Nachricht. Sie registrierte, dass sie kein Netz hatte. Mist, fluchte sie im Stillen. Laut sagte sie: »Er ist auf dem Weg.«

Sie gingen in den Flur.

»Ich möchte mich noch kurz frisch machen. Das werden Sie sicherlich verstehen, in meinem Alter …«

»Natürlich«, antwortete Marlene, »aber ich muss Sie begleiten.«

Edith Brodersen zog erstaunt die Augenbrauen hoch, erwiderte jedoch nichts. Sie ging voraus, die Treppe hinauf, die in das obere Stockwerk führte. In der Tür zum Badezimmer blieb sie stehen. »Jetzt wäre ich allerdings gern allein.«

»Einen Moment noch.« Marlene zwängte sich an ihr vorbei in das Badezimmer. Das Fenster war offen, es stand auf Kipp. Der Griff war abschließbar. Marlene machte das Fenster zu, schloss es ab und nahm den Schlüssel an sich.

Edith Brodersen sah Marlene verwundert, fast ein wenig amüsiert an. »Denken Sie, dass ich flüchten will? Durch das Fenster?«

»Alles nur Routine«, antwortete Marlene knapp. »Gibt es einen Schlüssel für die Tür? Falls ja, geben Sie mir ihn bitte.«

»Ich benutze ihn nie, aber wenn Sie meinen …« Sie durchsuchte erst die eine, dann die andere Schublade im Schrank neben dem Waschbecken. Schließlich fand sie den Schlüssel und händigte ihn Marlene aus.

»Vielen Dank. Ich warte draußen vor der Tür.«

Marlene trat auf den Flur. Sie hörte, wie Edith Brodersen hinter ihr die Tür ins Schloss drückte. Das leise klackende Geräusch, das darauf folgte, hörte sie nicht.

Marlene lehnte sich mit dem Rücken gegen die Wand und atmete tief durch. Hinter der kontrollierten Fassade der Kriminalkommissarin waren ihre Gefühle in Aufruhr und lieferten sich in ihrem Innern ein Gefecht, das sie schon kannte. So war es fast jedes Mal, wenn sie einen Mordfall aufgeklärt hatte. Die Freude und Erleichterung über den Ermittlungserfolg, über den Sieg für die Opfer und die Hinterbliebenen, für das Recht und die Gerechtigkeit und letztendlich auch für sich selbst, diese Freude prallte auf Abscheu und Entsetzen über das Verbrechen, auf Fassungslosigkeit gegenüber der Wahrheit, die nun ans Licht gekommen war. Und rang gleichzeitig mit einer großen Leere und einer tiefen Traurigkeit über die Hintergründe der Tat, über die Tragödie, die dadurch zum Vorschein kam. Es war nie eine gute Geschichte.

Marlene seufzte, strich sich eine Haarsträhne aus dem Gesicht und zog das Haarband in ihrem Nacken fester. Sie nahm ihr Handy aus der Gesäßtasche. Auch hier oben hatte sie keinen Empfang. Wenn Hansen nicht gleich auftauchte, würde sie es unten über das Festnetz probieren müssen. Von wegen keine Alleingänge mehr, dachte Marlene. Sehr witzig, Hansen!

Sie steckte das Handy wieder ein und ging ein paar Schritte auf und ab. Wie lange war Edith Brodersen schon im Bad? Drei, vier Minuten? Oder länger?

Marlene blieb vor der Badezimmertür stehen und klopfte an. »Frau Brodersen? Kommen Sie bitte allmählich zum Ende.« Marlene lauschte, doch sie konnte nichts hören. Kein Geräusch, keine Stimme. Lag es an ihr, an ihrem eingeschränkten Hörvermögen, oder war es tatsächlich still? »Frau Brodersen!« Marlene rief lauter. Dann klopfte sie erneut an die Tür, diesmal kräftiger. »Frau Brodersen, kommen Sie bitte!« Wieder Stille. »Öffnen Sie die Tür!«

Sie wartete noch ein letztes Mal, klopfte, dann rief sie: »Ich komme jetzt rein.«

Marlene drückte die Türklinke nach unten. Und hielt abrupt inne. Die Tür war verschlossen. Wie konnte das sein? Sie hatte doch den Schlüssel. Sie rüttelte am Türgriff, lehnte sich mit der Schulter gegen das Türblatt. »Frau Brodersen, hören Sie mich? Machen Sie die Tür auf!« Doch die Tür bewegte sich nicht.

Marlenes Gedanken rasten. Was hatte das zu bedeuten? Sie würde doch nicht … Ihr wurde heiß und kalt. Oh Gott, sie hätte es ahnen müssen.

»Machen Sie sofort auf!« Marlene zerrte am Griff, stemmte sich mit dem Gewicht ihres ganzen Körpers gegen die Tür. Erfolglos. »Frau Brodersen! So hören Sie doch! Öffnen Sie die Tür!« Sie hämmerte mit den Fäusten gegen das Holz. Dann trat sie zwei Schritte zurück, nahm Maß und trat mit ausgestrecktem Bein gegen das Schloss. Doch die Tür war solide gebaut und hielt stand.

Marlene fluchte. Verzweifelt fuhr sie sich mit den Händen durch die Haare. Dann hörte sie ein Geräusch. »Frau Brodersen?« Das Geräusch wiederholte sich, eine Folge von zwei hellen Tönen, gleich darauf noch einmal. Es kam von unten. Natürlich, die Klingel. Hansen!

Marlene stürzte die Treppe hinunter und öffnete die Haustür. Vor ihr stand Hansen mit zwei uniformierten Kollegen.

»Tut mir leid, Marlene, diese verdammten Funklöcher –«

Marlene fiel Hansen ins Wort. »Egal«, sagte sie hektisch. »Schnell! Sie hat sich oben im Bad eingeschlossen. Ich krieg die Tür nicht auf.«

Die Polizisten waren sofort im Haus und rannten die Treppe nach oben. Hansen klopfte gegen die Tür: »Frau Brodersen, hier ist Hansen. Machen Sie bitte die Tür auf!«

»Hörst du etwas?«, fragte Marlene. Hansen sah sie an und

schüttelte den Kopf. »Dann los. Sie ist schon viel zu lange da drinnen!«

»Frau Brodersen, wir brechen jetzt die Tür auf«, rief Hansen. Er gab dem kräftigeren der beiden Polizisten ein Zeichen. Der nahm Anlauf und warf sich mit Wucht gegen die Tür. Beim zweiten Versuch gab das Schloss endlich nach. Die Tür sprang auf.

Marlene und Hansen drängten sich an dem Polizisten vorbei ins Bad. Das Blut blendete sie. Es war über Edith Brodersens Unterarme und die Hände gelaufen, über den Rock, das linke Bein. Vom rechten Arm tropfte es in eine Lache auf dem Fliesenboden. Rote hässliche Tropfen.

»Nein«, stieß Marlene hervor. Sie war sofort bei ihr.

Edith Brodersen saß auf dem Toilettendeckel. Ihr Oberkörper lehnte am Spülkasten, der Kopf war nach vorn gesunken, die Beine waren ausgestreckt. Der linke Arm lag in ihrem Schoß, der rechte hing seitlich hinunter. Auf dem Boden sah Marlene eine Rasierklinge.

Sie nahm Edith Brodersens Kopf in beide Hände und schlug auf ihre Wangen. »Edith, wachen Sie auf! Sehen Sie mich an!« Doch Edith Brodersen reagierte nicht, ihre Augen blieben geschlossen. Marlene ertastete mit den Fingern die Halsschlagader. »Ich habe einen Puls!«, rief sie. »Schnell, auf den Boden!«

Mit Hilfe der beiden Polizisten legte sie den Körper vorsichtig auf dem Boden ab. Im Hintergrund hörte sie Hansen sagen: »… Rettungswagen … probiere … unten …«

Sie riss ein Handtuch vom Haken. »Wir müssen die Blutungen stoppen!« Sie wickelte das Tuch um eines der Handgelenke und drückte mit den Händen fest zu. Der kräftige Polizist übernahm das andere Handgelenk, der andere hockte sich an das Fußende und legte Edith Brodersens Beine auf seine Oberschenkel.

Marlene kniete neben dem reglosen Körper auf den Fliesen. Ihre Hände waren blutverschmiert. Mit aller Kraft presste sie das Handtuch zusammen. »Machen Sie keinen Scheiß, Edith!« Sie starrte auf das bleiche Gesicht. »Bleiben Sie bei mir! Bitte.«

38

Sie saß im Strandkorb auf der Dachterrasse, eingehüllt in eine Decke. Dule hatte sich auf ihrem Schoß zusammengerollt und schlief. Es ging ein frischer Wind, aber im Windschatten war es auszuhalten, und die Herbstsonne konnte ihre ganze Kraft zur Geltung bringen. Marlene zündete sich eine Zigarette an und nahm einen tiefen Zug.

Edith Brodersen hatte überlebt. Und doch war ihr Leben dahin. Und nicht nur ihres. Auch Sörens Leben war zerstört. Die eigene Mutter hatte den Vater getötet. Wie sollte Sören mit dieser grausamen Wahrheit je zurechtkommen? Wie sollte er mit dieser Bürde leben? Und mit dem Verlust beider Elternteile? Würde er die Tat jemals begreifen, jemals verstehen können?

Marlene schloss die Augen. Keine gute Geschichte. Sie zog an der Zigarette. Es war ein Segen, dass Sören die Lütjes hatte. Er würde bei ihnen bleiben können, das hatten Karin und Uwe Lütje sofort, ohne Zögern, zugesagt. Wenigstens *ein* Lichtblick.

Die Rettung von Edith Brodersen war knapp gewesen. Es hätte nicht viel mehr Zeit vergehen dürfen bis zur Ankunft der Rettungssanitäter und des Notarztes. Marlene hatte einen Fehler gemacht, einen ärgerlichen, stümperhaften Fehler. Sie hätte die Tür genauer in Augenschein nehmen müssen, dann wäre ihr der Riegel aufgefallen. Und wenn sie besser hätte hören können, dann hätte sie das Klacken registriert, das ertönt sein musste, als Edith Brodersen den Riegel von innen vorgeschoben hatte. Vielleicht hätte sie sie dadurch von ihrem Vorhaben abhalten können, vielleicht hätte sie die Tür eher aufbekommen, mit Sicherheit aber hätte sie wertvolle Zeit gewonnen.

Die Ereignisse der letzten Tage hatten Marlene die Grenzen aufgezeigt, mit denen sie als Trägerin von Cochlea-Implantaten zu kämpfen hatte. Die Technik konnte zwar einiges richten, doch in ihrem Leben hatte sich etwas Grundlegendes geändert. Mit den CIs gab es keinen nahtlosen Übergang zur Tagesordnung, es gab kein einfaches »Weiter wie bisher«. Aber, und das hatten ihr die vergangenen Tage ebenso bewiesen, es gab ein »Weiter«. Sie hatte eine Chance.

Marlenes Aufenthalt bei Johanne und ihre Beteiligung an den Ermittlungen hatten sie aus der Isolation geholt, zurück ins Leben. Ihr Zugehen auf andere Menschen, der Kontakt und die Kommunikation waren wieder selbstverständlicher geworden, freier, weniger belastet. Und Marlenes kriminalistischem Instinkt und ihrer Hartnäckigkeit war es letztendlich zu verdanken gewesen, dass die beiden Mordfälle aufgeklärt werden konnten. Ob mit oder ohne Hörbeeinträchtigung, sie war Kommissarin und blieb Kommissarin. Ohne das war sie nicht komplett.

Doch eines war auch klar: Ohne Veränderungen würde eine Rückkehr in ihren herkömmlichen Tätigkeitsbereich nicht funktionieren. Es würde nur im Team gehen. Keine Alleingänge mehr. Dieses Mal wirklich. Sie würde noch enger als zuvor mit Simon zusammenarbeiten müssen. Vielleicht würde auch ihr Arbeitsbereich angepasst, würden neue Strukturen geschaffen werden müssen, in welcher Form auch immer. Es gab Möglichkeiten, die Grenzen zu überwinden oder wenigstens zu minimieren. All das galt es nun zu besprechen und auszuloten, mit ihrem Chef und mit Simon, offen, ehrlich, schonungslos.

Außerdem musste sie weiterhin hart üben und trainieren, sowohl das Hören wie auch den Umgang mit den CIs. Marlene musste sich endlich genauer mit den technischen Möglichkeiten der Geräte und mit dem Zubehör, das die Kommunikation erleichterte, auseinandersetzen. Sie musste diese Möglichkeiten annehmen und ausschöpfen.

Ihr Hörvermögen und Verstehen hatte sich in den vergangenen Wochen und Monaten stetig verbessert und verfeinert, und Marlene war mittlerweile zuversichtlich, dass diese Entwicklung auch weiterhin positiv voranschreiten würde. Irgendwann würde sie sicherlich auch wieder telefonieren können. Sie wusste, trotz der Rückschläge, die sie hatte einstecken müssen, war sie auf einem guten, auf dem richtigen Weg. Aufgeben zählte nicht. Nur an ihrer Geduld würde sie nach wie vor arbeiten müssen.

Gedankenverloren kraulte Marlene ihren Kater zwischen den Ohren und ließ die Finger durch das weiche Fell gleiten.

Dieses Leben war ein Geschenk. Das hatte sie spätestens seit Nils' Tod verstanden. Und sie hatte sogar eine Verlängerung bekommen, schon zum zweiten Mal. Sie war aus dem Watt gerettet worden. Mit den Cochlea-Implantaten verhielt es sich letztendlich genauso. Sie hatte zwar ihr Gehör verloren, aber das Hören war ihr zurückgegeben worden, wenn auch auf eine andere Art und Weise. Diese Geschenke waren alles andere als selbstverständlich, nichts, was man achtlos wegwerfen durfte.

Marlene nahm einen letzten Zug von der Zigarette, inhalierte tief, blies den Rauch in die Luft und verfolgte die zarte Wolke, bis sie sich vollständig aufgelöst hatte. Dann drückte sie die Kippe im Aschenbecher aus. Es war die letzte. Endgültig.

Sie schob Dule sanft von ihrem Schoß hinunter und stand auf. Gleich morgen würde sie zur Dienststelle fahren. Vorher musste sie sich allerdings die Fingernägel lackieren. Es wurde höchste Zeit. Sie ging ins Badezimmer und öffnete den Schrank, überflog das Arsenal an bunten Fläschchen, schob sie hin und her, bis sie die richtige Farbe gefunden hatte. Nicht Knallorange, nicht Schwarz, sondern einen dezenten Rosé-Ton. Die Farbe nannte sich *be brave*. Passte.

Nachbemerkung und Dank

Sucht man Theresienkoog auf der Landkarte, so wird man es nicht finden können. Es handelt sich um einen fiktiven Ort, der den Kögen an der schleswig-holsteinischen Nordseeküste nachempfunden ist. Alle anderen Schauplätze hingegen sind real.

Die Organisationsstruktur der Lebenshilfe musste ich, der Geschichte geschuldet, ein klein wenig abändern. Es gibt keinen Regionalverband Lebenshilfe-Nord, sondern die Bundesvereinigung Lebenshilfe e.V. ist in sechzehn Landesverbänden organisiert. Die Geschäftsstelle des Landesverbands Hamburg befindet sich in Hamburg-Altona.

Einen Roman über eine Kommissarin zu schreiben, die Cochlea-Implantate trägt, wäre ohne die wahren Kenner und Könner undenkbar. Daher gilt mein größter Dank den kleinen und großen Menschen mit CI, die ich begleiten und von denen ich lernen durfte – allen voran Michaela Korte und den Teilnehmerinnen und Teilnehmern der Selbsthilfegruppe Kappeln des Cochlea Implantat Verbandes Nord e.V. Außerdem danke ich Kriminaloberkommissarin Britta Völz, die mir bei allen Fragen rund um die Arbeit der Kriminalpolizei mit Rat und Tat zur Seite stand.

Ich bedanke mich ferner beim Emons Verlag, dass ich mein Herzensprojekt realisieren konnte, bei meiner Lektorin Marit Obsen, meinem Agenten Peter Molden und Regina Molden sowie bei meinen Testleserinnen Astrid Dützmann-Nissen, Bärbel Claus und Helga Dick.

Und natürlich bei Marla, Franka, Marius und Karsten. Nichts ohne sie.

Ilka Dick, im Frühjahr 2019

Ilka Dick
ENDSTATION NORDSEE
Broschur, 336 Seiten
ISBN 978-3-7408-0047-5

Die Welt von Aenne Jannen wird jäh erschüttert, als ihr Vater tot in den Amrumer Dünen gefunden wird: Erk Jannen wurde brutal ermordet. Während sich ihre Mutter hinter eine Mauer aus Schweigen zurückzieht, kämpft sich Aenne durch einen Strudel aus Trauer und Verzweiflung – und macht sich schließlich selbst auf die Suche nach dem Mörder. Doch weder sie noch die Polizei kann klären, warum ihr Vater sterben musste. Bis an derselben Stelle eine zweite Leiche entdeckt wird …

www.emons-verlag.de